U0521135

索拉里斯星

Solaris — Stanisław Lem
[波兰] 斯坦尼斯瓦夫·莱姆 —— 著
靖振忠 —— 译

译林出版社

图书在版编目（CIP）数据

索拉里斯星／（波）斯坦尼斯瓦夫·莱姆著；靖振忠译.—南京：译林出版社，2021.8（2025.6重印）
（译林幻系列）
ISBN 978-7-5447-8217-3

I.①索… II.①斯…②靖… III.幻想小说－波兰－现代 IV.①I513.45

中国版本图书馆 CIP 数据核字（2020）第 064948 号

Solaris by Stanislaw Lem
Copyright © Tomasz Lem 1971
Simplified Chinese edition copyright © 2021 by Yilin Press, Ltd
All rights reserved.

著作权合同登记号　图字：10-2018-134 号

索拉里斯星　［波兰］斯坦尼斯瓦夫·莱姆／著　靖振忠／译

责任编辑　吴莹莹
装帧设计　@broussaille私制
校　　对　王　敏
责任印制　颜　亮

出版发行　译林出版社
地　　址　南京市湖南路 1 号 A 楼
邮　　箱　yilin@yilin.com
网　　址　www.yilin.com
市场热线　025-86633278
排　　版　南京展望文化发展有限公司
印　　刷　苏州市越洋印刷有限公司
开　　本　890 毫米 ×1240 毫米 1/32
印　　张　8.125
插　　页　2
版　　次　2021 年 8 月第 1 版
印　　次　2025 年 6 月第 15 次印刷
书　　号　ISBN 978-7-5447-8217-3
定　　价　49.00 元

版权所有·侵权必究

译林版图书若有印装错误可向出版社调换。质量热线：025-83658316

致华语读者
2021年波兰"斯坦尼斯瓦夫·莱姆年"
暨莱姆诞辰100周年

为什么会有莱姆这样的人呢?他是20世纪波兰最杰出的作家之一,甚至也可以说是最杰出的科幻小说家。他的文学才华和智慧,以及他戏剧般的人生,共同铸就了这位奇才。

1939年,第二次世界大战的爆发残酷地摧折了他的青春。有着犹太家庭背景的他,被迫隐姓埋名,改变身份,做起了焊工。1945年后,当发现家里已无以为继的时候,他正式踏上了写作的道路。在战后的1946年至1949年间,莱姆发表了他人生中的第一部作品。

斯坦尼斯瓦夫·莱姆曾在雅盖隆大学学习医学。尽管没有完成学业,但在与教授和同学的对话中,莱姆提出了最重要的问题,这些问题贯穿在他今后的作品当中:人与机器的边界在哪里?人可以"从原子中"构建出来吗?人工智能时代的道德标准究竟在哪里?

莱姆在上世纪六七十年代所做的各种预测和直觉判断已成为当代现实生活的一部分。然而,他的作品最发人深省的并非物质与技术层面的想象,而是道德层面上的深刻思考:人的创造力能够达到何种地步?机器权限的边界在哪里?在一个机器和人类共同存在的世界里，道德的标杆将会是怎样？这些都是我们在当今文明技术发展的同时要去寻找的答案。

莱姆怀着好奇和从容之心看待未来。作为一名卓越的未来学家，他能够猜想到在不久的将来，等待人类的是什么。这也是他的作品值得一再回味的原因。许多作品尽管写作于几十年前，但在今时今日依然能凸显出它们的时代前瞻性。

赛熙军

（Wojciech Zajączkowski）

波兰共和国驻华大使

2021年3月9日于北京

目录

新来者···1
索拉里斯学家···13
客人···32
萨特里厄斯···43
哈丽···60
《小伪经》···78
会商···109
怪物···128
液氧···161
谈话···182
思想家···196
梦···218
成功···231
老模仿体···242

新来者

飞船时间19点钟,我穿过聚集在发射井周围的人群,沿着金属梯子爬下,进入了着陆舱。里面空间不大,勉强能让我抬起双肘。我将软管末端拧进着陆舱舱壁突出的端口里,接着我的宇航服便充满了空气。从那时起,我就丝毫动弹不得。我站在那里,或者更准确地说,悬在一层空气垫子里,和着陆舱的金属外壳结成了一体。

我抬起双眼,透过弧形的玻璃面罩,可以看见发射井的四壁,再往上是莫达德的脸,他正俯着身子向下张望。随着沉重的锥形防护盖从上面安放就位,那张脸很快就消失了,一切都陷入了黑暗。我听见电动马达呼呼的旋转声重复了八次——正在将螺丝拧紧。然后是空气进入减震器的嘶嘶声。我的眼睛逐渐适应了黑暗,已经能辨认出唯一一块仪表浅绿色的轮廓。

"准备好了吗,凯尔文?"耳机里有声音说。

"准备好了,莫达德。"我回答说。

"什么都不用担心。观测站会引导你着陆的,"他说,"一路顺风!"

我还没来得及回答,头顶上便传来一阵刺耳的声音,着陆舱晃了晃。我本能地绷紧了肌肉,但没有别的动静。

"我什么时候起飞?"我问道,一边听到一种沙沙的响声,就好像细沙落在膜片上的声音。

"你已经起飞了,凯尔文。保重!"耳边传来莫达德的声音。我正不大相信,一道宽宽的缝隙在我面前打开,透过那儿我可以看到满天的繁星。我试图找到宝瓶座阿尔法星,也就是"普罗米修斯号"当前的行驶目的地,却一无所获。银河系中的这部分星空对我来说完全陌生,我一个星座都不认识,就好像狭窄的舷窗外满是闪闪发光的灰尘。我等着看哪颗星星首先开始熄灭,但并没有看到。它们只是变暗,消失,融化在一片渐渐变红的背景上。我意识到自己已经处在大气层的上层。我僵硬地裹在气垫里,只能直视前方。仍看不到地平线。我继续向前飞着,感觉不到任何运动,可是慢慢地,我的身体不知不觉地被一股热流所浸透。舱外响起了一种轻微而尖利的吱吱声,就像金属划在湿玻璃上的声音。如果没有仪表盘上闪烁的数字,我根本不会意识到自己下降的速度有多快。星星全都不见了。舷窗外充满了微红的亮光。我可以听到自己沉重的脉搏声。我的脸热得发疼;我可以感觉到空调的冷气吹在脖子上。我很遗憾没能看到"普罗米修斯号"——等到舷窗自动打开时,它一定已经在视野之外了。

着陆舱猛地震动了一下,紧接着又是一下,然后不停地颤动着,令人难以忍受。这种震颤穿过了所有的隔热层和气垫,进入了我的身体深处。仪表盘浅绿色的轮廓变得模糊起来。我盯着它,并没有感到害怕。我大老远来到这里,并不是为了死在我的目的地。

"索拉里斯观测站。"我呼叫道,"索拉里斯观测站。索拉里斯观测站!你必须采取行动。我觉得我正在失去平衡。索拉里斯观测站,我是新来者。完毕。"

于是我又一次错过了这个星球出现在视野里的那个关键时刻。它广阔而平坦,从它表面上条纹的大小我可以判断出我还离得很远。或者说我的位置还很高,因为我已经越过了那条无形的边界,和一个天体的距离已经变成了高度。我正在下降。仍在坠落。我现在能感觉到了,即使闭上眼睛也能感觉到。我马上又把眼睛睁开,因为我想尽可能看到一切。

我在寂静中等候了几十秒,然后再次呼叫。这次我还是没有得到任何回应。一连串的静电噼啪声在我耳机里重复着,背景上是一种非常低沉的嗡鸣声,就好像是这个星球自身发出的声音。舷窗里橙色的天空像是覆盖着一层薄膜。舷窗玻璃暗了下来;我本能地畏缩了一下,尽管包裹着我的那层气垫限制了我的活动范围。片刻之后,我才意识到那是云彩。它们一大团一大团急促地向上飘去,像被风吹着一般。我仍在滑翔,一会儿在阳光下,一会儿在阴影中,因为着陆舱正在绕着它的竖轴旋转。貌似肿胀的巨大日轮平稳地从我眼前穿过,从左边出现,在右边落下。突然间,穿过那噼啪声和嗡鸣声,一个遥远的声音在我耳边响起:

"索拉里斯观测站呼叫新来者,索拉里斯观测站呼叫新来者。一切就绪。新来者已在观测站控制之下。索拉里斯观测站呼叫新来者,准备在零点着陆,我重复一遍,准备在零点着陆。请注意,倒计时开始。250,249,248……"

这些单词之间隔着极短的喵喵噪声,说明不是人在说话。这可以说有些奇怪。通常,每当有新人抵达,尤其是直接来自地球的人,站里的每一个人都会往起落场跑。然而,我没有时间去想这个问题，因为就在此时，太阳绕着我转动时画出的那个大圆圈，还有我正在坠向的那个大平原，一同竖了起来。这一动作之后又是一个反方向的动作；我就像一个巨大钟摆的摆锤一样来回摇摆着，竭力抵抗眩晕。广阔的星球表面像一面墙似的升起，上面带着脏兮兮的丁香色和黑色条纹。就在这样的背景上，我看到了一个由白点和绿点组成的微小棋盘图案，标志着观测站的位置。与此同时，有什么东西带着一声脆响从着陆舱的外部脱开——是长项链似的环形降落伞，发出猛烈的呼呼声。这种噪声里有着一种难以言表的属于地球上的东西——好几个月以来，我头一回听到了真正的风声。

此时，一切都发生得很快。之前我只是心里知道自己正在坠落，现在我可以亲眼看到：那个白绿相间的棋盘正在迅速变大。我已经可以看出它是画在一个瘦长的鲸鱼状船体上，船体闪着银光，雷达天线像针一样从两侧伸出，上面还有一排排颜色更深的窗口。这个金属巨物并不是停靠在星球表面，而是悬在它的上空，它的影子拖在一片墨黑的背景上，影子本身则是一块颜色更为浓黑的椭圆形。同时我也注意到了泛着蓝紫色、布满了皱纹的大海，海面上显露出一种轻微的运动。云彩突然高高升起，边缘染着耀眼的深红色，云彩之间的天空变得遥远而平坦，呈灰暗的橙色，接着一切都变得模糊不清；我正在螺旋下坠。我还没来得及叫出声，一阵短暂的冲击使得着陆舱重新恢复了竖直状态，而大海出现在舷窗里，闪着水银般的光芒，一直延伸到烟雾弥漫的天际。降落伞的绳索和环状伞身嗡嗡作响，突然脱落，随风在海浪上飞走了；着陆舱轻轻地摇摆着，以人造力场特有的那种慢动作开始缓缓下降。我能看到的最后几样东西是网格状飞行弹射器和两台射电望远镜的格栅天线,那天线看上去有好几层楼高。有什么东西将着陆舱固定住了,伴随着一声钢铁弹性相撞的刺耳声音。我身体下方有什么装置打开了,随着呼哧一声长叹,把我僵硬地装在里面的金属外壳结束它180千米的着陆旅程。

"索拉里斯观测站。零分零秒。着陆过程结束。通话完毕。"传来控制台毫无生气的声音。我用双手抓住正对着我肩膀的把手,把接口断开(我可以感觉到胸口上隐约有一种压力,而我的内脏就像是令人讨厌的负担)。一个写着"地面"的绿色标志亮了起来,着陆舱的一侧打开了。气垫舱位在我身后轻轻地推了一下,为了不被绊倒,我不得不向前迈了一步。

随着一声轻轻的嘶嘶声,就像是一声无奈的叹息,空气从宇航服的蛇管中缓缓排出。我能自由活动了。

我站在一个银色的漏斗状结构下面,它就像教堂的中殿一样高。一束颜色各异的管道顺着墙壁延伸而下,消失在圆形的竖井中。我转过身。通风井轰鸣着,把着陆时进来的这颗行星上的有毒空气吸走。雪茄形的着陆舱,像撕破了的蚕茧一样空空如也,立在钢铁平台上的一个凹处。它外部的金属板已被烧焦,成了一种脏兮兮的棕色。我走下一条短短的坡道。再往前,金属舱板上熔接着一层粗糙的塑料,有些地方被可移动火箭千斤顶的轮子磨得露出了钢板。突然间,空调压缩机停了下来,周围一片寂静。我有些无助地环顾四周,本以为会有人出现,但周围没有一个人影。只有一个亮闪闪的霓虹箭头指向一条无声的自动走道。我踏了上去。大厅的天花板沿着一道优美的抛物线向下弯曲,最后通向一条管状的走廊。走廊两侧的凹室里是一堆堆压缩气体钢瓶、各种容器、环形降落伞、板条箱，全都随随便便地胡乱堆放着。这也让我不禁纳闷。在自动走道的末端，走廊扩展成了一个圆形的区域。这里更是一片狼藉。一大堆金属罐下面漏着一摊油质的液体。空气中充溢着一种难闻的刺鼻气味。粘着那种黏性液体的鞋印在地板上清晰可见，走向不同的方向。罐子中间扔着一卷卷白色的电报纸带、撕碎的纸和垃圾，看上去好像是从舱室里清扫出来的。这时又一个绿色标志亮了起来，把我引向中间那道门。它通向一条狭窄的走廊，窄得几乎容不下两个人并排行走。光从天窗照下来，窗玻璃两面凸出。前面又是一扇门，上面漆着绿白两色的棋盘方格图案。门半开着，我走了进去。半球形的舱室里有一扇很大的全景窗，窗外薄雾笼罩的天空闪着红光。天空下，波浪好似微黑的小山，无声地起伏着。周围的墙上有许多敞开的橱柜，里面塞满了各种仪器、书籍、底部有干燥沉淀物的玻璃杯、落满灰尘的保温瓶等。肮脏的地板上摆着五六张带轮子的机械工作台，它们中间有几把扶手椅，泄了气，松垮垮的。只有一把充足了气，椅背向后倾斜着，上面坐着一个身材矮小、瘦骨嶙峋的男子，他的脸被晒伤了，鼻子和颧骨上都在脱皮。我知道他是谁。斯诺特，吉巴里安的副手，一位控制论专家。早年间他曾经在《索拉里斯学杂志》上发表过数篇非常具有独创性的文章。我以前从未和他见过面。他上身是一件网状织物衬衫，几绺灰白的毛发从他扁平的胸前戳出来，下身是一条原本是白色的亚麻布裤子，像装配工的裤子一样有许多口袋，膝盖上沾有污迹，还有化学试剂烧灼的痕迹。他手里拿着一个梨形塑料球袋，是人们在没有人造重力的飞船上喝东西用的。他看着我,就好像被一道耀眼的强光刺得茫然不知所措。他松开手指,那个球袋从他手中掉下来,在地板上像皮球似的弹了几下。少许透明液体从里面流了出来,他的脸上慢慢失去了血色,我也一时惊讶得说不出一句话来。这个无言的场景继续着,直到他的恐惧以某种不可思议的方式传染到了我的身上。我向前迈了一步,他将身体缩进了扶手椅里。

"斯诺特……"我低声说道。他畏缩着,就好像被打了一下。他用一种难以形容的憎恶眼神瞪着我,声音嘶哑地说:

"我不认识你,我不认识你,你想干什么……?"

洒在地上的液体很快就蒸发了,我闻到了酒精的气味。他在喝酒吗?难道他喝醉了?可他为什么这么害怕呢?我仍站在舱室的中央。我两膝发软,耳朵好像被棉花堵住了似的,脚底下的地板似乎仍然有些不踏实。弧形的玻璃窗外,大海仍在有节奏地起伏着。斯诺特仍在用满是血丝的眼睛盯着我。他脸上的恐惧正在消失,但那种难以言表的反感依旧存在。

"你怎么了……?"我低声问道,"你生病了吗?"

"你关心我……"他声音沉闷地说道,"啊哈。你想要关心,是吧?可你为什么要关心我呢?我又不认识你。"

"吉巴里安在哪儿?"我问道。有那么一阵,他停住了呼吸,目光呆滞,眼睛里闪过一丝光芒,然后又黯淡了下去。

"吉……吉巴,"他结结巴巴地说道,"不!不!"

他无声地咯咯傻笑着,笑得浑身发抖,接着又突然打住。

"你是来找吉巴里安的……?"他几乎是用平静的语调说道,"吉巴里安?你找他干什么?"

他看着我,就好像我一下子对他没了威胁;在他的话语中，尤其在他的语调里,仍有某种憎恨和敌意的味道。

"你在说什么呀……"我喃喃地说,感到很茫然,"他在哪儿?"

他惊呆了。"你不知道……?"

他一定是喝醉了,我心想,醉得不省人事。我越来越生气。我原本应该离开,但我已经失去了耐心。

"你清醒一点!"我大吼道,"我刚刚才飞到这里,我怎么会知道!你到底是怎么了,斯诺特!"

他惊讶地张大了嘴巴。有那么一刻,他又停住了呼吸,但和上次有所不同,他的眼睛里突然闪现出一丝光芒。他用颤抖的双手抓住椅子的扶手,吃力地站了起来,身上的关节咔咔作响。

"什么?"他说,几乎像是清醒了,"你刚飞到这儿?从哪里?"

"从地球。"我怒气冲冲地答道,"也许你听说过吧?不过看上去好像并非如此!"

"从地……天哪……那你就是……凯尔文?!"

"没错。你为什么这样看着我?这有什么好奇怪的?"

"没什么,"他飞快地眨着眼睛,"没什么。"他用手擦了擦额头。"凯尔文,对不起,真没什么,要知道,只是有些意外。我没想到你会来。"

"你这是什么意思,没想到我会来?几个月前就给你们发了通知,而且今天莫达德还从'普罗米修斯号'上给你们发了电报……"

"对。对……一点不错。只是,你也看见了,这里有一些……混乱。"

"这不用你说，"我冷冷地回道，"闭着眼都看得出。"

斯诺特绕着我走了一圈，就好像是在查看我的宇航服。这是最普通的那种，胸前有一堆好似挽具的管子和电缆。他咳嗽了几声，然后揉了揉自己瘦骨嶙峋的鼻子。

"也许你想洗个澡……？洗个澡会舒服一些。就是对面那扇蓝色的门。"

"谢谢。我知道这个观测站的布局。"

"你也许饿了吧……？"

"不饿。吉巴里安在哪儿？"

他走到窗前，就好像没有听到我的问题。从背后看去，他显得苍老了许多。剪得短短的头发已经花白，脖子后面被太阳晒得黝黑，上面布满了纵横交错的皱纹，像刀割一样深。窗外，海浪的波峰闪着光芒，起伏非常缓慢，就好像大海正在凝固。我望着窗外，感觉观测站正在极其缓慢地向一侧移动，就好像正在从一个看不见的地基上滑下去。接着它又回到了平衡状态，并懒洋洋地朝另一个方向倾斜。不过这多半是一种错觉。一团团骨头颜色的黏稠泡沫在海浪之间的波谷里聚集着。有那么一瞬间，我的肠胃里感到一阵恶心。现在我反倒觉得"普罗米修斯号"上那种冷冰冰的井然有序是一种宝贵的东西，而它已经一去不复返了。

"听着，"斯诺特突然说道，令人出乎意料，"现在这里只有我一个人……"他转过身来，紧张地搓着双手。"你暂且只能将就着和我做伴了。叫我'老鼠'吧。你只是从照片上认识我，但这没关系，大家都用这个名字称呼我。恐怕是没法补救了。再说，当你的父母像我父母那样满怀宇宙大志，就连'老鼠'这样的名字听上去都会觉得不错……"

"吉巴里安在哪儿?"我又问了一遍,不肯放弃。他眨了眨眼。

"没能很好地接待你,我很抱歉。这……不完全是我的过错。我把这事忘得一干二净,要知道,这里发生了不少事情……"

"哦,没关系,"我答道,"别管那些。吉巴里安到底是怎么了?难道他不在观测站里?他飞到哪儿去了吗?"

"不是。"他答道。他的眼睛望着舱室的一个角落,那儿有一堆盘卷在一起的电缆。"他哪儿也没有飞走。而且他也不会飞走了。而这正是因为……除了别的原因……"

"什么?"我问道。我的耳朵仍像是被堵住,好像没听清楚。"这是什么意思?他在哪儿?"

"其实你已经知道了。"他用一种完全不同的口气说道。他目光冷冷地直盯着我,让我浑身起鸡皮疙瘩。也许他是醉了,但他知道自己在说什么。

"他该不是……?"

"是的。"

"是意外?"

他点点头。他不仅是在确认,也是在认可我的反应。

"什么时候?"

"今天天亮的时候。"

说来奇怪,我并没有感到震惊。这整段简短的对话,其中就事论事的态度反而让我平静了下来。现在,我觉得我理解了他之前那些无法解释的行为。

"是怎么发生的?"

"去把衣服换了,把东西安顿好,再回到这儿来……大约一个小时后吧。"

我犹豫了一下。"好吧。"

"等等。"正当我转身走向房门时,他说道。他用一种古怪的眼神看着我。我看得出他有话想说,但话到嘴边又咽回去了。

"这里原来是我们三个人,现在加上你,又是三个人了。你认识萨特里厄斯吗?"

"和你一样,也是从照片上认识的。"

"他在楼上的实验室里。我想他天黑之前是不会出来的,可是……不管怎样,你会认出他来的。如果你看到任何别的人,你要明白,我是说不是我也不是萨特里厄斯,你要明白,那……"

"那又怎样?"

我不知道自己是不是在做梦。他身后的背景上,黑色的波浪在西斜的落日下闪着血红的微光。他又坐回到扶手椅上,和原来一样耷拉着头,眼睛朝向一边,盯着那一卷卷的电缆。

"那么……就什么都不要做。"

"我会看到什么?难道是鬼吗?!"我大声说道。

"我明白。你一定以为我疯了。不,我没有疯。我眼下还没有别的办法可以说服你。再说……也许什么都不会发生。无论如何,请记住我的话。别说我没警告过你。"

"警告什么?!你究竟在说什么?"

"冷静点,"他坚持说道,"就装作……准备好面对任何事情。我知道这不可能。但无论如何尽量试试。这是我唯一的忠告。我不知道还有什么别的办法。"

"可是我到底会看到什么！"我几乎大喊起来，差点就要抓住他的肩膀，把他使劲地来回晃几下。而他依旧呆坐在那里，盯着那个角落，被晒伤的脸上满是疲惫，每说出一个字都显得很费力。

"我不知道。从某种意义上说，这取决于你自己。"

"幻觉？"

"不。它是——真的。不要……攻击它。请记住。"

"你在瞎扯什么？！"我说道，那声音好像不属于我自己。

"我们不是在地球上。"

"是多体属生物吗？可是它们看上去一点都不像人啊！"我大声喊道。我不知道怎样才能让他从这种恍惚状态中清醒过来。他好像正在从中读出某种毫无意义的东西，以至于他血管里的血都变得冰凉。

"正因为如此，才非常可怕，"他轻声说道，"记住了：时刻保持警惕！"

"吉巴里安到底出了什么事？"

他没有回答。

"萨特里厄斯在干什么？"

"你一小时后再回来。"

我转身离开。在打开门时，我又回头看了他一眼。他坐在那里，双手捂着脸，矮小的身躯缩成一团，穿着一条污迹斑斑的裤子。这时我才注意到，他两只手的指关节上都有干了的血迹。

索拉里斯学家

管状走廊里空无一人。我在关着的房门前站了片刻,侧耳倾听。墙一定很薄,可以听到外面呜呜的风声。门板上歪歪扭扭地贴着一块长方形的橡皮膏,上面用铅笔写着一个"人"字。我盯着这个潦潦草草、几乎无法辨认的字眼。有那么一刻我想要再回去找斯诺特,但我意识到那是不可能的。

他疯狂的警告仍在我耳边回响。我迈步走开,宇航服难以承受的重负把我的肩膀都压弯了。我悄悄地回到了那个有五扇门的圆形大厅里,就好像是在下意识地躲避着一个看不见的观察者。门上贴着名牌:吉巴里安博士、斯诺特博士、萨特里厄斯博士。第四扇门上没有人名。我犹豫了一下,然后轻轻地按下门把手,慢慢把门推开。在门打开的一瞬间,我几乎可以确定里面有人。我走了进去。

里面并没有人。有一扇同样的弧形玻璃窗,只不过略小一些,正对着外面的海洋。从这里望去,在太阳的照射下,大海闪烁着油乎乎的亮光,仿佛发红的橄榄油正在从浪尖上滴落下来。深红色的光芒充满了整个房间。房间就像轮船上的客舱,一边摆放着固定的书架,书架中间有一张装在万向节上的床,竖直靠墙收起;另一边是许多橱柜,它们之间挂着几个镀镍相框,里面是粘在一起的航空照片。另外还有一些金属支架,上面固定着烧瓶和试管，全都用棉花塞着口。窗户下面摆着两排涂着白色瓷漆的箱子，挨得很近，中间几乎无法让人通过。有些箱子的盖子半敞着，里面装满了各种各样的工具和塑料软管。两个角落里装着水龙头、排烟扇和冰柜；一台显微镜就放在地板上，因为窗户旁边的那张大桌子上已经摆满了东西，没有空地了。我转过身，看到紧挨着门有一个半敞的衣柜，和天花板一样高，里面塞满了防护服、工作服和防护围裙；搁板上放着内衣，便携式供氧器用的铝制钢瓶在防辐射靴的靴筒中间闪着光。两套连同面罩在内的供氧器挂在收起的床铺的栏杆上。到处都是一片混乱，仿佛只是在仓促之间敷衍了事地整理了一下。我试探着嗅了嗅空气，闻到了一股轻微的化学试剂味道和一丝刺鼻的气味——难道是氯气吗？我的眼睛本能地找到了天花板角落带有格栅的通风口。贴在通风口框架上的纸条轻轻飘动着，表明压缩机正在运行，维持着正常的空气流通。我把书、仪器和工具从两把椅子上移开，尽我所能把它们塞到角落里，直到在衣柜和书架之间床的周围多少清理出一些空地。我把一个衣架拉过来，打算把宇航服挂在上面；我抓住拉链，但又马上松开。不知为什么，我下不了决心脱掉宇航服，就好像那样会使我变得毫无防卫能力。我又仔细查看了整个房间。我检查了一下门确实关好了，因为没有锁，我在片刻迟疑之后把两个最重的箱子推过去顶在门上。这道临时障碍设好之后，我用力拉扯了几下，把自己从身上这层嘎吱作响的沉重外壳中解脱了出来。衣柜里有一面窄窄的镜子，反射着房间的一部分。我眼角的余光看到里面有东西在动；我吓了一跳，但原来那只是我自己的影子。我宇航服里面的内衣已被汗水湿透。

我把内衣一把扯下，将衣柜推向一边。衣柜向旁边滑去；后面的凹室是一个小小的浴室，墙壁光洁锃亮。淋浴下面的地板上放着一个扁平的大盒子，我费力地把它搬到了房间里。当我把它放在地板上时，盒盖像装有弹簧似的弹开，我看到里面的隔间里堆满了各种各样稀奇古怪的东西：一堆用黑色金属制成的工具，和橱柜里的那些有几分相似，但全都有些走形。全都无法使用：有的像是半成品，有的失去了锋刃，还有的是半熔化状，就好像是被火烧过。最奇怪的是它们的把手，尽管是用陶瓷做成，几乎无法被熔化，但也遭受了同样的损坏。任何实验室熔炉都达不到产生这种效果所需的温度——除非是在原子反应堆里。我从挂在衣架上的宇航服的口袋里拿出一个小巧的辐射探测仪，但当我把它伸到那些破损的工具旁边时，探测仪黑色的尖嘴仍旧一声不响。

我身上只穿着一条内裤和一件网状织物衬衫。我把它们像破布似的扔在地板上，光着身子跳进了淋浴间。突如其来的水流让我轻松了许多。我在猛烈的热水流下扭动着，按摩着自己的身体，喷着鼻子，动作有些夸张，就好像是在试图甩掉充斥着整个观测站的那种模模糊糊、具有传染性、令人疑神疑鬼的不确定感，将它从我体内彻底驱逐出去。

我从衣柜里找出一件也可以穿在宇航服里的轻便运动服，将我为数不多的个人物品全都转移到了它的口袋里。我的笔记本中间夹着一个硬硬的东西，是我在地球上公寓的钥匙。天知道它是怎么跑到那儿去的。我把它在手指间转了片刻，不知道该拿它怎么办。最后我把它放在了桌子上。我忽然想到，我可能需要一件武器。我的多功能小刀肯定不管用，但我身上别的什么都没有，而我的精神状态还没到要去找射线枪或是类似物件的地步。我坐在空地中央的一把金属椅上，离所有的东西都远远的。我想一个人待一阵。我很高兴看到自己还有半个多小时的时间。没办法，我这个人天性一丝不苟，履行承诺时不管是事关重大还是微不足道，我都会严守约定。24小时时钟的指针指着7点。太阳正在落山。当地时间7点是"普罗米修斯号"上的20点整。在莫达德的屏幕上，索拉里斯一定已经变成了一个小小的亮点，和星星无法区分。可是"普罗米修斯号"和我又有什么关系呢？我闭上眼睛。除了管道每隔一定时间发出吱吱声之外，四周一片寂静。浴室里的水滴落在瓷砖上，发出轻轻的滴答声。

吉巴里安死了。如果我没把斯诺特的话理解错，他死了只有十几个小时。他们把他的尸体怎么处理了？是不是埋了？对了，在这个星球上那是不可能的。我用一种就事论事的态度把这个问题想了半天，就好像这个死去的人的下落是这里最紧要的事情，直到我意识到这些想法有多么荒谬。我站了起来，开始沿房间的对角线踱步。我的脚尖踢在四处散落的书本上，又踢在一个空空的小挎包上。我弯下腰把它捡起。它并不是空的：里面装着一个深色的玻璃瓶，重量很轻，感觉就像是用纸做的。我透过它向窗口望去，窗外落日的最后一道惨淡红光被一片浑浊的薄雾遮挡得模糊不清。我究竟是怎么了？为什么要做这些毫无意义的事情？为什么纠缠于这些落在我手上的微不足道的琐事？

灯突然亮了起来，把我吓了一跳。当然，这是因为光电管感受到了黄昏的降临。我的心中充满了期待，同时也变得越来越紧张，以至于不愿背对任何开放空间。我决定摆脱这种紧张感。我把椅子移到书架旁，从架上取下一本我非常熟悉的书——休斯和欧格尔的早年专著《索拉里斯史》第二卷，将又厚又硬的书脊放在双膝上，开始翻阅起来。

索拉里斯被人类发现是在我出生前将近一百年的时候。这颗行星围绕着两颗恒星运行，一颗是红色的，另一颗是蓝色的。在它被发现后最初的四十多年里，没有一艘飞船靠近过它。当时，加莫夫-沙普利假说被认为是毋庸置疑的，它断言围绕双星运行的行星上是不可能有生命产生的。由于围绕彼此旋转的两颗恒星引力场之间的互相作用，这些行星的轨道总是在不停地改变。由此而产生的摄动将会使行星的轨道交替收缩扩张，如果真有初始生命出现，它们将被辐射的酷热或冰冻的严寒无情消灭。在索拉里斯，这些变化的周期是数百万年，从天文学或生物学的尺度上讲是很短的一段时间（因为进化需要数亿年，甚至数十亿年）。

根据最初的计算，在五十万年间，索拉里斯将逐渐移到距离它的红色太阳不到半个天文单位的地方，然后再过一百万年，它便会落入那个炽热的无底深渊。

但仅仅过了十几年，人们就发现，索拉里斯的轨道并没有显示出预期的变化，而是好像恒定不变，就像我们太阳系中行星的轨道一样稳定。

于是人们又重新观测和计算，这一次做得极为精确，而其结果只证实了人们已知的事实：索拉里斯的轨道的确应该是不稳定的。

人类每年都会新发现数百颗行星，它们会被添加到一个巨大的数据库里，附带上几行描述它们基本运动特性的注解。索拉里斯本是这些行星中不起眼的一员，现在一下子就变成了一个值得特别关注的天体。

于是，在这一发现的四年后，奥滕舍尔德考察队进入了它的环绕轨道，并从"拉奥孔号"和两艘陪同的辅助飞船上对它进行了仔细的勘察研究。这次考察算是临时侦察，特别是由于他们缺乏着陆能力。他们在行星的赤道和极地轨道上发射了数颗无人观测卫星，其主要任务是测量引力势。此外，他们还研究了几乎完全被海洋覆盖的行星表面，以及从海洋中伸出的少数几片高地。尽管索拉里斯的直径比地球大20%，这些高地的总面积却还不及欧洲。这些小片陆地上多是岩石，形似沙漠，不规则地分布在整个星球表面，大部分是在南半球上。同时他们也对大气组成进行了研究，发现里面不含氧气，而且还对行星的密度以及反照率等其他天文指标进行了非常详细的测量。正如所料，在陆地上和海洋里都没有发现任何生命的迹象。

现在索拉里斯成了该区域所有观测活动的焦点，而在接下来的十年里，它显示出一种惊人的趋向：尽管它的轨道从引力上来讲无疑是不稳定的，但它却仍然能够使其保持不变。有那么一阵，这件事还几乎变成了一件丑闻，因为有人（为了科学的利益）试图将这些观察结果归咎于某些人的过失，或是归咎于他们所使用的计算机。

由于资金短缺，向索拉里斯派遣正式考察队的计划又被推迟了三年。直到尚纳汉组织了一队船员，并设法从研究所获得了三艘C吨位的科斯莫德罗姆级飞船。考察队从宝瓶座阿尔法星区域出发，在他们到达的一年半之前，另一支考察舰队为研究所将一颗自动卫星体，月神247号，送入了索拉里斯星的环绕轨道。这颗卫星体经历了三次改造，每次间隔数十年，并且至今仍在运行。它收集的数据明确证实了奥滕舍尔德考察队的观测结果：索拉里斯星上的海洋活动非常活跃。

尚纳汉考察队的三艘飞船中有一艘停留在高轨道上，另外两艘在预先进行了准备工作之后，降落在了索拉里斯南极占地约六百平方英里的一片岩石地带上。十八个月后，考察队工作结束；除了一起由机械故障造成的不幸事故之外，一切都很顺利。然而，科学研究小组的成员却分成了两个相互对立的阵营。他们之间争议的主题便是这片海洋。基于分析结果，他们将其归为一种有机组成物（当时还没有人敢说它是活的）。然而，尽管生物学家把它看作一种原始生物——就像一个巨大的合胞体，换句话说，一个硕大无比的单个流体细胞（但他们仍将其称为一种"前生物形态"），一层覆盖着整个行星表面的胶状物质，其深度在某些地方可达数英里——但另一方面，天文学家和物理学家则声称它一定是个高度组织化的结构，其复杂程度可能超过了地球上的生物体，因为它能够积极主动地影响它所在行星的运行轨道：没有发现任何其他原因可以解释索拉里斯的这种行为。此外，行星物理学家还发现，这片原生质海洋中的某些过程和重力势的局部测量值之间存在着某种关系，重力势会随着海洋的"新陈代谢率"而改变。

就这样，是物理学家，而不是生物学家，提出了我们应该用"原生质机器"这个貌似自相矛盾的表达方式来称呼这个组成物。按照我们的理解，它可能并没有生命，然而它却能够采取有目的的行动，而且我们应当马上指出，这种行动的规模还极其巨大，居然是在天文学尺度上。

在接下来的几周时间里，这场争论就像一阵旋风，把所有著名权威人士都卷了进来。在争论的过程中，加莫夫-沙普利假说在80年来首次遭到质疑。

有那么一段时间，人们试图为这一假说进行辩护，声称这片海洋和生命毫无关系，就连"准生物"或"前生物"的组成物都算不上，而只不过是一个地质结构体，无疑很不寻常，但它唯一的能力就是通过改变万有引力来维持索拉里斯星的运行轨道，有人还提到了勒夏特列原理。

与此同时，也出现了不少和这种保守观点针锋相对的理论解释，如奇维塔-维蒂假说，就是其中较为完善的一个。它声称这片海洋是辩证发展的产物：从它的初始形态开始，也就是一片原始海洋，一种由缓慢相互作用的化学物质构成的溶液，在外界环境的压力下（指威胁其存在的行星轨道变化），它没有经过地球生物所经历的所有演化阶段——也就是说，既没有经历单细胞和多细胞生物的出现，也没有经历动植物的进化，也没有进化出神经系统及大脑，而是抄近道直接跳到了"稳态海洋"的阶段。换句话说，和地球上的生物不同，它没有在数亿年的漫长时间里逐渐适应它的周围环境，以便最终产生一种有理性的物种，而是一开始便学会了掌握自己的环境。

这一假说极具独创性，只可惜还是没有人知道一团糖浆般的胶状物质如何能够使得一个天体的运行轨道保持稳定。能够产生人造力场和引力场的装置——引力发生器——已经出现了将近一百年，但引力发生器的效果是通过一系列复杂的核反应和极高的温度实现的，而谁也无法想象一团无定形的黏稠物质如何能够产生同样的效果。当时报纸上满篇都是耸人听闻、不着边际的有关"索拉里斯之谜"的猜测，以满足读者的口味，同时却让科学家们十分绝望。这些文章里不乏诸如此类的断言，声称这个行星上的海洋是地球上电鳗的远亲。

当这个问题至少在一定程度上得以澄清时，结果就像大多数有关索拉里斯星的情况一样，问题的答案让一个谜又被另一个也许更为令人困惑的谜所代替。

研究表明，这片海洋的作用原理和我们的引力发生器完全不同（当然如此），它居然能够直接影响时空度规，其结果之一便是在索拉里斯星同一条子午线上不同地点测量的时间会有所不同。因此，这片海洋不仅在某种意义上知道爱因斯坦-博埃夫理论，而且能够有效地利用这一理论（而人类还做不到这一点）。

当这个发现得以公之于世，科学界里爆发了本世纪最猛烈的一场风暴。那些曾经最受人尊重、曾被人们普遍视为真理的理论，现在全都土崩瓦解。各种极具异端邪说气质的文章开始在科学文献中出现，而"聪慧海洋"与"引力胶质"两种观点之间的争论则点燃了每个人心中的激情。

这一切全都发生在我出生前十几年。等到我上学的时候，基于后来发现的种种证据，人们普遍认为索拉里斯是一个有生命存在的星球，但它只有一个居民……

我仍在心不在焉地翻阅着休斯和欧格尔著作的第二卷，这本书的开头是一个分类系统，既别出心裁，又引人发笑。分类表的内容如下：

属——多体属，

目——合胞目，

纲——变形纲。

听上去就好像我们所知道的这个物种的样本有天晓得多少个，而实际上则只有一个，尽管这一个就足有17万亿吨重。

各种五颜六色的示意图、图表和光谱分析图从我的手指间匆匆翻过，它们解释了该生物的基本代谢及其有关化学反应的类别和速度。我在这本大部头的巨著中钻得越深，苍白的书页上出现的数学公式就越多。就好像我们对这个变形纲生物的代表已经了如指掌，而此刻它正潜伏在观测站钢铁底座下面大约几百米的地方，被这颗行星上四个小时的黑夜笼罩着。

但事实上，并不是所有人都认为这是一个"生物"，更不用提海洋是否可以被称为有智能这个问题了。我把这本大部头的书重重地放回到书架上，然后取出了下一本。它分为两部分。第一部分总结了所有旨在与这片海洋进行接触的实验记录，而这些实验多得不计其数。我记得很清楚，在我上学的时候，这种接触曾是无数趣闻逸事、俏皮话和笑话的来源；和这个问题所引发的丛林般的混乱相比，中世纪的经院哲学就像是清晰易懂的典范。书的第二部分有将近一千三百页，里面全都是相关的参考书目。我所在的这个房间根本放不下有关这个课题的所有原始文献。

在最初的接触尝试中，人们采用的是一种特殊的电子设备，可对双向发送的刺激信号进行转化。这片海洋积极参与了这些设备的设计过程——尽管谁也不清楚这其中的具体细节。说它"积极参与了"是什么意思呢？当这些设备被放入海中时，它对其中的某些部件进行了改动，因此记录下来的放电节律发生了变化，而这些设备记录下了大量的信号，这些信号就像是某种大规模高级分析活动的片段。但这一切究竟意味着什么呢？也许这些数据捕捉到的是这片海洋的某个暂时兴奋状态？也许这是一种神经冲动，用来激发海洋里的那些巨大构造物，就在距离研究人员数千英里之外的某个地方？也许这是这片海洋永恒真理的表现形式，被转换成了难以理解的电子表达方式？也许这是它的艺术作品？但这一切又有谁能知道呢？因为同样的刺激从来都不会产生两次相同的反应：这一次得到的回复是一系列爆发式的脉冲，几乎将仪器炸毁，而下一次却是一片死寂。任何实验结果都无法得以重复。我们距离破译这些信号似乎总是只有一步之遥，可同时数据还在不断积累，就像是一片不停扩展的汪洋大海；人们还专门为此建造了具有强大信息处理能力的电脑，其功能超过了在此之前的任何科学问题所需的计算能力。实际上，人们的确获得了一些结果。这片海洋作为一个电脉冲、磁脉冲和引力脉冲源，似乎是在用数学语言讲话。利用地球上的数学分析和集合论中最抽象的分支，可以对它的某些放电脉冲序列进行分类；它们包含着与物理学中某些已知结构相对应的东西，而这些物理学领域所涉及的是能量与物质、有限与无限、粒子与场之间的相互关系。所有这一切使得科学家们认为，他们所面对的是一个会思考的怪物，是某种由原生质构成的海洋大脑，巨大无比，覆盖了整个星球表面，而它消磨时间的方式就是沉浸在对宇宙本质的理论思考当中，其尺度之大令人不可思议，就好比是一场宏大的独白，在这片海洋的深处永无休止地上演，完全超出我们的理解能力，而我们的仪器捕捉到的不过是这场独白中无意间偶然听到的几个小小的片段而已。

这就是数学家们所得出的结论。有些人认为这种假说是对人类认识能力的一种蔑视，是对我们尚未理解的东西举手投降，但同时也可以理解为那个古老的信条，即"我们尚且不知，将来也不可知"又在死灰复燃。还有人将其视为有害且无用的无稽之谈，声称数学家的这种假说暴露了一个当代神话，那就是有些人认为一个巨大的大脑——不论是电子的还是原生质的——是生存的最高目标，是存在的全部真谛。

还有其他人……这方面的研究者和他们的观点多如牛毛。而且，和索拉里斯学的其他分支相比，整个"接触"领域里的这种混乱状况根本就不算什么。在那些领域里，特别是在最近25年间，专业化现象已经非常严重，以至于在索拉里斯学家中间，控制论专家几乎无法跟对称体专家对话。在我上大学的时候，当时的研究所主任弗伯克曾经开玩笑地问道："如果你们互相之间尚且无法沟通，你们又如何跟海洋沟通呢？"他这句玩笑中包含着不少真理。

将这片海洋归为变形纲并非偶然。它起伏不平的表面能够产生出极为多种多样的形态构造，和地球上的任何东西都毫无相似之处，而且这些往往很猛烈的原生质"创造力"爆发现象的目的究竟是什么——不管它是适应性的、认知性的还是别的什么性质——这个问题仍然是一个未解之谜。

我把书放回到书架上——这本书太沉了，我得用两只手才能把它举起来。我心想，我们对索拉里斯的了解，所有那些塞满图书馆的知识，都是无用的累赘，只不过是一片事实的泥潭。我们现在所面对的情况和78年前我们刚开始收集这些资料时毫无两样；事实上，眼下的情况还要更糟，因为事实证明，这些年来所有的艰苦努力都是徒劳。

我们所确切知道的全都是否定命题。我们知道这片海洋既不使用机器，也不制造机器，尽管在某些情况下它似乎具备这种能力，因为它复制了我们放入海中的某些设备的部件。但它只是在研究工作的头两年里这样做过；从那以后，它以本笃会修道士般的耐心，对我们一次又一次的尝试置之不理，仿佛对我们的仪器和制品完全失去了兴趣（好像对我们也完全失去了兴趣）。我们的"否定性认知"还告诉我们，它既没有神经系统，也没有细胞或任何类似于蛋白质的结构。它对外界刺激并不总是会做出反应，即使是非常强烈的刺激（例如，在由吉斯率领的第二次科学考察中，一艘辅助火箭飞船从300千米的高度坠落到行星表面，原子反应堆发生了爆炸，对一英里半范围内的原生质造成了损坏，而它却对这场灾难事故丝毫没有理会）。

渐渐地，在科学界里，"索拉里斯问题"被人们视为解决无望，特别是在研究所的学术管理会中间，近年来他们当中有人呼吁将来要削减研究经费。还没有人敢建议彻底关闭这个观测站；那样做就等于是过于明显地承认失败。也有些人在私下里说，我们唯一需要做的就是想办法，尽可能"体面"地从这个"索拉里斯事件"中脱身出来。

然而，对许多人来说，尤其是年轻人，这一"事件"慢慢变成了考验他们自身价值的试金石。"从根本意义上讲，"他们会这样说,"这里面的利害远远超过了对索拉里斯文明的探索,因为它所牵涉的是我们自己,事关人类认知的局限性。"

有一段时间,曾经有过这样一个流行的观点(当时被新闻界大力宣传),那就是覆盖着整个索拉里斯的这片会思考的海洋是一个巨型大脑,比我们自己的文明要先进数百万年,说它好像是什么"宇宙瑜伽大师",一位智者,全知全能的化身,而且它早已领悟到一切行动都是徒劳,因此对我们保持着绝对的缄默。这显然不是事实,因为这片活海洋并非无所作为,只不过它的行为所依照的并不是人类的观念。它既不建造城市和桥梁,也不造飞行器;它不试图穿越太空,也不试图征服宇宙(某些人类优越性的坚定捍卫者认为这是我们手中的一张无价王牌),而是整天忙于进行成千上万次的变形——"本体自发变形"(有关索拉里斯的文献中绝对不乏高深的学术术语!)。另一方面,这也是因为任何顽强钻研了所有这些文献的人都会禁不住产生这样一种印象:尽管他可以从中看到一些也许是出自某种高度智慧结构的零散片段,但同时也会发现某种愚蠢之至、近乎疯狂的思维产物,这二者不分青红皂白地混杂在了一起。于是,和"瑜伽大师"这一概念相反,同时也出现了"海洋白痴"这种说法。

这些假说使得一个最古老的哲学问题重获新生,即物质与精神以及意识之间的关系。像杜哈尔特那样率先承认这片海洋具有意识是需要相当的勇气的。方法学家们将它过于草率地称为形而上学,然而几乎在每一场讨论和争辩的背后,这个问题都隐而待发。没有意识的思维有可能存在吗?那些在这片海洋里发生的过程能被称作思维吗?一座山难道就是一块大石头吗？一颗行星难道就是一座大山吗？你可以使用这些字眼，但新的规模尺度会带来新规律、新现象。

这个问题成了我们这个时代化圆为方的难题。每一个有独立思考能力的人都在努力为索拉里斯学的宝库做出自己的贡献。各种理论层出不穷。有的声称我们面前所看到的是这片海洋的"智力高度繁荣"时期之后由于退化或倒退而导致的结果；还有的说这片海洋实际上是一个胶质母细胞瘤，起初出现在这颗行星上原来居民的身体里，渐渐将他们全部吞噬，消化吸收，最后把他们的残骸融合在一起，形成了一种永恒持久、能够自我更新的超细胞生命体。

荧光灯的白色光芒好似地球上的日光。我把仪器和书本从桌上拿开，把一张索拉里斯的地图铺开在塑料桌面上，双手撑在桌边的金属饰条上，仔细研究起来。这片活海洋有浅滩也有深沟，海中的诸岛上覆盖着一层经过风化的矿物质，表明它们曾经也是海底的一部分——难道说这片海洋也控制着海底岩层的起落升降？没有人知道答案。我凝视着地图上两个巨大的半球，上面涂着各种深浅不一的紫色和淡蓝色。就像我以前经历过无数次的那样，我又一次感受到那种惊奇不已的感觉，就像第一次那样震撼，那时我还是一个小孩子，在学校里头一回听说了索拉里斯星的存在。

不知为什么，周围的一切，以及隐藏在其中的吉巴里安死亡之谜，甚至是我自己未知的将来，突然变得好像全都不重要了。我脑子里没有一丝杂念，完全沉浸在这幅令每个看到它的人都感到震惊的地图之中。

这个生命形态的各个区域都是以献身于探索它们的科学家

的名字命名的。我正打量着环绕在赤道岛屿周围的泰克索尔胶质地块，这时我感觉到有一双眼睛在注视我。

我仍然俯身站在地图前，但我已经对它视而不见，感觉就像瘫痪了一样。门就在我的正前方，用箱子堵着，后面还顶着一个储物柜。肯定是个机器人，我心想，尽管之前房间里并没有机器人，而且如果有机器人进来我也不可能没有注意到。我脊背和脖颈上的皮肤开始感到火辣辣的刺痛，感觉有一束冷酷的目光一动不动地注视着我，几乎让人无法忍受。我把头在肩膀中间越缩越低，不知不觉在桌子上也靠得越来越用力，以至于最后，桌子开始在地板上慢慢滑动，正是桌子这么一动，似乎才让我缓过神来。我猛地回转身。

房间里空荡荡的。我面前只有那扇硕大而漆黑的半圆形窗户。那种感觉仍没有散去。那片黑暗正注视着我，它没有定形，巨大无比，没有眼睛，无边无际。窗外没有一丝星光，我拉上了不透光的窗帘。我来到这个观测站还不到一个小时，但我已经开始明白为什么这里会发生偏执狂事件。我本能地将其与吉巴里安的死联系了起来。根据我对他的了解，任何事情都不会使他心理失常。但现在，我不再那么肯定了。

我站在房间中央的桌子旁边，呼吸慢慢趋于平静。我感到刚才自己额头上冒出的汗凉了下来。我刚才在想什么来着？对了——机器人。我在走廊和房间里连一个机器人都没碰见，这很奇怪。它们哪儿去了？我只遇到了一个，还是远远看见的，是负责起落场机械维修的。其他的都在哪儿呢？

我瞥了一眼手表。已经到了该去见斯诺特的时候了。

我出了舱门。走廊天花板上的荧光灯发出昏暗的灯光。我从两扇门前走过，来到了写着吉巴里安名字的那扇门前。我在门前站了很长时间。观测站里一片寂静。我抓住了门把手。老实讲，我其实并不想进去。我将门把手向下一按，门开了大约一英寸宽的一条缝，有那么片刻，这条缝里一片黑暗，接着房间里的灯亮了起来。现在从走廊经过的人都可以看见我。我迅速跨过门槛，轻轻地把门在身后关牢。然后我转过身。

我站在那里，后背几乎紧贴在门上。这间舱室比我的大，里面也有一扇全景窗，窗户的四分之三被一块窗帘遮住，窗帘上点缀着蓝色和粉红色的小花朵，显然不是观测站的装备，而是从地球上带来的。沿墙摆放着书架和橱柜，上面全都涂着一层浅绿色的瓷漆，带有一种银色的光泽。书架上和橱柜里的东西全都翻倒在地板上，在凳子和扶手椅之间堆成了好几堆。就在我的面前，两张带轮子的小桌翻倒在地，挡住了我的去路，桌子的一部分埋在了堆积如山的杂志下面，一本本期刊从损坏了的文件夹中散落出来。液体从打碎了的烧瓶和带有瓶塞的瓶子里流出来，把翻开成扇状的书浸得透湿。这些瓶子大多是用很厚的玻璃制成，因此，即使是从很高的地方掉到地上，也不足以将它们摔碎。一张书桌翻倒在窗前，用活动支架固定在上面的可调节台灯也摔坏了；一只凳子倒在桌前，两条腿插在半开的抽屉中间。整个地板上撒满了纸张、手写的纸页和各种其他文件，简直像洪水泛滥。我在其中认出了吉巴里安的笔迹，于是弯下腰去捡。就在我捡起那些散落的纸页时，我注意到我的手臂刚才还只有一个影子，现在却有两个。

我转过身。那条粉红色的窗帘就好像被从顶端点燃了一样，燃起了一道鲜艳的蓝色烈火，而且那道火焰正在迅速蔓延。我把窗帘猛地拉到一边，一片可怕的火光映入了我的眼帘。它占据了地平线的三分之一。一片密密麻麻、幽灵般的细长阴影穿过波浪的低谷向观测站涌来。原来这就是日出。在观测站所在的这个区域，一小时的夜晚过后，这颗行星的第二个太阳又在天空中升起，这个太阳是蓝色的。自动开关熄灭了天花板上的电灯，我又回身去捡那些散落的纸张。我发现了一份为三周前计划进行的一项实验所写的简明草案——吉巴里安打算用能量很高的硬X射线对海洋原生质进行照射。从草案的内容我推断出这是写给萨特里厄斯的，他将负责组织这项实验；我手里拿着的是副本。雪白的纸张让我感到刺眼。刚刚开始的这一天和前一天大不相同。昨天，正在逐渐冷却的红色太阳将天空映成一片橙红色，下面的大海漆黑如墨，带着血红色的斑点，海面上几乎总是笼罩着一层浑浊的粉红色薄雾，将天空、云彩和波浪融为一体。而现在，这一切全都消失不见了。即使是透过粉红色的窗帘，从窗外照进来的光线也像一盏高瓦数石英灯的灯芯一样明亮耀眼。它把我手上晒黑了的皮肤几乎照成了灰色。整个房间都变了样。所有原本是红色的东西都变成了棕褐色，然后渐渐褪成猪肝色，白色、绿色和黄色物体的颜色则变得极为耀眼，看上去就好像它们本身正在发光。我眯着眼睛透过窗帘的缝隙望去，天空就像是一片白茫茫的火海，下面的海水看上去就像是熔化了的金属，正在不停地抽搐颤抖。我闭上双眼，红色的圆圈在我视野里扩展。我在洗脸池旁边的架子上找到了一副太阳镜，洗脸池的边缘上有碎裂痕迹；我戴上太阳镜，它几乎遮住了我的半张脸。窗帘现在像钠的火焰一般光芒闪耀。我继续从地板上捡起一页页的稿纸，边读边将它们摞在唯一一张还没有翻倒的小桌上。文稿内容有些残缺。

这些文稿是为已经完成的实验写的报告。我从中得知，他们用X射线对海洋进行了四天的照射，实验地点在他们当前位置东北方向1 400英里。所有这一切让我感到震惊，因为鉴于X射线的致命作用，联合国公约已将其禁止使用，而我确信没有人曾为这种实验向地球上申请过许可。我无意中抬起头，在半敞着的衣柜门上的镜子里瞥见了我自己的影子，一张死人般苍白的脸，戴着一副黑色的墨镜。整个房间看上去非常离奇，像是燃烧着白色和淡蓝色的火焰。几分钟后，伴随着一阵持续而刺耳的摩擦声，窗外的密封遮阳板合了起来。房间暗了下来，人工照明又重新亮起，现在却显得有些暗淡。屋里越来越热，直到空调管道里原本从容不迫的嗡嗡声变成了一种费力的尖利噪声。观测站的冷却系统正在全速运转。尽管如此，这种死气沉沉的热度仍在不断上升。

我听到了脚步声。有人正沿着走廊走来。我无声地箭步来到门口。脚步声慢了下来，停住了。那个人正站在门外。门把手开始慢慢转动。我不假思索地从我这边将它抓住，死死握着。门把手上用的力并没有增加，但也没有放松。另一边的人和我一样没有作声，就好像是吃了一惊。有那么好长一阵，我们两人都紧紧握着门把手不放。接着，它突然在我手中往回一弹，被放开了，一种轻轻的沙沙声表明那个人正在走开。我又站了一会儿，仔细侧耳倾听，但没有任何动静。

客　人

我将吉巴里安的笔记匆匆折了两折,塞进了口袋里。我慢慢走到衣柜前,向里面望去。防护服和其他衣物被挤到了一个角落里,就好像有人在柜子里站过。地上有一摞纸,下面露出一个信封的一角。我把信封捡起。上面的收信人是我。我突然感到喉咙发紧。我撕开信封,鼓足了勇气,这才将里面的一张小纸片展开。

吉巴里安的字迹工工整整,字很小,但非常清晰,他写道:

《索拉里斯学年刊》第一卷附录,另参见:梅辛杰关于F事件的少数派报告,收录在拉文策尔编著的《小伪经》中。

只有这么短短几行字。从笔迹上看是匆忙中写成的。难道是什么重要信息?是他在什么时候写的?我意识到自己应该尽快去图书室。我知道《索拉里斯学年刊》第一卷的附录,我的意思是,我知道它的存在,但我从来没有将它拿在手上,因为它只有纯粹的历史价值。而另一方面,我从未听说过拉文策尔和他编著的《小伪经》。

我该怎么办呢?

我已经晚了15分钟。我站在门口，再一次环顾着整个房间。这时我才注意到那张垂直靠墙收起的折叠床，因为它被一张展开的索拉里斯地图遮住了。地图后面挂着一样东西，原来是一台袖珍录音机，装在一个盒子里。我拿出录音机，将盒子放回原处。我看了一下录音机上的计数器：整卷磁带几乎全都录满了。我把录音机装进了口袋里。

我又在门口站了片刻，闭着双眼，仔细倾听着门外的一片寂静。没有任何动静。我打开门，走廊看上去好像一道黑色的深渊。我摘下墨镜，这才看见了天花板上微弱的灯光。我把门在身后关上，朝着左边无线电台室的方向走去。

我离那个圆形大厅已经很近，几条走廊从这里像轮辐一样向各个方向岔开。在经过一条好像是通向洗澡间的狭窄侧道时，我突然瞥见了一个模模糊糊的高大身影，几乎和半明半暗的背景融为一体。

我马上停下脚步，一动都不敢动。从这条侧道的深处，一位体型硕大的黑人女子正从容不迫、摇摇摆摆地朝我走来。我看到了她闪着微光的眼白，几乎与此同时，也听到了她赤脚踩在地上发出的柔和的啪啪声。她身上只穿着一条闪亮的黄色裙子，好像是用稻草编成。她巨大的乳房下垂着，乌黑的手臂和普通人的大腿一样粗。她从离我不到一米的地方经过，看都没看我一眼便走开了。她巨大如象的臀部来回摇摆着，就像在人类学博物馆里有时可以看到的那种臀部特别肥突的石器时代雕塑。在走廊转弯的地方，她转向一侧，消失在吉巴里安的舱室里。当她把门打开时，有那么一瞬间，她站在屋里更为明亮的光线下。接着，门轻轻地关上了，又只剩下我一个人。我用右手握住左手手腕，用尽全力紧紧攥着，直到骨头咔咔作响。我心神不定地环顾四周。刚才究竟发生了什么？这到底是怎么回事？突然间，就好像被人当头一棒，我想起了斯诺特的警告。他说的究竟是什么意思？这个怪物般的阿佛洛狄忒又是谁？她是从哪儿来的？我朝着吉巴里安的舱室只迈出了一步就停住了。我心里再明白不过，我绝对不能进去。我张大鼻孔闻了闻空气中的气味。有点儿不对劲，有什么东西很不正常。对了！我本能地料想自己应该能够闻到她令人反感的独特汗臭味，但尽管她从离我只有一步之遥的地方经过，我却什么都没有闻到。

我不知道自己靠在冷冰冰的金属墙上站了有多久。整个观测站一片沉寂，只能听见远处空调压缩机单调的嗡嗡声。

我张开手掌，在脸上轻轻拍了两下，然后慢慢地向无线电台室走去。在按下门把手时，我听到有人厉声问道：

"谁？"

"是我，凯尔文。"

他坐在一堆铝制箱子和无线电发射控制台之间的一张桌子旁，直接从罐头盒里吃着浓缩肉罐头。我不知道他为什么会选择把无线电台室当成自己的住处。我茫然地站在门口，盯着他正在有规律地咀嚼着的下巴，突然意识到自己肚子很饿。我走到储物架跟前，从一堆盘子里取出灰尘最少的一个，在他对面坐下。有那么一阵，我们两人一言不发地吃着。过了一会儿，斯诺特站起身，从橱柜里取出一个保温瓶，给我们俩每人倒了一杯热热的肉汤。因为桌上没有地方，他把保温瓶放在了地上，接下来他问道：

"你见到萨特里厄斯了吗？"

"没有。他在哪儿?"

"在楼上。"

楼上是实验室。我们继续沉默不语地吃着,直到罐头盒底被刮得干干净净。夜色笼罩着无线电台室。窗户从外面遮盖得严严实实,天花板上点着四盏圆形的荧光灯。它们的影子在控制台的塑料外壳上颤动着。

斯诺特颧骨上的皮肤紧绷着,上面露出红色的毛细血管。他身上穿着一件宽松的黑色毛衣,有好几处已经破损。

"你有什么不舒服吗?"他问道。

"没有?怎么会呢?"

"你在淌汗。"

我用手抹了抹额头。没错,我的确是大汗淋漓,想必是由于刚才遭受了那场惊吓所致。他用审视的眼神打量着我。我该不该告诉他呢?我宁愿他能对我表现出更多信任。在这里进行的究竟是一场什么样令人费解的游戏,而且到底是谁在跟谁较量呢?

"有点儿热,"我说,"我还以为你们这儿的空调管用呢。"

"大约一个小时后就会起作用。你敢肯定只是因为热的缘故吗?"他抬头看着我。我认真地嚼着食物,假装没有注意到。

"你打算做些什么?"我们吃完饭后他终于问道。他把盘子和空罐头盒全都扔进了墙边的洗碗池里,然后坐回到椅子上。

"我想依照你们的安排来做,"我不动声色地说,"你们不是有个研究计划吗?某种新的刺激手段,好像是X射线或是什么类似的东西,对不对?"

"X射线?"他扬起了眉毛,"你是从哪儿听说的?"

"我记不得了。有人告诉过我。也许是在'普罗米修斯号'上吧。怎么了？难道你们已经开始做了吗？"

"我不了解其中的细节。这是吉巴里安的主意。是他和萨特里厄斯一起搞起来的。但你是怎么知道这件事的？"

我耸了耸肩。

"你不了解其中的细节？想必你也参与了，因为这毕竟是你的专业领域……"我没有把这句话说完。他没作声。空调尖利的噪声安静了下来，温度还可以忍受。只有一种高音仍持续不断，就像一只垂死的苍蝇在嗡嗡作响。斯诺特站起身，走到控制台前，开始胡乱扳动上面的开关，但这样做毫无意义，因为总开关没有打开。他这样瞎鼓捣了一阵，然后仍然背对着我，说道：

"我们必须完成一些有关……你知道的，就是有关这件事的正式手续。"

"是吗？"

他转过身看着我，仿佛要发怒。我其实并没有故意试图激怒他，但由于我对这里正在进行的这场游戏一无所知，我宁愿有所节制。他凸显的喉结在毛衣的黑色高领下面上下蠕动着。

"你去过吉巴里安的房间。"他突然说道——并不是在发问。我扬起眉毛，冷静地正视着他。

"你去过他的房间。"他重复道。

我微微把头一摆，就好像是说"也许吧"或者"姑且说我去过"。

我想让他继续说下去。

"里面有谁？"他问道。

他知道那个女人!

"谁都没有。会有谁在里面呢?"我问道。

"那你为什么不让我进去?"

我笑了。

"因为我害怕。听了你的警告,门把手一动,我就本能地把它抓住了。你为什么不说是你呢?要知道是你,我会让你进去的。"

"我还以为你是萨特里厄斯呢。"他有些吃不准地说。

"是他又怎么样?"

"那个房间里发生的事……你怎么看?"他以一个问题来回答我的问题。

我犹豫了一下。

"你一定比我更清楚。他现在在哪儿?"

"在冷藏室,"他马上答道,"今早我们直接就把他搬到那儿去了……因为屋里太热。"

"你们是在哪儿发现他的?"

"在衣柜里。"

"在衣柜里?当时他已经死了吗?"

"他的心脏还在跳,但呼吸已经停止了。已经是临死前的痛苦挣扎了。"

"你们试着抢救他了吗?"

"没有。"

"为什么没有?"

他犹豫了一下。

"我到得太迟了。我还没把他放平他就死了。"

"他当时是站在衣柜里的？就在那些防护服中间？"

"是的。"

他走到屋角的一张小书桌前，拿起放在上面的一张纸。他把那张纸放在了我的面前。

"我写了一份临时报告，"他说，"你看过他的房间，这其实也挺好。死亡原因……注射了致命剂量的珀诺斯妥。全都在这儿写着……"

我将纸上简短的文字大致看了一遍。

"自杀，"我轻声重复道，"原因是什么？"

"精神崩溃……抑郁症……管它叫什么名字来着。这你应该比我知道得更清楚。"

"我只知道我亲眼所见的东西。"我答道，一边抬头正视着他的双眼，因为他正居高临下地站在我面前。

"你这话是什么意思？"他平静地问道。

"他给自己注射了珀诺斯妥，然后藏在了衣柜里，对吧？如果是这样的话，那就不是什么抑郁症，也不是精神崩溃，而是严重的精神错乱。偏执狂……他一定是以为自己看到了什么……"我说着，节奏越来越慢，一边直视着他的眼睛。

他走到无线电控制台前，又开始扳动开关。

"这上面有你的签名，"我沉默了片刻，然后说道，"萨特里厄斯的呢？"

"他在实验室里。我已经告诉过你了。他不肯出来，我猜想他一定是……"

"是什么？"

"把自己关起来了。"

"把自己关起来？是这样啊。把自己关起来了。还真有他的。也许他还把门也顶上了？"

"也许是吧。"

"斯诺特……"我说道，"观测站里有个人。"

"你看见了？！"

他俯身注视着我。

"你警告过我。你说的是谁？这是幻觉吗？"

"你看见什么了？"

"这是一个人，对吗？"

他一言不发，转身面对墙壁，就好像不想让我看到他的脸。他用手指敲打着一块金属隔板。我看着他的手，他指关节上的血迹已经不见了。我忽然间明白了什么。

"那个人是真的。"我轻声说道，几乎像是耳语，就好像是在告诉他一个可能被人偷听的秘密。"对吧？你可以……触摸她。你可以……伤害她……你上次见到她是在今天。"

"你怎么会知道这些？"

他没有回转身，而是靠墙站着，胸口紧贴在墙上，就好像我的话句句击中了他的要害。

"就在我着陆之前……在那之前没多久？"

他畏缩了一下，就好像受了一击。我看到他双眼中流露出一种疯狂的眼神。

"你？！"他结结巴巴地说道，"你到底是谁？"

他看上去就像是要向我猛扑过来，这我可没料到。这里的情况彻底乱了套。难道说他不相信我真是我自称是的那个人？这究竟是怎么回事?！他惊恐不堪地盯着我。他难道是疯了吗？还是中了毒？现在什么可能性都有。可是我自己也看到她了呀——我也看到了这个怪物；这么说，难道我自己也……

"那个人到底是谁？"我问道。我的话使他平静了下来。他仔细打量了我一阵，就好像他还是不信任我。他还没有开口，我就知道自己出手有误，他是不会回答我的。

他慢慢地在一把扶手椅上坐下，双手抱住了头。

"这里发生的事情……"他低声说道，"就像是一场迷迷糊糊的高烧……"

"那个人到底是谁？"我又问了一遍。

"如果你不知道的话……"他喃喃地说。

"那又怎么样？"

"不怎么样。"

"斯诺特，"我说道，"我们离自己的家乡都够远的了。大家应该开诚布公，摊开来说话。事情本来就已经够复杂了。"

"你这是什么意思？"

"我的意思是，你应该告诉我我看到的到底是谁。"

"那你呢？"他怀疑地反问道。

"你真是傻了。我会把一切都告诉你，你也同样告诉我。你尽可放心，我不会以为你疯了，因为我知道……"

"疯了！我的天哪！"他试图笑出声来，"你真不懂，你真的一点儿都不懂……要是那样的话就有救了。如果他当时真的相信自己疯了，哪怕是有一丝一毫的相信，那他就不会那样做，他就会还活着……"

"这么说你在报告里写的什么神经崩溃全都是假的了？"

"当然了！"

"那你为什么不如实写呢?"

"为什么……?"他重复道。

接下来是一阵沉默。我又一次感到自己完全摸不着头脑,什么都没弄明白。刚才有那么一阵,我还觉得自己好像能够成功说服他,二人齐心协力来解开这个谜团。为什么,为什么他就是不愿意开口呢?!

"机器人都哪儿去了?"我开口问道。

"在贮藏室里。我们把它们全都锁起来了,除了负责起落场机械维修的那些。"

"为什么?"

他又没有回答。

"你不愿意说?"

"我不能说。"

这里面有一点什么东西我一时还捉摸不透。也许我应该上楼去找萨特里厄斯?我突然想起了那张纸条,而眼下它似乎是最重要的东西。

"你觉得自己在这种情况下还能继续工作吗?"我问道。

他轻蔑地耸了耸肩。

"那又有什么关系呢?"

"是吗?那你打算怎么办?"

他默不作声。在一片寂静之中,可以听到远处有人光着脚走路的声音。在这些镀镍和塑料的仪器设备中间,在装着电子设备、玻璃器皿和精密仪器的高大橱柜中间,这种懒懒散散、踢里踏拉的脚步声听上去就像是某个神经有毛病的家伙开的一个愚蠢的玩笑。脚步声越来越近。我站起身,紧张地望着斯诺特。他仔细听着，眼睛眯成了一条缝，但似乎没有丝毫恐慌。这么说他害怕的并不是她？

"她是从哪儿来的？"我问道。接着，正当他犹犹豫豫的时候，我又问："你是不是不想说？"

"我不知道。"

"好吧。"

脚步声逐渐远去，慢慢地消失了。

"你不相信我？"他说，"我向你保证，我真的不知道。"

我没作声，伸手打开一个装宇航服用的柜子，把里面沉重的宇航服推到一边。正如我所料，后面的挂钩上挂着几支喷气手枪，是为了在失重状态下行走用的。它们没多大用处，但至少算是件武器，我觉得这比赤手空拳要强。我检查了一下装压缩空气的弹匣，然后把枪套的皮带挎在肩上。斯诺特专注地望着我的一举一动。在我调整皮带长短时，他露出一口黄牙，嘲弄地咧嘴笑着。

"祝你狩猎愉快！"他说。

"谢谢你为我做的一切。"我回敬道，向门口走去。他从扶手椅上跳了起来。

"凯尔文！"

我看着他：他的脸上已经没有了笑容。我觉得我从未见过一张如此疲惫不堪的面孔。

"凯尔文，并不是……我……我真的不能。"他结结巴巴地说。我等着，看他还有没有别的话要说，但他只是嚅动着嘴唇，像是要吐出什么东西来。

我一句话都没说，转身离去。

萨特里厄斯

走廊里空无一人。这条走廊先是笔直向前，然后转向右侧。我以前从未来过这个观测站，但是作为预备训练的一部分，我曾经在地球上研究所里一个一模一样的复制品里住过六个星期。我知道走廊里的这道铝合金台阶通向哪里。图书室里黑灯瞎火，我摸索着找到了电灯开关。我在图书索引里找到《索拉里斯学年刊》的第一卷及其附录，然后按下按键，一个小红灯亮了起来。我查看了一下借阅记录。这本书已被吉巴里安借去，一同借出去的还有另一本，就是前面提到过的《小伪经》。我关了灯，回到楼下。尽管刚才听到了那阵脚步声，我还是有些不敢进吉巴里安的舱室。那个女人有可能又回到了屋里。我在门外站了好一阵，最后终于咬紧牙关，壮着胆子推门进去。

房间里亮着灯，里面没有人。我开始在窗户旁边地板上散落的书本中间翻来找去；在这当中我还走到了那个衣柜前，把柜门关上。我不忍看到防护服中间的那块空地。窗边找不到那本附录。我有条有理地将每一本书依次查看，直到我翻到了堆在衣柜和床之间的最后一堆，这才找到了我要找的那本书。

我希望能在这本书里找到一些线索，在人名索引部分果真夹着一张书签；有人用红色铅笔在一个我没听说过的名字下面画了一道线：安德烈·贝尔东。这个名字在书中两个地方出现过。我首先查阅了第一个地方，这才发现贝尔东曾经是尚纳汉飞船上的后备驾驶员。下一个提到他名字的地方是在一百多页之后。刚登陆时，考察队行动极为谨慎，但十六天后，他们发现这片原生质海洋不仅没有表现出任何攻击性，而且对任何接近其表面的东西都主动退让，尽其所能避免与仪器和人直接接触。于是，尚纳汉和他的副手蒂莫利斯解除了部分作为预防措施的行动限制，因为它们严重阻碍了考察工作的进展。

当时考察队分为两三个人一队的小组，分别在海上执行飞行任务，飞行距离往往长达数百英里。先前考察队用来隔离并保护工作区域的防护屏投射器，现在全都被留在了基地。这道工作程序改变后的前四天里没有发生任何意外，只有宇航服上的氧气装置偶尔会遭到损坏，因为他们发现该装置的排气阀很容易受到索拉里斯有毒大气层的腐蚀，因此几乎必须每天更换。

在第五天，也就是从着陆算起的第二十一天，两位科学家，卡鲁奇和费希纳（前者是放射学家，后者是物理学家），乘着一辆二人气垫车在海上进行了一次勘探飞行。这辆气垫车并不是一架飞行器，而是一艘行驶在压缩气垫上的滑翔器。

他们出发六小时后仍未返回基地。当时尚纳汉碰巧不在，于是身为基地负责人的蒂莫利斯命令发出警报，并派出所有能抽调的人手进行搜索救援。

由于一个灾难性的巧合，当天搜索队出发大约一小时后，无线电联络便中断了；原因是红色太阳上正好出现了一个巨大的太阳黑子，向索拉里斯星大气层的上层释放了一股强大的粒子辐射流。只有超短波设备还能使用，允许在不超过二十英里的距离之内进行通信。更糟糕的是，日落前，雾气变得越来越浓，搜索行动被迫中断。

当各救援小组都已动身返回基地时，其中一组在离海岸不到八十英里的地方发现了那辆气垫车。它的发动机还能正常工作，车体完好无损，在波浪中漂浮着。透明的驾驶舱里只有卡鲁奇一个人，处于半昏迷状态。

他们将这辆气垫车带回了基地，并对卡鲁奇进行了治疗。他当天晚上便恢复了知觉，但是费希纳究竟下落如何，他却一点都说不上。他只记得，就在他们准备返回基地的时候，他开始感到呼吸困难。他呼吸装置上的排气阀发生了堵塞，他每吸一口气，就会有少量有毒气体进入他的宇航服。

为了帮助卡鲁奇修理他的呼吸装置，费希纳不得不解开自己的安全带，站起身来。这是卡鲁奇记得的最后一幕。据专家推测，接下来事件的经过可能是这样的：在修理卡鲁奇的供氧器时，费希纳打开了驾驶舱的顶盖，可能是因为顶盖很低，妨碍了他的活动。这种情况是允许的，因为这种气垫车的驾驶舱本来就不是密封的，而只是用来抵挡风吹雨打等各种天气状况的影响。就在他这样忙活着的时候，费希纳自己的供氧装置一定也发生了故障，于是他渐渐开始发晕，结果从打开的顶盖出了驾驶舱，爬到了气垫车的顶上，然后掉进了大海。

就这样，费希纳成了这片海洋的第一位受害者。他的尸体本来应该还在宇航服里，漂浮在海浪之上，但经过一番寻找，却什么都没有找到。不过它也许漂到了别的地方：这数千平方英里的海面上波浪起伏，空空荡荡，而且几乎总是笼罩着一层薄雾，考察队根本没有能力将其全部仔细搜寻一遍。

再回到前面所讲的事件——到了傍晚，所有参加救援的运输工具都已返回，只有贝尔东驾驶的一架大型货运直升机除外。

天黑了几乎一小时之后，正当人们为了他的安全而焦虑不安的时候，他在基地上空出现了。他正处在一种神经性休克的状态；他不用人帮忙就自己爬出了直升机，但一下飞机便拔腿就跑。当大伙终于把他控制住的时候，他却又哭又喊；作为一个拥有17年太空航行经验、经历过无数艰难困苦的男子汉，他的这种表现真是让人意想不到。

医生们怀疑贝尔东也中了毒。尽管他表面上似乎很快就恢复了理智，但他一刻都不愿离开考察队主火箭飞船的船舱，而且拒绝靠近可以看到那片海洋的窗口。两天后，贝尔东宣布他想要提交一份有关这次飞行的报告。他对此一再坚持，声称此事至关重要。考察队咨询委员会审查了这份报告后得出结论：这是一个人的头脑受了大气中有毒气体的毒害之后所产生的病态产物。因此这份报告并没有被包括在考察队的历史记录当中，而是被收入了贝尔东的医疗病历，整件事就这样不了了之。

附录里就讲了这么多。我猜想问题的关键显然在于贝尔东的报告本身：它可能会告诉我，究竟是什么使得这位经验丰富的太空飞行员精神崩溃？我又在那几堆书里翻了一遍，但还是找不到那本《小伪经》。我感到越来越疲乏，于是决定离开舱室，等第二天再找。在经过铝合金楼梯时，我看到有几片斑驳的亮光从上面照下来。这么说萨特里厄斯这个钟点还在工作！我觉得应该去见见他。

楼上要更热一些。低矮的天花板下，宽宽的走廊里稍稍有一丝穿堂风。通风口上的纸条狂乱地飘动着。主实验室的门是用一整块厚厚的磨砂玻璃制成，镶在一个金属框架里。玻璃被从里面用某种黑乎乎的东西遮住了，只有从天花板下方一个窄窄的窗户里露出一丝亮光。我按了一下门把手。正如我所料，门纹丝不动。屋里一片寂静，时不时传来一种轻微的嘶嘶声，就像是煤气灯燃烧的声音。我敲了敲门，没人答应。

"萨特里厄斯！"我喊道，"萨特里厄斯博士！是我，凯尔文，我是新来的！我必须见见您。请把门打开！"

一阵轻轻的沙沙声，就好像有人在揉皱了的纸上走动，接着又静了下来。

"是我，凯尔文！您一定听说过我！我几个小时前刚从'普罗米修斯号'上来到这里！"我把嘴靠近门缝，大声说道，"萨特里厄斯博士！这里没有别人，只有我！请开门。"

没有声音。接着又是那种轻微的沙沙声。几声叮叮当当的响声，非常清脆，就好像是有人在将金属器具放在金属托盘上。我突然大吃一惊。一连串很轻的脚步声传来，就像一个小孩子在小跑：一双小脚丫又快又急的啪嗒啪嗒声。或者也许……也许只是有人在模仿，巧妙地用手指在一个空盒子上敲打着。

"萨特里厄斯博士！"我大喊道，"你到底打不打算开门?!"

没有回答，只是又响起了那种小孩子一路小跑的脚步声，同时还有几下很快、几乎听不见的迈大步的声音，就好像有人在踮着脚走路。如果这个人在走路的话，他又怎么能同时模仿小孩子的脚步声呢？但我转念一想，管它那么多呢，于是我不再强忍一直在心中积攒的愤怒，大声吼道：

"萨特里厄斯博士！我一路上花了整整16个月的时间，你现在想用这种把戏来阻挡我，根本没门！我数到十，然后我就要把门砸开！"

我很怀疑自己真的能把这扇门砸开。

喷气手枪的威力并不是很大，但我下决心一定要想办法将我的威胁付诸行动，即使这意味着要去找炸药，这种东西贮藏室里应该有的是。我对自己说，我绝不能屈服，也就是说，我绝不能就这样拿着硬塞在我手里的纸牌继续陪他们玩这个疯狂的游戏。

一阵嘈杂声，像是有人在和另一个人扭打，或是在推什么东西。里面的门帘向旁边移动了大约半米，一个细长的身影出现在像是结了霜的磨砂玻璃上，一个稍有些沙哑的尖厉嗓音说道：

"我可以开门，但你必须向我保证你不会进来。"

"那你开门干什么？"我吼道。

"我会出来见你。"

"好吧，我保证。"

有钥匙在锁里转动的轻微咔嗒声，接着挡着半边门的那个黑影又小心翼翼地把帘子拉回原处。里面正在进行着某种复杂的操作——我听到咯吱咯吱的声音，像是有人在移动一张木头桌子，接着门终于打开了一条缝，只够萨特里厄斯从里面挤到走廊里来。他站在我面前，用身体把门死死挡住。他个头很高，身材瘦削，奶油色汗衫下的身体看上去就像是一把骨头。

他脖子上围着一条黑色围巾,胳膊上搭着一件折叠起来的白大褂,上面点缀着化学试剂烧灼的痕迹。他瘦长的脑袋歪向一边,一副弧形墨镜几乎遮住了他的半张脸,因此我看不见他的眼睛。他下巴很长,嘴唇发青,巨大的耳朵也像冻伤了一样泛着青色。他没刮胡子,手腕上用带子挂着红色的防辐射橡胶手套。我们俩站在那里,互相打量了片刻,目光里带着毫不掩饰的反感。他头上剩下的那点头发(看上去他用推子给自己理了个寸头)是铅灰色的,而他的胡子茬已经完全花白。他的额头也像斯诺特一样被严重晒伤,但晒伤的部分到额头中间为止,留下了一条明显的分界线——显然他在太阳底下的时候总是戴着一顶帽子。

"什么事?"他终于开口道。我觉得他并不是在等我回答,而是在仔细注意他自己背后的动静,他的后背紧贴着那扇玻璃门。有好一阵,我不知道应该如何开口才能不让自己显得像个傻瓜。

"我叫凯尔文……你一定听说过我,"我开口道,"我是,或者更确切地说,我曾经是吉巴里安的同事……"

他瘦削的脸庞上全都是竖直的线条——堂吉诃德的脸一定就是这个样子——而且此时毫无表情。墨镜黑乎乎的弧形镜面直冲着我,让我觉得说话非常困难。

"我听说吉巴里安……过世了。"我停顿了一下。

"是的。你有什么事?"

他听上去很不耐烦。

"他是自杀吗?尸体是谁发现的,是你还是斯诺特?"

"你为什么要问我呢?难道斯诺特博士没告诉你……"

"我想听听你对这件事的说法……"

"凯尔文博士,你是心理学家吧?"

"是的。那又怎么样?"

"一位学者?"

"嗯,是的。这又有什么关系……"

"我还以为你是侦探或是警察呢。现在是两点四十,你并不是在积极参与观测站里的研究工作——如果是那样的话,尽管你试图野蛮闯入实验室,那也还是可以理解的——而你却是在盘问我,就好像我最起码也是个嫌疑犯。"

我努力控制住自己,额头上渗出一粒粒的汗珠。

"你的确有嫌疑,萨特里厄斯!"我低沉着嗓子说道。

我想要不惜一切地刺激他,于是又毫不留情地补充道:

"这一点你知道得非常清楚!"

"凯尔文,如果你不收回那句话,并且向我道歉,我将会在下一次无线电汇报中对你提出投诉!"

"我到底应该为什么向你道歉?你既没有迎接我,也没有坦白地告诉我这里究竟发生了什么事,而是锁上门,把自己关在了实验室里。难道就是为了这个吗?难道你彻底失去了理智?!你究竟是个科学家还是个可怜的懦夫?!嗯?你有什么话好说?!"我也不知道自己究竟都喊了些什么,而他却丝毫没有畏缩。豆大的汗珠从他满是毛孔的苍白脸颊上淌下来。我突然意识到他根本就没有在听我说话!他将两只手藏在背后,用尽全力把门顶住。门微微颤动着,就好像有人在从里面往外推。

"你……应该……赶快走,"他突然用一种奇怪的尖厉嗓音哀叫道,"你应该……看在上帝的分上!赶快走!下楼去,我会来找你,我会下楼,你要我做什么都可以,但请你赶快走!"

他的声音里充满了痛苦,我在百般困惑中本能地抬起手,想要帮他把门关紧,因为他显然正在用尽全力试图把它顶住。但他却惊恐万状地大叫一声,就好像我要用刀捅他,于是我开始向后退去。而他还在不停地尖声高叫:"快走!快走!"然后又说,"我就来!我就来!我就来!不!不!"

他把门拉开一条缝,猛冲了进去。我觉得自己好像在他胸部的高度瞥见了一个金色的东西,像一个闪亮的圆盘。这时从屋里传来一阵沉闷的喧闹声,门上的帘子被掀到了一边,一个高大的影子从玻璃上闪过,帘子又被拉回原处,然后又什么都看不到了。这里面究竟是怎么回事?! 又是一阵急促的脚步声,好像有人在互相疯狂追逐,接着突然被一声可怕的玻璃碰撞声打断,我还听到了小孩子放声大笑的声音……

我的双腿不停地发抖。我环顾四周,周围又是一片寂静。我坐在一个低低的塑料窗台上。我在那儿坐了大概有一刻钟,不知道自己究竟是在等待什么,还是说已经精疲力竭,就连站起来的力气都没有了。我的脑袋就好像要裂开一样。这时从高处某个地方传来一阵拖得很长的摩擦声,与此同时,周围一下子亮了起来。

从我坐着的地方,我只能看见实验室周围圆形走廊的一部分。这里地处观测站的最顶端,紧挨着外层装甲防护板,因此朝外的墙壁是凹形的,并且有些倾斜,上面每隔几米就有一个堡垒枪眼似的窗户。窗外的遮阳板正在收起,蓝色的一天即将结束。一道耀眼的光芒穿透了厚厚的窗玻璃。每一块镀镍饰条、每一个门把手都在像小太阳一般熊熊燃烧。实验室的门——这块巨大的磨砂玻璃——像熔炉的开口一般散发出灼热的光芒。我看着自己放在膝上的双手,在这种惨白的光线下,它们变成了灰色。我的右手里握着那把喷气手枪。我是什么时候把它从枪套里取出来的,是怎么取出来的,我一点儿都不知道。我把它插回枪套。我现在明白,即使是原子爆能枪都没有任何用处。我能拿它做什么呢?把门轰开?强行闯入实验室?

我站起身。正在沉向大海的日轮,看上去就像是氢弹爆炸一般,朝着我的方向射来一束束几乎是物质般的水平光线;当它们照在我的脸颊上时(我正在走下楼梯),那种感觉就像是火红的烙铁。

楼梯下到一半,我改了主意,又重新回到楼上。我沿着环绕实验室的走廊往前走。走了一百来步之后,我来到了实验室的另一边,这里有一扇完全相同的玻璃门。我甚至没有去尝试将它打开;我知道门一定是锁着的。

我在塑料墙壁上寻找着窗户之类的东西,哪怕是一道裂缝也好;我觉得偷偷侦察萨特里厄斯这个想法并没有什么不光彩的。我想彻底结束这种猜测,了解事情的真相,尽管我无法想象我将如何能够理解它。

我忽然想到实验室是从天花板上的天窗采光的,或者更准确地说,是装在外层防护板上的天窗。如果我到观测站外面去的话,就有可能透过天窗看到实验室里的情况。为了达到这个目的,我需要下楼去取宇航服和氧气瓶。我站在楼梯边,琢磨着值不值得费这个力气。天窗很可能是用磨砂玻璃制成的,但我还有什么别的选择呢?我下到观测站的中层。我必须经过无线电台室。房间的门大敞着。他坐在扶手椅上,还是我离开时的那个姿势。他正在睡觉。听到我的脚步声,他惊醒了,睁开了眼睛。

"你好,凯尔文。"他声音沙哑地招呼道。我没吭声。

"你有没有发现什么?"他问道。

"还真有,"我不紧不慢地答道,"他不是一个人。"

斯诺特撇了撇嘴,做了个鬼脸。

"哦,是吗?这可真不错。你是说他有客人?"

"我真搞不懂,为什么你们谁都不肯告诉我这究竟是怎么回事,"我故作随意地说道,"我反正是要住在这儿的,所以迟早都会发现。干吗要搞得神秘兮兮的呢?"

"等你自己有了客人的时候你就会明白。"他说道。我感觉他好像是在等待着什么,没有心情谈话。

"你要去哪儿?"当我转过身的时候,他追问道。我没有回答。起落场大厅还是我先前离开时的样子。我的着陆舱仍停放在发射台上,门大敞着,外面烧得一片焦黑。我来到挂宇航服的架子前,但突然对到观测站顶部外层防护板上面去的想法失去了兴趣。我转过身,沿着螺旋楼梯下到了贮藏室。狭窄的走廊里堆满了各种气瓶和摞在一起的箱子。墙壁上是裸露的金属,在灯光下闪着铁青的光芒。往前走了几十步之后,天花板下方出现了覆盖着冰霜的制冷管道。我沿着管道继续往前走。它们穿过一个粗粗的塑料套筒,消失在一个密封的房间里。我打开沉重的房门,一股刺骨的寒气向我袭来。这扇门足有两个手掌的宽度那么厚,门沿上还垫着橡胶。我不禁打了个寒战。密密麻麻的螺旋管上结满了冰霜,上面还挂着冰柱。这里也堆放着箱箱罐罐，上面覆盖着一层薄薄的霜，墙上的架子上堆满了各种罐头，还有某种黄色的块状脂肪，包裹在透明塑料薄膜里。再往里走，筒形拱顶的天花板变得更矮了。这里挂着一个厚厚的帘子，结在上面的冰针晶莹闪烁。我把帘子推向一边。一个铝合金平台上停放着一个又大又长的东西，上面盖着一块灰布。我掀起布的一角，吉巴里安棱角分明的面孔出现在我眼前。他的一头黑发平展地贴在头皮上，只有额头上方有几缕花白。他的喉结向上突起，冲断了脖颈的曲线。他枯干的双眼直直地盯着天花板，眼角挂着一颗浑浊的冰粒。房间里冰冷刺骨，我的牙齿止不住地打架。我一只手掀着裹尸布，另一只手摸了摸他的脸颊，就好像摸到了冰冻的木头。胡子茬像一个个小黑点似的从皮肤上扎出来，摸上去很粗糙。他的嘴唇凝固在一种轻蔑而又极度耐心的表情上。我放下那块灰布，注意到尸体的另一边有几颗细长的黑色珠子或豆子，从小到大排列，从皱巴巴的裹尸布下面伸出来。我一下子惊呆了。

那原来是从脚底板方向看上去的赤脚脚趾，椭圆形的趾肉稍稍有些突出。在裹尸布皱巴巴的边缘下面，平躺着的竟是那个黑人女子。

她面朝下，仿佛在沉睡之中。我将厚厚的布单一点一点拉开。她的头顶上长满了一绺绺稍有些发青的头发，脑袋枕在肘弯里，粗大的胳膊和头发一样漆黑。她脊柱上的隆起将她背上富有光泽的皮肤绷得紧紧的，硕大的身躯没有任何活动的迹象。我又看了看她赤裸的脚底，惊讶地发现了一件怪事：她的脚掌所承受的重量一定不小，可是它们并没有被压扁或者挤平，就连赤脚走路磨出的老茧都没有，上面的皮肤像她背上或手上的皮肤一样光滑细腻。

我伸出手摸了一下，想看看我的这个印象对不对，而对我来说，这要比摸那具死尸困难得多。接下来发生的事情令人难以置信：尽管她的身体经受着零下20度的严寒，她居然还活着，动了两下。她缩起了双脚，就好像狗睡觉时有人抓它的爪子一样。

她在这儿会冻死的，我心想。但她的身体很平静，也不是特别凉。我的指尖上仍然留有那种柔软的感觉。我退到帘子后面，把帘子放下，回到了走廊里。外面的感觉酷热异常。我沿着楼梯径直来到起落场大厅旁，一屁股坐在一顶卷起的降落伞上，双手抱着头，感觉自己被彻底击垮了。我不知道自己到底是怎么了。我几乎要崩溃了，我的思绪似乎正在悬崖边上徘徊，随时都有坠落的危险——假如能让我失去知觉，灰飞烟灭，对我来说那将是一种难以言表、可望而不可即的仁慈之举。

我没有理由去找斯诺特或者萨特里厄斯。到现在为止，我所经历的一切，我亲眼所见、亲手触摸到的一切，谁都无法理出一个头绪。唯一的办法，唯一的出路，唯一的解释，就是将其诊断为精神错乱。没错，我一定是着陆后马上就疯了。这片海洋影响了我的大脑，使我一次又一次地产生了幻觉。如果是这样的话，我就没有任何必要去浪费精力，徒劳地试图解开实际上并不存在的谜团，而是应该寻求医疗救助，用无线电台呼叫"普罗米修斯号"或另一艘飞船，发送求救信号。

这时，一件我完全料想不到的事情发生了：我认为自己疯了，这个想法反倒使我平静下来。

我终于完全明白了斯诺特讲过的话——如果这个叫斯诺特

的人真的存在，而且我曾经跟他谈过话：毕竟这些幻觉可能很早就已经开始了。又有谁能知道，我是不是还在"普罗米修斯号"上，突然染上了一种精神病，而到目前为止，我所经历的一切全都是神经错乱的产物？然而，如果我真是生了病的话，我的病情就有可能好转，这至少可以给我一丝解脱的希望。而在这短短的几个小时里，我在索拉里斯星上所经历的一切就像是一团解不开的噩梦，我从中看不到任何得到拯救的希望。

那么，我首先需要做的就是在自己身上进行某种依照逻辑而设计的实验——一个判决性实验——好让我断定我究竟是真的疯了，受着自己头脑中幻影的摆布，还是说尽管我的这些经历荒谬无比，令人难以置信，但实际上却千真万确。

我一边思考着，一边凝视着一个用来支撑起落场承重结构的金属支架。它的形状是一根金属杆，从墙上突出来，四周用凸形金属板加固，漆成了浅绿色。在大约一米高的地方，有几处油漆已经剥落，多半是运送火箭的推车从那儿经过时擦掉的。我摸着上面的钢铁，用手将它焐了一会儿，然后敲了敲防护板的卷边。幻觉能达到这么逼真的程度吗？也许能，我自问自答。这毕竟是我的本行，这个问题的答案我是知道的。

但是有可能设计出这样一个判决性实验吗？一开始我认为这不可能，因为我有病的大脑（如果它真的有病的话）会产生出任何我需要的幻觉。不仅是在生病的时候，就算是在最普通的梦里，我们也会和我们在清醒状态下并不认识的人交谈，向这些梦中人物提问题，并听到他们的回答。另一方面，尽管这些人实际上不过是我们心理活动的产物，来自从我们头脑中暂时分离出去、貌似独立的一部分，然而在梦里，在他们开口之前，我们仍然不知道他们将会说些什么。但实际上，这些话是我们头脑中那个分离出去的部分编造出来的，因此在我们把它想出来，并放到一个虚构人物嘴里的时候，我们自己早就应该知道了。所以无论我做出什么样的计划，进行什么样的实验，我总是可以对自己说：我所做的一切和我们在梦里的行为一模一样。斯诺特和萨特里厄斯在现实中可能根本就不存在，因此向他们二人中间的哪一个提问都没有用处。

我还想到我可以服用一些强有力的药物，比如佩奥特碱，或者是别的什么能够产生幻觉或多彩幻象的东西。如果服药后真的产生了幻觉，那就证明我服用的药物的确存在，是我周围现实物质世界的一部分。但我又进一步想到，这也并不是我所想要的那个判决性实验，因为我知道这种药物（当然这必须由我来选择）应该在我身上起到什么样的作用，因此服药的行为和药物造成的效果同样都可能是我自己想象力的产物。

我开始觉得没有任何办法摆脱这种疯狂的恶性循环——归根到底，一个人只能用他自己的大脑来思考，没有人能够从他身体之外来检查自己身体内部发生的过程是否正常。而就在这时，我突然灵机一动，想到了一个主意，这个办法既简单，又切中要害。

我从那堆卷起的降落伞上跳了起来，直奔无线电台室。房间里没有人。我瞥了一眼墙上的电动时钟，将近凌晨四点，仍属观测站人为约定的黑夜，窗外是一片红色的黎明。我迅速打开长途无线电通信设备，一边等着电子管预热，一边把实验的各个阶段在脑子里又排演了一遍。

我记不得环绕索拉里斯运行的那个卫星体上自动观测站的

呼叫信号是什么，但在主控制台上方挂着的一块小牌子上找到了。我用莫尔斯电码进行呼叫；八秒钟后有了回答。那个卫星体，或者更准确地说，它的电脑，用有节奏的重复信号向我报到。

我要求它每隔22秒向我汇报一次它围绕索拉里斯运行时所经过的银河系天球子午线的经度，数据要求精确到小数点后第五位。

然后我坐下来等候答复。十分钟后答复来了。我将记录着结果的打印纸撕下，把它塞进一个抽屉里（确保我连瞥都没有瞥一眼），然后从图书室取来了大幅星空图、对数表、卫星日常运动的年历，还有另外几本参考书，接着便开始计算我自己对同一个问题的答案。我花了将近一个小时才列出所需的方程式。我已记不得自己上一次进行如此困难的计算是在什么时候，很可能是在大学里实用天文学考试的时候。

我在观测站的大型计算器上进行这番计算。我的推理如下：我从星空图上得出的数字和卫星体提供的数字应该不完全相同，这是由于卫星体经受着复杂的摄动，它不仅受索拉里斯本身万有引力的吸引，而且还受索拉里斯两个互相环绕的太阳的吸引，此外还受索拉里斯海洋所引起的局部引力变化的影响。这样我就有了两组数据：一组是由卫星体提供的，另一组是根据星空图从理论上计算出来的，然后我将对我自己的计算结果进行修正。经过修正之后，这两组结果应该吻合到小数点后第四位，只有小数点后第五位上仍然存在着差异，这是由于海洋不可预测的影响而造成的。

即使卫星体所提供的数字并不是真的，而是我自己疯狂头脑的产物，那么它也仍然无法与另一组数字相吻合。即使我的大脑有毛病，它无论如何也没有能力完成观测站计算器所进行的计算，因为如果没有计算器的帮助，这些计算将需要好几个月的时间。因此，如果两组数据相吻合的话，那就说明观测站的大型计算器是真实存在的，而且我真的使用了它，而不仅仅是在我的幻觉当中。

我用颤抖的双手将那张电报打印纸从抽屉里拿出来，在另一张从计算器上拿下来的更宽一些的纸旁展开。正如我所料，两组数字互相吻合，直到小数点后第四位，在第五位上才有差异。

我把所有纸张全都放进抽屉里。这么说来计算器的存在和我并没有任何关系；同时这也意味着这个观测站和站里的所有一切也都是真实存在的。

我正要关上抽屉，这才注意到里面塞着一叠纸，上面全都是匆忙写下的算式。我把那叠纸抽了出来；一眼就可以看出，有人已经做过和我相类似的实验，唯一的区别是，这个人向卫星体请求的不是关于天球的信息，而是索拉里斯行星反照率的测量数据，时间间隔为40秒。

我没有疯。最后的一线希望也已破灭。我关掉了无线电发射器，喝完了保温瓶里剩下的肉汤，然后便回舱睡觉去了。

哈 丽

在刚才进行计算的时候，我是凭着一股说不出的狂热劲儿才坚持下来的。现在我感到疲惫不堪、昏头昏脑，以至于连怎么搭好舱室里的床铺都搞不清了。本来应该打开上面的插销，我却直接去拉床栏杆，结果床上所有铺盖全都落在了我身上。等我终于把床放好，我将脱下的衣服和内衣全都扔在地板上，迷迷糊糊地一头倒在枕头上，甚至没来得及给枕头充气。我连灯也没关，不知什么时候就睡着了。当我睁开眼睛的时候，我觉得自己只睡了几分钟的时间。房间里充满了一种朦胧的红光。我觉得有点凉，但感觉很好。我光着身子躺在被窝外面。正对着床，在遮住了一半的窗户旁，有一个人在红色太阳的阳光下坐在一把椅子上。那是哈丽，身穿一件白色沙滩裙。她双腿交叉，赤着脚，黑色的秀发梳向脑后，薄薄的布料在她胸前绷得紧紧的。她的双臂自然下垂，肘部以下被晒成了棕褐色。她一动不动地坐在那里，一双明眸在黑色的睫毛下专注地望着我。我凝视了她很久，心情非常平静。我的第一个念头是："我在做梦，但幸好我知道自己正在做梦。"但尽管如此，我还是宁愿她赶快消失。于是我闭上眼睛，开始在心里默默企盼，但当我再睁开眼的时候，她仍旧坐在那里。她嘴唇的姿势还是老样子，就好像要吹口哨似的，但她的眼睛里没有一丝笑意。我回想起昨晚睡觉前我所想到的所有有关做梦的事。她看上去和我上次见到她还活着的时候一模一样。当时她只有19岁；现在应该是29岁了，但自然而然，她的模样丝毫没有改变——死者青春永驻。她的双眼仍是一副对一切都感到惊奇不已的样子，而此刻她正注视着我。我心想，我应该拿什么东西砸她一下，但尽管这只不过是一个梦，不知为何，即使是在睡梦里，我仍然不忍心拿东西去砸一个已经死去的人。

"可怜的小家伙，"我说道，"你来看我了，是吗？"

我有点害怕，因为我的声音听起来非常真实，而且整个房间和哈丽——这一切全都显得再真实不过了。

这个梦真是逼真极了，它不仅是彩色的，而且我还能在地板上看到我上床睡觉时根本没注意到的东西。我想，等我醒来的时候，我得查看一下这些东西究竟是真的在那里，还是说它们像哈丽一样，是我梦里虚构的产物……

"你打算在那儿坐很久吗？"我问道，同时发现自己讲话的声音很轻，就像是担心会有别人听到，就好像会有人能够偷听到梦里发生的事情一样！

与此同时，窗外的太阳稍稍升高了一些。我想，这倒是不错。我是在红色太阳的白天里上床睡觉的，现在应该是蓝色太阳的白天，然后才是下一个红色的白天。我不可能一口气连着睡了15个小时，所以这肯定是在做梦！

这下我放了心，开始仔细地打量着哈丽。她背着光，一束阳光从窗帘的缝隙中穿过，将她左颊上天鹅绒般的绒毛染成金灿灿的颜色，她的睫毛在脸上投下了长长的影子。她真可爱啊。我心想，这可真是的，就连在做梦时我都是这么一丝不苟：我查看了一下太阳的运动，并且确认哈丽长着那个除了她谁都没有的酒窝，就在她总是一副惊讶表情的嘴唇下面。但尽管如此，我还是希望这个梦赶快结束。我毕竟还得去工作。于是我把眼睛紧紧闭住，试着从梦中醒来，而就在这时，我突然听到嘎吱一声响。我马上睁开了双眼。她正坐在床上我的身边，一脸严肃地盯着我。我冲她笑了笑，她回了一个微笑，向我俯下身来。头一个吻是轻轻的，就像小孩子之间的亲吻一样。我给她回了一个缠绵的长吻。难道梦也可以这样被利用吗？我心里琢磨着。不过这其实算不上是对她记忆的背叛，因为我梦到的毕竟是她自己。这种事在我身上可从来都没发生过……但我们俩仍然一句话都没说。我仰面躺着；当她把脸抬起时，我可以看到她小巧的鼻翼，被从窗外射来的阳光照得透亮，而那对鼻翼一向都是她情绪的晴雨表。我用指尖抚摸着她的耳朵，她的耳垂因为刚才的亲吻变成了粉红色。我不知道这一切是否就是我如此不安的原因；我一再对自己说这是在做梦，但我的心却揪成了一团。

我做好准备要从床上一跃而起。我知道自己可能会起不来，因为在梦里你往往无法控制自己的身体，不是处于瘫痪状态，就是好像自己的身体不存在。我其实是指望这样把自己弄醒。但我并没有醒来，而只是坐起身，两条腿耷拉到地板上。没办法，我只能把这个梦做到底，我心里这样想着，但我的好心情已经消失得无影无踪。我有些害怕。

"你想要什么？"我问道。我的声音有些嘶哑，不得不清了清嗓子。

我本能地用脚去找拖鞋，结果还没来得及想起我在这儿没有拖鞋，就把脚指头狠狠地戳了一下，疼得我倒吸了一口气。好了，这下该结束了吧！我欣慰地想。

但仍然没有任何反应。当我坐起来的时候，哈丽往后移了移，背靠着床栏杆。在她左胸稍下一点的地方，她的衣服随着心跳的节奏微微颤动着。她平静而饶有兴致地注视着我。我想我最好还是去冲个澡，但马上又意识到在梦里冲澡并不能把我唤醒。

"你从哪儿来？"我问道。

她抓起我的手，像从前那样将它颠来颠去，把我的指尖向上弹起，然后再接住。

"我不知道，"她说，"这是不是很糟糕？"

还是那个低低的声音，那种心不在焉的语调。她讲话时好像总是对自己说的话毫不留意，就好像她在想什么别的心事。这使她有时显得没头脑，有时又显得不知羞，因为她总是带着一种微微的惊讶凝视着周围的一切，而这种表情只流露在她的眼睛里。

"有人……看见你了吗？"

"我不知道。我就这么来了。这要紧吗，克里斯？"

她还在玩我的手，但她脸上的表情已不再那么专注。她皱起了眉头。

"哈丽？"

"什么事，亲爱的？"

"你怎么会知道我在这儿？"

这个问题让她不得不思考片刻。她微笑着，露出了齿尖；她的嘴唇颜色很深，吃酸樱桃的时候你都看不出来。

"我也不知道。你说好笑不好笑。我进来的时候你正在睡觉，但我没把你叫醒。我不想叫醒你，因为那样的话你会变得很暴躁。又暴躁，又爱发牢骚。"她说道，一边伴随着说话的节奏把我的手用力往上颠着。

"你本来是在楼下吗？"

"是的。我是从那儿跑出来的。那里很冷。"

她放开了我的手，侧身躺下，一边把头向后一甩，使得一头秀发全都垂在一侧，然后她似笑非笑地注视着我。直到我爱上她之后，她的这种表情才不再让我感到不快。

"可是……哈丽……可是……"我结结巴巴说不出话来。

我朝她弯下身，掀起她裙子的短袖。就在她胳膊上小花似的牛痘疤痕上方，有一个小小的红色针眼。尽管我对此早有心理准备（因为我仍在本能地从所有这些不可能的事件当中寻找着一丁点儿逻辑），但我还是感到一阵晕眩。我用手指轻轻触摸着这个由注射器留下的伤痕，在事后的许多年里我曾经多次梦见它，每次我都会呻吟着从梦中醒来，被褥皱成一团，身体总是同一个姿势，蜷缩在一起，几乎弯成对折，就像我发现她时她躺着的样子，当时她已浑身冰凉——我试着在梦里体验她所经历的一切，就好像我希望以此来祈求她的宽恕，或是希望能够在她生命的最后时刻，当她已经能够感觉到注射的药物开始发作，并开始感到恐惧的时候陪伴着她。毕竟她连普普通通的小伤口都会害怕，而且从来都忍受不了疼痛，也见不得血，结果却一下子做出了一件如此可怕的事情，只在一张纸条上留给我五个字。我把这张纸条和我的身份证件放在一起，总是随身携带，尽管它已经破损不堪，对折处已经撕裂，我还是没有勇气把它丢掉。我曾经千百次回顾她写这张条子的那一刻，想象着她当时可能的感受。我对自己说，她只是想假装这样做来吓唬我，而由于意外，剂量弄得太大，这才出了事。大伙都想说服我事情实际上就是这样，或者就是突发的抑郁症所导致的一时冲动。但他们不知道我在出事的五天前对她说了些什么，也不知道我搬走了我的东西，目的是为了尽可能地伤害她。在我收拾东西的时候，她非常冷静地说：「你知道这意味着什么吗？」而我却假装不知道，尽管我心里一清二楚，但我以为她没那个胆量，而且也对她这么明说了。而现在她正横躺在我的床上，两只眼睛专注地凝视着我，就好像完全不知道是我害死了她。

"难道你就这点儿本事吗？"她问道。太阳把房间照得一片通红，她的头发也闪着红光。她注视着自己的胳膊，因为我一直在盯着它，它突然变得很重要。我把手放了下来，她将自己清凉光滑的脸颊贴在了上面。

"哈丽，"我声音沙哑地说，"这不可能……"

"别出声！"

她闭着眼睛，我可以看到她的眼珠子在紧闭的眼皮底下微微颤动着。她黑色的眼睫毛碰到了她的脸颊。

"我们这是在哪儿，哈丽？"

"在家里。"

"家在哪儿？"

她将一只眼睛睁开片刻，又马上闭上。她的眼睫毛把我的手弄得有点发痒。

"克里斯！"

"怎么了？"

"和你在一起真好。"

我坐在她身边，没有动弹。我抬起头，在洗脸池上方的镜子里看到了床铺的一部分、哈丽纷乱的头发，还有我自己赤裸的膝盖。那些半熔化的工具仍散落在地上，我用脚把其中一件拨拉过来，用我空着的那只手把它捡了起来。它的尖端非常锋利。我把它按在自己皮肤上一处粉红色的对称半圆形伤疤上方，然后用力刺了进去。我感到一阵钻心的疼痛，眼看着大滴大滴的血沿着我的大腿内侧流了下去，轻轻地滴在地板上。

这完全不管用。我脑子里各种可怕的想法越来越清晰。我已经不再对自己说"这是在做梦"，我早已不相信这一点。我现在的想法是："我必须想办法自卫。"我瞥了一眼她的后背，在她白色衣裙下面，后背和臀部的曲线连成一体。她赤裸的双脚悬在床边的地板上方。我把手伸过去，轻轻地握住她粉红色的脚后跟，将手指滑过她的脚底板。

她的脚底就像新生婴儿的皮肤一般柔软。

现在我已经很清楚这实际上并不是哈丽，而且我也几乎可以肯定，她自己并不知道这一点。

她的那只赤脚在我手中扭来扭去，她深色的嘴唇里充满了无声的欢笑。

"住手……"她低声道。

我轻轻松开手，站了起来。我仍然光着身子。正当我匆忙穿衣服的时候，我看见她在床上坐了起来，静静地望着我。

"你的东西在哪里？"我问道，但话一出口，我马上就后悔了。

"我的东西？"

"你是说你只有身上这件衣服？"

现在这已是一场游戏。我故意显得很随意，很平常，就好像我们昨天才刚刚分手，不，就好像我们从来就没有分开过一样。她站起身，用那个我非常熟悉的轻盈而有力的动作在衣服上拂了一下，把它弄平整。我的话让她很疑惑，不过她什么都没说。她头一回仔细地打量了一下四周，然后又将目光转回到我的身上，显然非常惊讶。

"我也不知道……"她说道，一副束手无策的样子，"也许是在柜子里？"她又补充道，一边打开了衣柜的门。

"不，那里面只有防护服。"我答道。我在洗脸池旁边找到了一把电动剃须刀，然后开始刮胡子。我一边刮，一边尽量不让自己背对着那个姑娘，不管她究竟是什么人。

她在舱室里四处走动，瞅遍了每一个角落，又向窗外望去。最后她来到我面前，说道：

"克里斯，我怎么觉得好像出了什么事？"

她停顿了一下。我手里拿着关掉的剃须刀，等着她往下说。

"就好像我忘记了什么事情……好像我忘记了好多事情。我知道……我只记得你……还有……再没有别的了。"

我听着，尽量控制着自己脸上的表情。

"我是不是……生病了？"

"嗯……可以这么说吧。是的，有那么一阵你是有点小毛病。"

"哦。那肯定就是这个原因。"

她的心情马上又明朗了起来，而我内心里的感受却是有口说不出。看着她或沉默不语，或走来走去，或安坐，或微笑，我确信自己面前的这个人就是哈丽，这种信念比我心中翻江倒海的恐惧还要强烈；然而有些时候，就像是现在，我觉得她就好像是一个经过了简化的哈丽，只剩下了几个独特的表情、手势和动作。她靠上前来，双手握成拳头，放在我胸脯上靠近脖子的地方，问道：

"我们之间相处得怎么样？好还是不好？"

"好得不能再好了。"我答道。

她淡淡地一笑。

"每当你这么说的时候，那就意味着其实很糟。"

"当然不是。哈丽，亲爱的，我现在得走了。"我匆忙地说道，"你在这儿等着我，好吧？要不……你饿了吗？"我又补充道，因为我突然觉得自己饥肠辘辘。

"饿了？我不饿。"

她使劲摇了摇头，弄得头发摆来摆去。

"我必须在这儿等你吗？你会走很久吗？"

"就一个小时。"我开口道，但她打断了我：

"我跟你一起去。"

"你不能跟我去。我有工作要做。"

"我跟你一起去。"

这个哈丽和以前真是判若两人。以前的哈丽是不会强求人的，从来都不会。

"这是不可能的，小宝贝……"

她抬头看着我，然后突然抓住了我的手。我的手沿着她的小臂向上抚摸，她的臂膀圆润而温暖。我本来没有这个意思，但这种触摸几乎像是爱抚。我的身体正在认可她，渴望着她，把我向她吸引过去，全然不顾理智，不顾心中的种种理由和恐惧。

我不顾一切地试图保持冷静，同时又重复道：

"哈丽，这是不可能的。你必须留在这儿。"

"不。"

这句话的口气竟然如此斩钉截铁！

"为什么？"

"我……我不知道。"

她环顾四周，又抬起眼睛望着我。

"我不能。"她用轻得几乎不能再轻的声音说道。

"可究竟为什么?！"

"我也不知道。我就是不能。我觉得……我觉得……"

她显然正在自己内心里寻找答案；当她终于找到答案时，她的样子就像是有了一个重大发现。

"我觉得我必须总是……能看见你才行。"

她说这句话时的语调很平淡，根本不像是真情流露，而是一种完全不同的东西。这突然使我改变了拥抱她的方式——尽管外表上并没有任何变化，我仍然用双臂搂着她。我一边注视着她的眼睛，一边把她的胳膊弯向身后。这个动作一开始并不是很果断，但很快便有了所指——它找到了自己的目的。我的目光早已在四处搜寻可以用来把她绑住的东西。

突然，她被扭到身后的双肘互相轻轻一碰，同时有力地弹回，力量之大让我无法将它们握住。我可能只抵抗了一秒钟。如果有人像哈丽刚才那样身子向后弯着，双脚几乎离地，那么即使是一位摔跤手恐怕也无法脱身；但她却从我手中挣脱了出来，直起身子，垂下双臂，而她脸上的表情像是根本没有参与这些动作,只带着一丝犹豫不决的微笑。

她用平静而饶有兴致的眼光注视着我,就像起初我刚醒来时一样,就好像根本不知道我刚才在一阵恐惧的驱使之下所作的绝望挣扎。这时她已经变得温顺,好像在等待着什么——既漠不关心,又神情专注,同时对这一切也有点吃惊。

我的胳膊自动放了下来。我把她留在房间中央,来到洗脸池旁的架子前。我觉得自己陷入了一个难以想象的陷阱,正在寻找一条出路,脑子里考虑着一个个残酷无情的手段。如果有人问我到底发生了什么事,这一切究竟意味着什么,我将无言以对,但我已经意识到,在观测站里我们大家身上发生的这些事情是一个互相关联的整体,既可怕至极,又难以理解。然而我当时考虑的并不是这些,因为我正在寻找某种方法,某种能让我脱身的妙计。我不用看,也能感觉到哈丽正在注视着我。架子上方的墙上有一个小药柜。我扫视了一下里面的药品,找到了一瓶可溶性安眠药,拿了四片——这是最大安全剂量——放进了一个玻璃杯里。我甚至没有在她面前特别隐藏自己的动作。我说不清这是为什么,也没有多想。我在玻璃杯里倒上了热水,等到药片全都溶解了,然后走到哈丽跟前。她仍站在房间中央。

"你生气了吗?"她轻声问道。

"没有。给,把这个喝了。"

我也不知道自己为什么会觉得她会照我的话去做。但果不其然,她二话不说,从我手里接过杯子,一口气把里面的东西全都喝光了。我把空玻璃杯放在桌上,然后在衣柜和书架之间的角落里坐下。哈丽慢慢走到我身边,坐在了扶手椅旁的地板上，就像以往她经常做的那样，将腿盘在身子底下，然后用我同样熟悉的那个动作把头发往后一甩。尽管我丝毫不再相信这真的是她，但每当我在这些细小的习惯里认出她的影子，我的喉咙都会不由得发紧。这真是让人无法理解，同时又可怕之至，而这里面最可怕的是，我自己必须佯装不知，假装把她当成了哈丽，但同时她认为自己就是哈丽，因而从她的角度来讲，她并没有不诚实。我不知道自己是怎么得出这个结论的，但我对此确信无疑，如果说这里面还有什么能让人确信的东西的话！

我坐在那里，这个姑娘背靠着我的膝盖，她的头发把我搁着不动的手弄得很痒。我们俩就这样几乎一动不动。有好几次我偷偷瞥了眼手表。半小时过去了，安眠药应该起作用了。哈丽轻轻地咕哝了两声。

"你说什么？"我问道，但她没有回答。我把这当成是她昏昏欲睡的表现，尽管说老实话，我根本就拿不准这种药物是否会起作用。为什么呢？我自己也不知道这个问题的答案，可能是因为我的这个诡计其实太简单了吧。

慢慢地，她的头沉入了我的怀里，一头黑发完全遮住了她的脸，她的呼吸越来越均匀，就像一个人熟睡的样子。我俯身准备把她抱起来搬到床上去；突然间，她没有睁开眼就轻轻抓住了我的头发，同时发出一阵刺耳的笑声。

我一下子僵住了，而她却好像乐不可支。她把眼睛眯成一条缝，仔细地审视着我，表情既天真又狡黠。我僵硬地呆坐在那里，很不自然，茫然不知所措。她又咯咯笑了两声，把脸贴在我的胳膊上，然后安静了下来。

"你在笑什么？"我声音沉闷地问道。她的脸上又出现了那种稍带不安、正在思考的表情。我看得出她是想如实作答。她用手指轻轻敲了一下自己小巧的鼻子，终于叹了口气说道：

"我自己也说不清。"

这话听上去像是真的很惊讶。

"我就像是个白痴，是不是？"她继续说道，"只不过突然一下子就……可你自己也挺不错嘛：坐在那儿，一副自以为是的样子，就像……就像佩尔维斯……"

"像谁？"我问道，还以为自己听错了。

"佩尔维斯。你知道的，就是那个大胖子……"

问题是，哈丽绝不可能认识佩尔维斯，也不可能从我嘴里听说过他，原因很简单，因为他是在哈丽死了整整三年之后才完成任务返回地球的。在那之前我从未见过他，而且也不知道他在研究所主持会议时有一个讨厌的习惯：把会议拖得没完没了。他的名字其实是佩勒·维利斯，结果作为外号被缩短成了佩尔维斯，而这一点也是他回来之后我才知道的。

哈丽把胳膊肘靠在我的膝盖上，端详着我的脸。我把双手放在她的肩上，然后慢慢地滑向她的后背，直到两只手在她赤裸的脖子根上几乎碰在了一起，可以在上面感觉到她脉搏的跳动。这个动作毕竟像是爱抚，而从她的眼神里判断，她也并没有把它当成是任何别的意思。实际上，我是在检查她的身体摸上去像不像一个暖乎乎的普通人体，她的肌肉下面是不是也有骨头和关节。我望着她宁静的双眼，心里涌起一种可怕的冲动，想要突然用双手紧紧掐住她的脖子。

我正要动手，却突然想起了斯诺特血迹斑斑的双手，于是便放开了她。

"你的眼神好奇怪啊……"她平静地说道。

我的心扑通扑通跳得很厉害,嘴里一句话都说不出来。我把眼睛稍稍闭了片刻。

突然间,一整套行动计划出现在我脑海里,从头至尾,包括全部细节。我片刻都没有耽误,马上从扶手椅上站了起来。

"我现在必须离开,哈丽,"我说道,"如果你真想要的话,你可以跟我一起去。"

"好的。"

她噌地一下跳了起来。

"你为什么光着脚?"我问道,一边走到衣柜前,在那些五颜六色的防护服中给我自己和她挑了两件。

"我也不知道……我一定是把鞋子落在什么地方了……"她没有把握地说。我也没有再追究。

"这个你没法穿在裙子外面,得把裙子脱了。"

"要穿防护服……?为什么?"她一边问,一边马上动手脱下连衣裙,但这样一来,我们立刻发现了一件很奇怪的事情:连衣裙脱不下来,因为上面没有能够解开的纽扣。中间的一排红色纽扣只不过是装饰,也没有拉链或是其他任何种类的搭扣。哈丽尴尬地笑了笑。我从地上抓起一把手术刀似的工具,在连衣裙背后领口中间的地方割开了一道口子,一边装作这就是世界上最普通的事情。这下她就可以把连衣裙从头顶上脱下来了。防护服她穿着稍微有点大。

"我们这是要飞行吗?……你也一起去吗?"我们两人穿好防护服离开舱室时,她问道。我没有作声,只点了点头。我生怕我们会遇见斯诺特,但通向起落场的走廊里空无一人,而且我们必须经过的无线电台室的门也是关着的。

整个观测站里笼罩着一片死寂。哈丽看着我用一辆小型电动推车把一枚火箭从中间的隔间挪到了空着的轨道上。我依次检查了微型核反应堆、遥控方向舵和喷嘴,然后将火箭和发射支架一起推到了发射台的圆形滚轴表面上。发射台就在圆形屋顶中央的漏斗结构下面,原先停放在上面的空着陆舱已经被我移走了。

这是一艘往返于观测站和卫星体之间的小型飞船,一般用来运输货物,除非是在特殊情况下,不然是不可以装人的,因为它无法从里面打开。而这一点正合我意,也是我计划的一部分。我当然并没有真的打算把火箭发射出去,但我还是按部就班,把一切做得就好像是在真的准备发射。哈丽曾多次陪伴我出行,因此对这一切多少有些熟悉。我把火箭内部的空调设备和供氧装置检查了一遍,并将它们全都打开。接着我接通了主电源,控制指示灯亮了起来,我从狭窄的火箭舱里爬了出来,向站在舱梯旁的哈丽示意。

"进去吧。"

"那你呢?"

"我跟在你后面。我必须把舱盖在我们身后关紧。"

我并不认为她会事先看穿我的骗局。当她爬上梯子进入飞船之后,我马上把头伸进舱口,问她在里面坐得舒不舒服。当我听到从火箭内部的狭窄空间里传来一声沉闷的肯定回答时,我立即抽身出来,砰的一声关上了舱盖。接着我啪啪两下,把两个插销插到最紧,然后开始用准备好的扳手将嵌在防护板凹孔里的五个加固螺钉拧紧。

火箭就像一支削尖了的雪茄烟,竖直立在那里,就好像真的马上就要飞向太空。我知道被锁在里面的那个女人不会有事——里面有足够的氧气,甚至还备有一些食物,而且我也并没有打算把她永远关在里面。

我只想不惜任何代价为自己争取到至少几个小时的自由,好为将来做些长远打算,并且跟斯诺特联系一下,因为现在我们之间的关系算是平等了。

当我拧到倒数第二颗螺钉的时候,我感觉到从三个方向悬挂着火箭的金属支架有些轻微的晃动。但起初我还以为是我用大扳手的时候用力过猛,使得这堆钢铁结构颤动了起来。

然而当我后退了几步之后,我却看到了一幅自己今生再也不愿目睹的景象。

只见在一连串来自火箭内部的敲打之下,整枚火箭都在颤颤发抖。这些敲打的力量惊人无比……别说是飞船里那个苗条的黑发姑娘,即便是把她换成一个钢铁之躯的机器人,也不可能让足有八吨重的火箭这样抖个不停!

起落场里的灯火反射在光滑的火箭表面上,一闪一闪,颤动不已。我并没有听到任何敲击声,火箭内部仍是一片宁静,但悬挂着火箭的支架上间隔很宽的支索却失去了它们清晰的轮廓,像琴弦一般颤抖不停。其振动频率之高让我对整个防护层能否保持完好都感到担心。我用颤抖的双手把最后一颗螺钉拧紧,把扳手扔到一旁,然后从梯子上跳了下来。我缓缓向后退去,同时可以看到依照设计只能承受恒定压力的减震器螺栓在凹槽里跳个不停。我觉得火箭外壳的表面正在失去它原有的均匀光泽。我像疯子似的冲到遥控台前，用两只手推下了启动核反应堆和通信系统的控制杆。这时，从刚刚和火箭内部连通的扬声器里传来一种半像是抽泣、半像是哨子的声音，完全不像是人声，但我仍然可以从里面辨认出一声声重复的哀号："克里斯！克里斯！克里斯！"

其实我听得并不是很清楚。在我手忙脚乱试图发射火箭的过程中，我的指关节被划破了，正在流血。一片淡蓝色的光芒照亮了四周的墙壁，就好像黎明降临。一团团尘雾从排气喷嘴下面的发射台上骤然升起，转眼化为一柱耀眼的火花，接着响起一阵持续不断的轰鸣，淹没了周围所有其他声音。火箭在三条火焰的推动下慢慢升起，紧接着三条火焰合并为一条火龙，火箭从打开的发射孔疾飞而出，在身后留下一层层颤动不已的热气。发射孔马上就关上了，压缩机自动开启，开始将干净的空气吹入翻滚着刺鼻烟雾的起落场里。我对这一切丝毫没有察觉。我双手撑在控制台上，大口大口地喘着气，脸仍然被火烧得生疼，头发被热浪烤得起了卷，烧焦了。空气中弥漫着燃烧的气味和空气电离所特有的那种臭氧气味。尽管在火箭升空的瞬间我本能地闭上了眼睛，但它们还是被火箭喷射出的火焰刺伤了。有好一阵，我的眼前除了黑色、红色和金色的圆圈之外，什么都看不见。这些圆圈渐渐消散了。烟雾、灰尘和雾气逐渐消失，被吸入了不断呻吟着的通风管道里。我看到的第一样东西是闪着绿光的雷达屏幕。我开始操纵定向反射器，寻找那枚火箭。当我找到它的时候，它已经出了大气层。我一生中从来没有像这样疯狂而盲目地发射过一枚火箭，不知道应该给它多大的加速度，甚至都不知道要把它发射到哪里去。我想最简单的办法就是将它送入环绕索拉里斯星的运行轨道，在大约1 000千米的高度上，然后我就可以把发动机关掉，因为我觉得如果发动机开的时间太久，可能会造成一场后果无法预测的灾难。我从表格上查到，1 000千米高度上的轨道应该是同步的。老实说，这并不能保证什么，但这是我所能找到的唯一解决办法。

火箭刚一起飞，我就把扬声器关掉了，我没有勇气再把它打开。为了不再听到那个没有了一丝人性痕迹的可怕声音，我几乎什么都愿意做。有一点我可以对自己说，所有虚假的伪装都已被撕得粉碎，在哈丽的外表下面，另一张更为真实的面孔正在显露。与它相比，发疯无疑是一种解脱。

当我离开起落场时，已是凌晨一点。

《小伪经》

我的脸上和手上都有烧伤。我记得在给哈丽找安眠药的时候（如果我现在还能笑出来的话，我会为我当时的天真而发笑），我注意到药柜里有一瓶治烧伤的药膏，于是我回到了自己的舱室。我打开门，在黎明的红光中，我看到哈丽先前跪在旁边的那把扶手椅上坐着一个人。我惊恐万分，几乎被吓瘫了，本能地向后猛缩，想要逃走。但这个念头只持续了短短的一瞬间。椅子上的人抬起了头。原来是斯诺特。他背对着我，跷着二郎腿（他还穿着那条带有化学试剂烧灼痕迹的亚麻布裤子），正在看一些文件。他身边的小桌上放着整整一堆这样的文件。他看见我，把文件放到一边，愁眉不展地从架在鼻尖上的眼镜上方盯着我看了一眼。

我一言不发，走到洗脸池跟前，从药柜里取出半流体的药膏，把它涂在额头和脸上烧得最厉害的地方。幸运的是我的脸肿得并不是很厉害，而且因为当时我把眼睛紧紧闭住，我的眼睛也没事。我用一根消了毒的针头把鬓角和脸上一些比较大的水疱一一戳破，挤出里面的浆液，然后把两块湿纱布贴在脸上。斯诺特从头到尾一直都在仔细地注视着我，我没有理会他。当我终于做完这些事情之后（我脸上火辣辣的疼痛越来越厉害），我在另一把扶手椅上坐下。坐下之前我先得把哈丽的连衣裙从椅子上拿开。除了没有纽扣拉链之类的东西，这完全是一件普普通通的衣服。

斯诺特双手交叉，放在他瘦骨嶙峋的膝盖上，一边用挑剔的眼光打量着我的一举一动。

"咱们聊聊怎么样？"我刚一坐下，他便开口道。

我没有回答，用手按着脸上已经开始下滑的纱布。

"有客人来了，是不是？"

"对。"我冷冰冰地回道，丝毫不想迎合他的腔调。

"而且已经打发掉了？你的动作可真够麻利的。"

他摸了摸自己的额头，上面还在脱皮，一块块粉红色的新皮露了出来。我盯着这些新皮，突然觉得自己像个大傻瓜。为什么在此之前我就没有仔细想过斯诺特和萨特里厄斯所谓的"晒伤"是从哪儿来的呢？我一直以为那是太阳晒的，可是在索拉里斯星上根本就不会有人去晒太阳……

"你刚开始使用的手段还是比较适度的，对吧？"他说道，没有理会我眼睛里闪过的恍然大悟的神情。"各种各样的麻醉剂、毒药、自由式摔跤，是不是？"

"你到底想怎么样？现在我们可以平起平坐地讲话。如果你一心想要装疯卖傻的话，你最好还是离开。"

"有时候一个人不得不装疯卖傻。"他说，一边抬起头眯缝着眼看着我。

"你该不是要跟我讲你没用过绳子也没用过锤子吧？也没有像马丁·路德那样扔过墨水瓶？没有？真了不起。"他边说边做了个鬼脸。"你可真能干。就连洗脸池都没弄坏，没有试着在上面把头砸破，压根就没有。也没有把房间砸个稀巴烂。

你倒是干净利索,三下五除二,塞到火箭里,发射上天,这就完事了?!"

他看了看手表。

"这样的话我们应该有两个小时的时间,也许三个小时。"说到这儿他停了下来,盯着我,脸上带着一种令人不快的微笑。过了一会儿他又继续说道:

"你是不是觉得我是个卑鄙小人?"

"卑鄙之至。"我断然表示肯定。

"真的吗?如果我一开始就告诉了你,你会相信我吗?你会相信哪怕是一个字吗?"

我没吭声。

"第一个遇到这种情况的是吉巴里安。"他继续说道,脸上仍带着那种假笑。"他把自己关在了房间里,只愿隔着门和我们讲话。你能猜到我们当时的想法吗?"

我知道,但我宁愿保持沉默。

"很显然,我们都以为他疯了。他隔着门告诉了我们一些情况,但没有全讲出来。你也许能猜到他为什么不愿说出究竟是谁和他在一起吧?你其实很清楚,各有所好嘛。但他是一位真正的科学家。他请求我们给他一个机会。"

"什么机会?"

"我猜想他一定是在想办法对它进行分类,设法解决这个问题,把事情弄明白。他夜以继日地不停工作。你知道他都做了些什么吗?我想你一定知道!"

"那些计算结果,"我说道,"在无线电台室的抽屉里。那是他干的?"

"是的。但当时我对此一无所知。"

"这种情况持续了多久?"

"你是说客人来访?大概一个星期吧。他隔着门和我们讲话。里面有各种各样奇怪的动静。我们还以为他产生了幻觉,受到了某种运动神经刺激的影响。我给了他一些东莨菪碱。"

"你把那种东西给了他?!"

"是的,他也拿了,但不是给他自己用的。他在做实验。事情就是这样。"

"那你们俩呢?"

"我们?到了第三天,我们决定到他的房间里去找他,如果没有别的办法就破门而入。我们是一番好意,想要给他治病。"

"哦……原来是这样!"我忍不住大声说道。

"对。"

"那么……就在那个衣柜里……"

"一点不错,亲爱的伙计。一点不错。他不知道在这期间我们自己也有客人来访。我们顾不上照顾他的事情了。他不知道。现在嘛……我们对此已经……习以为常。"

说到最后几个字,他的声音很轻,与其说是我亲耳听到,不如说是我猜到的。

"且慢,我还是不明白,"我说道,"想必你们一定听到了什么。你自己也说了,你们曾经在门口偷听过。你们一定听见了两个人的声音,那么……"

"不,只有他的声音。而且即使里面有其他无法辨认的声音,我们也都会认为是出自他之口,你明白……"

"只有他的声音？可是……为什么呢？"

"我不知道。对此我有我的推测，但我并不急于分享，尤其是因为即便它能对某些事情作出解释，但总的来说还是没有多大用处。没错。但你昨天一定亲眼看到了什么东西，还是说你把我们俩都当成了疯子？"

"我以为我自己疯了呢。"

"是吗？那你没看见任何人？"

"我看见了。"

"谁?!"

他的鬼脸已不再是一副假笑。我盯着他看了好久，然后答道：

"那个……黑人女子……"

他什么都没说。他本来很紧张，向前俯着身子，但这时他整个身子稍稍放松了一些。

"你本应警告我一声……"我开口道，但口气已不是那么肯定。

"我警告过你。"

"可你那算是什么警告！"

"我只能那样做。你必须明白，我不知道你看到的将会是谁！这谁都不知道，而且谁都不可能知道……"

"听着，斯诺特，我有几个问题。你对这种事……已经有了一定的经验。她……它会不会……她将会怎么样？"

"你的意思是说，她会不会回来？"

"是的。"

"她会，也不会……"

"这话是什么意思?"

"她会回来,但就像刚开始……第一次来的时候一样。她什么都不知道,或者更确切地说,她的一举一动就好像你为了把她打发掉而做的一切压根就没有发生过一样。她不会有任何攻击性的举动,除非是你逼得她走投无路,别无选择。"

"怎样算是走投无路?"

"这要取决于具体情况。"

"斯诺特!"

"怎么了?"

"你还在保守秘密,我们可承受不起这种奢侈!"

"这不是奢侈,"他冷冷地将我打断,"凯尔文,我觉得你还是不明白……不过等一下!"

他的眼睛突然一亮。

"你能告诉我来找你的是谁吗?!"

我咽了一下口水,低下了头。我不想正视他。我希望我面对的是别的某个人,而不是他。但我别无选择。一块纱布脱落下来,掉在了我的胳膊上。那种湿漉漉的感觉不禁让我颤抖了一下。

"是一个女人,她……"

我没能把这句话说完。

"她杀了自己。她给自己……注射了……"

他等着我继续往下说。

"她自杀了?"他见我没了声音,于是问道。

"是的。"

"就这些,没别的了?"

我没有作声。

"不可能就这些……"

我猛地抬起头。他并没有在看着我。

"你怎么知道?"

他没有回答。

"好吧。"我舔了舔嘴唇,"我们俩吵了一架。实际上也算不上是吵架。是我对她说了些气话,你知道的,就像一个人在气头上的那种德行。我把自己的东西收拾好,然后拍拍屁股就走了。她向我做了某种暗示,并没有明说,但是当你和一个人共同生活了那么多年之后,你根本就不需要……当时我认定她只不过是嘴上说说而已,我认定她并没有胆量真的下手,而且……我也把这话对她直说了。第二天我才想起,我把……带有药物的注射器留在了抽屉里。她知道抽屉里有这种东西——那是我从实验室带回家,是我准备要用的。当时我还把药效告诉了她。我有些害怕,本来要回去取,但我马上又意识到,如果这样做的话,那就好像是我把她的话当了真,于是……我就干脆随它去了。到了第三天,我还是回去了,因为这件事总让我放心不下。结果等我到那儿的时候……她就已经断了气。"

"哦,你这个无辜的小可怜啊……"

听到这话我吃了一惊,猛地抬起头。但当我朝他望去的时候,我意识到他并不是在嘲笑我。我觉得自己就好像是头一回见到他。他面色灰白,脸颊上一道道深深的皱纹里包含着难以言表的疲惫。他看上去就像是一个身患重病的人。

"你为什么这么说?"我问道,莫名其妙地感到有些羞愧。

"因为这个故事很有悲剧色彩。不,不,"他见我有些激动,又急忙补充道,"你还是不明白。当然,这件事对你的打击一定很大,你甚至会把自己看作杀人凶手,然而……这并不是最糟糕的事情。"

"真的吗!"我嘲讽地说。

"我很高兴你不相信我的话,真的。发生过的事情可能的确很可怕,但最可怕的是……没发生的事情,从没发生过的。"

"我不明白……"我轻声说道。我真的不明白。他点了点头。

"正常人,"他说道,"什么样的人才算是正常人呢?从来没做过丑事的人?对,可是难道他就连想都没有想过?也许他的确从来都没想过,但他内心里的某个东西曾经想过,十年或者三十年之前,这个念头曾经浮现在他的脑海里,也许他努力打消了这个念头,把它忘掉了,他心里并不害怕,因为他知道自己永远都不会将它付诸实施。好,可是现在,你想象一下,突然间,就在光天化日之下,大庭广众之间,他遇到了这个东西的化身,紧紧地拴在了他身上,既甩不掉,也无法将其消灭,那会怎么样?它的结果又将是什么呢?"

我没有作声。

"观测站,"他轻轻地说道,"其结果就是索拉里斯观测站。"

"可是……这究竟怎么可能呢?"我迟疑地问道,"毕竟你和萨特里厄斯两个人都不是罪犯……"

"你好歹是个心理学家啊,凯尔文!"他不耐烦地打断了我,"谁没有过那样的梦想?那样的想象?你想想看……某个恋物癖,他爱上了,这么说吧,他爱上了某条脏兮兮的内裤,而且不惜冒着生命危险,想尽一切办法要把这片他挚爱的恶心布料弄到手。这一定很好笑,对吧?他对自己渴望的对象感到厌恶,但同时又如痴如狂,随时准备为它冒生命危险,他的这种恋情可能不亚于罗密欧对朱丽叶的感情……这种事情的确会发生,这是不可否认的。可是想必你也明白,还有某些其他东西……某些其他情形……没有人敢将其变为现实,只能在自己的脑海里进行排演,不管是出于一时的困惑、堕落还是疯狂,随便你把它称作什么。而紧接着,思想就变成了活生生的现实。就是这么回事。"

"就是……这么回事。"我无意识地重复道,声音沉闷无力。我的脑袋里嗡嗡直响。"可是……可是观测站?这和观测站又有什么关系呢?"

"你一定是在装糊涂吧。"他咕哝道,一边用探究的眼神打量着我,"我刚才一直都在讲索拉里斯,只有索拉里斯,没有别的。如果这跟你的期望有很大出入的话,那可不能怪我。再说了,你自己也经历了不少事情,所以至少可以听我把话讲完。

"我们飞向太空,做好了一切准备,也就是说,准备好承受孤独,准备好艰苦工作,准备好自我牺牲,准备好面对死亡。出于谦虚,我们不会大声宣扬,但有时我们的确会想,我们自己很了不起。而与此同时,我们并不想征服宇宙,我们只想尽可能地拓展地球的边界。对我们来说,有的星球就像撒哈拉大沙漠一样炎热干燥,还有的星球就像南北极一样冰雪覆盖,或是像巴西的丛林,一幅热带景象。我们奉行人道主义,有着崇高的理想。我们没有征服其他种族的打算,而是只想向他们传授我们的价值观,并吸取他们的文明传统作为回报。我们把自己看作'神圣接触的骑士'。而这又是一个谎言。我们寻找的是人，而不是任何其他东西。我们不需要其他世界。我们需要的是镜子。我们不知道该拿其他世界来做什么。一个世界对我们来说就已经足够了，它已经足以让我们感到窒息。我们渴望找到自己理想化的形象：它们必须是比我们的地球更完美的地球，比我们的文明更完美的文明。我们期望在其他世界身上找到我们自己原始过去的影子。与此同时，有些另一面的东西我们却拒绝承认，拼命辩驳。归根结底，我们从地球上带来的并不仅仅是美德的精华，并不仅仅是人类的英雄典范！我们来到这里，带来的是我们真正的自我，而当对方向我们展示出事实真相时，也就是我们闭口不谈的那部分，我们便无法接受这一现实！"

"那么它究竟是什么呢？"我耐心地听他讲完，然后问道。

"就是我们想要的东西：和另一种文明的接触。这种接触我们现在已经有了！那就是我们自己怪物般的丑陋，我们自己滑稽的丑态和深深的耻辱，就像在显微镜下一样一览无余！"

他颤抖的声音里充满了愤怒。

"那么你认为是……这片海洋？是它干的？但是为什么呢？暂且不提它是怎么做到的，看在上帝的分上，为什么?！难道你觉得它是想玩弄我们？或是想惩罚我们?！这可真是再原始不过的魔鬼学说了！一个巨大的恶魔占据了整整一个星球，向科学考察队成员派遣女妖，好以这种方式来满足其邪恶的幽默感！你不可能真的相信这种十足的无稽之谈吧?！"

"这个恶魔可一点都不愚蠢。"他咬着牙咕哝道。我惊讶地看着他。我脑子里闪过一个念头，那就是他可能终于精神崩溃了,尽管在观测站里发生的这些事情无法用发疯来解释。反应性神经病……?正当我这样想着的时候,他轻声笑了起来,声音小到几乎听不见。

"你是在给我做诊断吗?先等等吧。其实你所体验到的这点根本算不上什么,你还没有真正尝到苦头呢!"

"哦,这么说这个恶魔还对我起了怜悯之心。"我回敬道。我对这番谈话开始感到厌烦。

"你到底想要怎么样?你是不是想要我告诉你,这几万亿吨的变形原生质正在策划某种对付我们的计划?也许根本就没有任何计划。"

"你这是什么意思,没有任何计划?"我惊讶地问道。斯诺特的脸上仍带着微笑。

"你应该知道,科学所关心的只是事情发生的过程,而不是事情发生的原因。那么,这件事是怎么发生的呢?啊,它是在X射线实验之后八九天的时候开始的。也许是海洋受到了辐射之后,在用另一种辐射做出反应,也许是它用这种辐射探测了我们的大脑,使我们的大脑释放出某种精神包囊。"

"包囊?"

这开始引起了我的兴趣。

"对,就是与头脑中其他部分分离开来的那些心理过程,记忆中某些被封闭、抑制、包围起来的火种。而这片海洋把它当成了一种配方,一种建筑蓝图……你也知道,脑苷脂的核酸化合物是大脑记忆活动的物质基础,而它和染色体的非对称晶体在结构上极为相似……归根到底,具有遗传性的原生质便是'拥有记忆'的原生质。它把这些包囊从我们身上拿去,将其记录下来，然后，嗯，你也知道接下来发生的是什么事情。可它为什么要这样做呢？哈！不管怎样，它这样做的原因并不是为了消灭我们。对它来讲，消灭我们要容易得多。凭借它的技术能力，它想干什么都行，比如说，用和我们长得一模一样的替身来对付我们。"

"啊！"我叫了一声，"我第一天晚上刚到的时候把你吓坏了，原来就是因为这个啊！"

"是的。不过，"他又补充道，"它也许已经这样做了。你怎么知道我还是两年前来到这里的那只'老鼠'？"

他轻声笑了起来，就好像我不知所措的样子让他得到了天知道什么样的满足，但他很快就收敛起了笑容。

"不，不，"他咕哝道，"没有这种事就已经够我们受的了……这些客人和我们之间可能还有其他区别，但我只知道一点，你和我都能被杀死。"

"而他们就不能？"

"我建议你不要去尝试。那种景象真是太可怕了！"

"用什么都不行？"

"我不知道。总之，毒药、刀子、绳子等都不管用……"

"原子爆能枪呢？"

"你愿意冒这个险试一试吗？"

"我拿不准。如果你能肯定他们的确不是人的话。"

"从某种意义上讲，他们的确是人。从主观上讲，他们是人。他们一点都不了解自己的……来历。这你一定已经注意到了吧？"

"没错。那么……这又作何解释？"

"他们身体的再生速度快得惊人。我跟你讲,就在你眼前,快得简直不可思议。然后他们就重新开始,表现得就像……就像……"

"像什么?"

"就像我们对他们的印象,我们脑子里的记忆,被用来……"

"没错,真是这样。"我表示同意。烧伤药膏从我被灼伤的脸上滴下来,落在我的胳膊上,但我没有去理会。

"吉巴里安知道吗?"我突然问道。他仔细地注视着我。

"你的意思是说他知不知道我们知道的这些?"

"是的。"

"几乎可以肯定。"

"你怎么知道,他告诉你了吗?"

"没有,但我在他房间里找到了一本书……"

"《小伪经》?!"我一声惊呼,从椅子上跳了起来。

"没错。你怎么会知道?"他问道,好像突然非常不安,他的双眼就像是要把我看穿。我摇了摇头。

"别紧张,"我说道,"你也看到了,我被烧伤了,但一点都没有再生,对吧?他的房间里有一封给我的信。"

"真的吗?一封信?上面都说了些什么?"

"没几句话。其实就是一张便条,算不上一封信。上面只有两条参考书目,一条是《索拉里斯学年刊》第一卷的附录,另一条就是这本《小伪经》。它究竟是什么东西?"

"是一件老古董,可能和这一切有些关系,给。"

他从口袋里掏出一本薄薄的皮革封面的书,递给了我,书的边角已经破破烂烂。

"那萨特里厄斯呢?"我问道,一边把书收好。

"萨特里厄斯又怎么了?在这种情况下,每个人都会尽自己的所能想办法去应付。他的办法是尽量表现得一切正常,对他来讲这就意味着一本正经。"

"别开玩笑了!"

"我是认真的。有一次,我和他一起遇上了险情,具体细节就不讲了,简单地说,我们一共八个人,只剩下了五百公斤的氧气。大家一个接一个全都放弃了平时的日常活动,最后每个人都胡子拉碴的,只有他一个人坚持每天刮胡子、擦皮鞋。当然,他现在所做的全都是在演戏,不管是喜剧还是犯罪。"

"犯罪?"

"好吧,也许不是犯罪。我们需要一个新名词,比如'喷气式离婚'。这样是不是更好听一些?"

"你可真是风趣极了。"我说道。

"你宁愿我哭哭啼啼?那你来提个建议。"

"别跟我来这套。"

"不,我是认真的,你现在知道的和我相差无几。你有没有什么打算?"

"你真会开玩笑!我就连当……她再次出现的时候该怎么办都不知道。她肯定会再次出现,对吧?"

"多半会的。"

"他们究竟是怎么进来的?我的意思是说,观测站应该是完全密封的,也许防护层……"

他摇摇头。

"防护层没有问题。我也不知道他们是怎么进来的。通常你醒来一睁眼,这些客人就已经在那儿了,而到头来人总得睡觉。"

"那把自己关起来呢?"

"那也支撑不了多久。当然,还有其他办法,你也知道我指的是什么。"

他站起身,我也跟着站了起来。

"听着,斯诺特……你指的是不是观测站应该关门走人,但你想让我来提出这个主意?"

他摇了摇头。

"事情并不是那么简单。我们当然可以随时撤离,哪怕只是逃到卫星体上,然后从那儿发个求救信号。但显然他们会把我们当作疯子对待,我们将被送到地球上的某个疗养院,直到我们乖乖地把对这整件事情说过的话全部收回。毕竟在这种偏远的前哨基地里,也的确曾经发生过集体性神经病的案例……其实也不算是太糟糕,有漂亮的花园、安逸宁静的环境、白色的房间,还有护士陪着散步……"

他这一席话完全是认真的,他双手插在口袋里,眼睛出神地望着房间的角落。红色的太阳早已落在了地平线以下,卷曲的海浪融化成一片墨黑的荒野。天空中好像燃烧着熊熊烈火,带着淡紫色边缘的云彩飘浮在这片难以言表的凄凉双色景观之上。

"那么你究竟是想逃走,还是不想,还是说暂时不想?"

他笑了。

"你这个无畏的征服者……你还没有真正尝到滋味,要不然你是不会这样一再坚持的。问题并不是我想要怎么样,而是什么是有可能的。"

"那是什么?"

"我也不知道。"

"那我们就待着不走?你觉得我们能找到什么办法……"

他望着我,看上去骨瘦如柴,满是皱纹的脸上还在脱皮。

"谁知道呢?也许这样做是值得的,"他终于说道,"我们恐怕不会对它有任何了解,但也许能够了解一下我们自己……"

他转过身,拿起他的那堆文件走了。我本想叫住他,但我张开了嘴,却没有出声。没有别的事可做;我只能等着。我走到窗前,望着血黑色的大海出了神。我突然想到我可以把自己关在起落场的一枚火箭里,但我并没有把这个主意太当回事,因为它太愚蠢——我迟早得从里面出来。我在窗边坐下,拿出斯诺特给我的那本书。窗外还有足够的天光,将书页映成了粉红色,整个房间里散发着一片红光。该书的编纂者是一位名叫奥托·拉文策尔的哲学硕士,书中收集了数篇文章和作品,其学术价值大多很值得怀疑。每一门科学都有其相应的伪科学,由某种特殊类型的头脑所产生的怪诞扭曲形式,天文学有占星术这一滑稽模仿的伴侣,而化学则曾经有过炼金术。因此,伴随着索拉里斯学的诞生,各种各样稀奇古怪的观念也的确层出不穷,这丝毫不足为怪。拉文策尔的书里就满是这种精神食粮——但说句公道话,编者在书开头的前言里就让自己和这些奇谈怪论拉开了距离。他只是相信这样的一本集子,作为对当时那个时代的记录,可能对科学历史学家和科学心理学家都会有一定的价值,而他的这种想法也的确不无道理。

贝尔东的报告在书中占据了显要的地位。它分为几个部分。第一部分是贝尔东飞行日志的抄录本,内容非常简洁。

从考察队约定时间14点整到16点40分之间，日志的记录内容很简短，没有任何情况发生。

高度1 000米，或1 200米，或800米。没有观测到任何情况，海面上空无一物。这样的记录重复了好几次。

接着，在16点40分：红色薄雾正在升起。能见度700米。海面上空无一物。

17点整：雾正在变浓，没有声音，能见度400米，间或有没有雾的区域。下降至200米。

17点20分：在雾中。高度200米。能见度20—40米。没有声音。爬升至400米。

17点45分：高度500米。地平线上有一团团浓雾。雾里可以看到若干漏斗状开口，从里面可以看到海面。里面有动静。试图进入其中一个开口。

17点52分：可以看见某种旋涡状的东西，翻起黄色泡沫。我被浓雾四面包围。高度100米。下降至20米。

贝尔东的飞行日志就到此为止。这份所谓报告的下一部分是他病历中的一段节选；更准确地说，这是贝尔东的一份口授报告书，中间穿插着委员会成员提的问题。

贝尔东：当我下降到30米时，已经很难保持飞行高度，因为这片没有雾的圆形空间里刮着很强的阵风。我必须紧紧握住方向舵，因此有那么一段时间——大概10或15分钟——我没有朝驾驶舱外看。结果，我无意中被一阵强风吹进了雾里。这不是普通的雾，而像是一种胶质悬浮物，因为它把飞机窗户全都弄得模模糊糊，清理起来非常困难。这种悬浮物非常有黏性。与此同时，由于浓雾或是这种悬浮物所造成的阻力，飞机螺旋桨的转速降低了30%，因此我开始失去高度。当时我的高度已经很低，我担心飞机会一头栽进海浪里，于是便开足了马力。这下飞机保持住了高度，但仍然无力爬升。我当时有四枚火箭助推器，但我决定暂且不用，因为我觉得情况有可能恶化，到时候它们会派上用场。在发动机达到最大转速时，飞机震动得很厉害，我猜螺旋桨上一定沾满了这种奇怪的悬浮物。可是负载指示器上的显示仍然是零，因此我毫无办法。飞进了这片浓雾之后，我就一直看不见太阳，不过在太阳的方向上有一种红色的磷光。我仍在不停地盘旋，希望最终能碰上那些没有雾的区域，而大约半小时后还真的让我碰上了。我飞入了一片开阔区域，几乎是正圆形，直径大约有几百米。周围的浓雾正在急剧地翻腾旋转，就好像正在被强大的对流气流卷起。出于这个原因，我试着尽量停留在这个"空洞"的中心，这里是空气最平静的地方。这个时候，我注意到海洋表面发生了变化。海浪几乎完全消失了，而那种流体，也就是海洋的构成物，它的最上层变成了半透明状，带着一些烟雾状的浑浊斑块，而这些斑块也渐渐散去。过了不一会儿，这片海水变得清澈透明，我可以看到下面好几米深的地方。那里有某种黄色的泥浆正在聚集，并向上伸出一缕缕细细的竖直带状物。当这些带状物露出海面时，它们变得像玻璃一样闪闪发光，并且开始翻腾、冒泡、凝固，看上去就像很浓稠的焦糖糖浆。这种泥浆或黏液聚集成了粗大的疙瘩，从海里浮出，形成菜花状的隆起物，并慢慢构成了各种各样的形状。这时，我开始被拉向那堵雾墙，因此有那么几分钟的时间，我必须用引擎和方向舵来抵消这种漂移。当我又有机会向窗外望去的时候，在下面，就在我的下方，我看到了像是一座花园的东西。没错，是个花园。我看见了矮树和树篱，还有小径，都不是真的——它们全都是用同一种材料做成，这时已经完全硬化了，就像是发黄的石膏，看上去就是这样。海面上闪着很强的光。我尽可能降低高度，好看得更仔细一些。

问：你看到的那些树和其他植物有叶子吗？

贝尔东：没有。它们只有个大概的形状，就像是一个花园的模型。对，正是这样，是个模型。看上去就是这个样子。是个模型，但是应该和原物差不多一样大小。过了一会儿，这一切便开始四分五裂。一种浓稠的黏液，透过乌黑的缝隙，一股股地涌到表面上来，并且开始凝固，一部分慢慢往下流，一部分留了下来，而这一切全都开始上下翻腾，被泡沫盖得严严实实，因此这时，我除了泡沫之外什么都看不见。与此同时，浓雾开始从四面向我逼近，于是我加大油门，爬升到了300米的高度。

问：你能完全肯定你所看到的像是一座花园，而不是任何其他东西吗？

贝尔东：是的，因为我注意到了各种细节。比如说，我记得有个地方有一排东西，看上去像是四四方方的箱子。我后来意识到它们可能是蜂箱。

问：你后来才意识到？而不是在你看到的时候？

贝尔东：不是，因为它们看上去都像是用石膏做的。我还看到了一些其他的东西。

问：什么东西？

贝尔东：我说不上，因为我没能够看仔细。我觉得有几处灌木丛下好像放着一些工具。它们形状细长，带着突出的尖齿，就像是小型园艺工具的石膏模型。但这一点我不能完全肯定。那些蜂箱我敢肯定。

问：你没有想过这可能是一种幻觉吗？

贝尔东：没有。我当时以为它是海市蜃楼。我没有想到幻觉，因为我感觉完全正常，而且我一生中从没见过像这样的东西。当我爬升到300米的高度时，我下方的浓雾里布满了孔洞，看上去就像是一块巨大的奶酪。其中一个洞里空无一物，我可以从里面看到海浪，其他的洞里则有什么东西在上下翻滚。我下降到其中一个洞里，从大约40米的高度上，我看到海面下很浅的地方有一堵墙，就像是一座巨大建筑物的墙壁，透过海浪清晰可见，上面还有一排排整齐的长方形开口，就好像是窗户，我甚至觉得有些窗户里有什么东西在动。对这一点我已经不能完全肯定。这堵墙开始慢慢升起，从海洋中浮现出来。黏液像瀑布似的从上面滴落下来，上面还有某种由黏液形成的东西，某种筋脉状的凝聚物。突然间那堵墙折成了两段，迅速沉没，马上消失得无影无踪。我又重新将飞机拉起，径直从浓雾上方飞过，离得非常近，浓雾几乎碰到了起落架。我又看到了一个空荡荡漏斗形的地方——感觉比我第一次看到的那个要大好几倍。

尽管距离比较远，我还是看到海面上漂浮着一个东西。因为它的颜色很浅，几乎是白色的，而且形状很像一个人，所以我以为那可能是费希纳的宇航服。我猛地将飞机做了一个180度的大转弯，因为我担心过了这个地方就再也找不着它了。这时那个人形稍稍上浮了一点，看上去好像是在游泳，或是正站在海里，海水淹到它的腰际。我急忙下降，飞得很低，我感觉起落架碰到了某种软软的东西，我猜想可能是一个浪尖，因为这个地方的海浪很高。那个人——没错，是一个人——没有穿宇航服。但尽管如此，他居然还在动弹。

问：你看到他的脸了吗？

贝尔东：看到了。

问：他是谁？

贝尔东：是一个孩子。

问：什么样的孩子？你曾经在什么地方见过他吗？

贝尔东：没有，从来没见过。至少我不记得曾经见过。况且，我刚一接近——我的距离有40米左右，也许更远一点——我就意识到这个孩子有些不对劲。

问：这是什么意思？

贝尔东：请听我解释。一开始我还一下子说不上来。过了一会儿我才反应过来，他的个头非常之大，用巨大这个词可能都不足以形容。他几乎有四米高。我记得很清楚，当飞机起落架碰到海浪时，他的脸比我的脸要稍高一些，而尽管当时我是坐在驾驶舱里，我一定也比海面要高出足足三米。

问：如果他个头那么大的话，你怎么知道他是一个孩子？

贝尔东：因为他是一个很小的小孩子。

问：贝尔东，你难道不觉得这个回答很不符合逻辑吗？

贝尔东：不，完全没有，因为我看到了他的脸。除此之外，他的身体比例也跟小孩子一模一样。在我眼里，他看上去……几乎就像是一个婴儿。不，这样说有些过分，也许有两三岁吧。黑头发，蓝眼睛，两只眼睛非常之大！而且他还光着身子，一丝不挂，就像一个初生的婴儿。他浑身湿漉漉的，或者更准确地说，黏糊糊的，他的皮肤还闪着光。

这幅景象让我心惊胆战。我不再相信这是海市蜃楼，我已经看得过于真切。他在随着波浪一起一伏，但同时他自己也在动弹，真是恶心极了！

问：为什么说恶心？他在做什么？

贝尔东：他看上去就像是博物馆里的玩偶，但是个活的玩偶。他正在张嘴闭嘴，做着各种各样的动作，非常恶心。没错，因为这些动作并不是他自己的。

问：你这话又是什么意思？

贝尔东：我离得最近的时候也就是十几米，也许二十米要更准确一些。我已经提到过他的个头有多大，而正是因为这个原因，我看得非常清楚。他的双眼炯炯有神，看上去就像是一个活生生的孩子，可是那些动作，就好像是有人在试着……就好像是有人在初次尝试一样……

问：你能更详细地解释一下吗？

贝尔东：恐怕不能。这只是我的印象。一种直觉。我当时并没有细想。那些动作很不自然。

问：你想说的是不是，比如说，他胳膊的某些动作是人类手臂无法做到的，因为人体关节的活动范围有一定的限制？

贝尔东：不，我说的根本不是这个意思。只是……那些动作毫无意义。通常任何动作都有一定的意义，有着某种目的……

问：你这样认为吗？婴儿的动作不一定非得有什么意义。

贝尔东：这一点我知道。婴儿的动作是混乱的，不协调的，没有特定目的。而这些动作则是……噢，我知道了！它们很有条理。是按照一定的顺序，分成一组一组进行的，就好像是有人在试着了解小孩子的胳膊可以用来做什么，他的躯干和嘴巴可以用来做什么。最糟糕的是他的脸，我猜这是因为脸是整个身体最具表现力的部分。那张脸就像是一张……不，我不知道该如何来形容它。那张脸是活的，没错，但不是一张人脸。我的意思是，他的五官基本上和人脸一样，包括眼睛、肤色等等，可是眼神和表情则一点都不像。

问：这些表情看上去很痛苦吗？你知道癫痫病人发作时脸上是什么表情吗？

贝尔东：我知道，我见过癫痫病人发作。我明白。不，这可完全不同。癫痫病发作时，病人会抽搐痉挛，但这些动作则是完全流畅和连续的，很优雅，甚至可以说像音乐一般优美。我想不出别的词来形容。还有那张脸,那张脸也是一样。一张脸不可能有一半看上去很高兴,而另一半却充满了悲伤,或者有一半看上去很吓人或是很害怕,而另一半却兴高采烈或是别的什么类似的表情。但在这个孩子身上却正是这样。不仅是这样,这些动作和表情变化的速度也快得惊人。我在那儿只待了片刻,大概就十秒钟吧,我甚至不敢肯定有那么久。

问:你的意思难道是说,你在这么短的时间里就看到了所有这一切?再说,你怎么知道这段时间有多长呢,你看表了吗?

贝尔东:没有,我没有看表,但我有16年的飞行经验。在我们这一行,你必须能够把时间估计得准确到秒,我指的是很短的时间,这完全是一种本能。降落时就需要这种能力。不管周围环境如何,如果一个飞行员不能准确判断出某个特定现象的持续时间是五秒还是十秒,那么这个飞行员就不合格。对观察能力的要求也是一样。这种能力需要多年的磨炼,以便在最短的时间里捕捉到周围的一切。

问:你所看到的就是这些吗?

贝尔东:不,但是其他东西我记得没有这么详尽。我猜想这里的信息量对我来说可能太大,我的大脑就像是被塞住了一样。浓雾开始降临,而我一定是向上爬升了。一定是这样,但我记不得自己是怎么爬升的,也记不得是在什么时候。这是我一生中头一回差点发生坠机事故。我的双手不停地颤抖,以至于连方向舵都把握不好。我记得自己好像是在向基地大声呼叫,尽管我知道无线电通信中断了。

问:这个时候你有没有试图返回基地?

贝尔东:没有,因为当我终于爬升到极限高度之后,我想到费希纳可能就在下面某个空洞里面。我知道这听起来很荒唐,但我当时就是这么想的。我心想,既然有这么奇异的事情发生,那么找到费希纳也不无可能。于是我决定尽可能把浓雾里的那些空洞全都搜索一遍。但是到了第三次,当我看到了下面的东西,然后将飞机重新拉起的时候,我意识到自己已无法再坚持下去。我做不到。我必须承认,而且这件事大家也知道,我当时突然感到一阵恶心,在驾驶舱里吐了起来。我以前从没遇到过这种情况,我从来没有过恶心想吐的感觉。

问:贝尔东,这是一种中毒症状。

贝尔东:也许吧,我不知道。但我第三次看到的那些东西,并不是我瞎编的,而且也不是中毒造成的。

问:你怎么知道?

贝尔东:那不是幻觉。幻觉是由我自己的大脑产生的,对吧?

问:没错。

贝尔东:正是如此。但是我的大脑是不可能产生出这些东西的。绝无可能,我的大脑不可能具有这种能力。

问:你能不能告诉我们你究竟看到了什么?

贝尔东:我首先必须知道,对于到目前为止我所讲过的话,委员会将如何看待。

问：这又有什么关系呢？

贝尔东：对我来说，这一点至关重要。我已经说过，我所看到的东西令我终生难忘。如果委员会认为我所说的哪怕有1%能够令人信服，因此有必要开始对这片海洋进行相应的研究，那么我就会把一切全都讲出来。但是如果委员会准备把我所讲的一切全都当成因幻觉而说出的胡话，那么我就一句话都不会再多讲。

问：为什么？

贝尔东：因为我幻觉的内容，不管多么恐怖，都是我个人的私事，而我在索拉里斯星上的经历则不是。

问：这是否意味着，在这个考察队的相应机构作出决定之前，你将拒绝回答任何其他问题？你也知道，本委员会是无权马上做出决定的。

贝尔东：没错。

第一份报告就到此为止。另外还有11天后记录下来的第二份报告中的一段节选。

主席：……经过对上述一切的慎重考虑，本委员会，其中包括三名医生、三名生物学家、一名物理学家、一名机械工程师，以及本考察队的副队长，就此作出决定。本委员会认为，贝尔东所描述的种种事件是由行星大气中毒而造成的一种幻觉综合征，该病症会导致精神错乱的种种症状，同时伴有大脑皮层中联想区域的兴奋状态。本委员会的结论是，这些事件在现实中有着很少或者完全没有相对应的现象。

贝尔东：对不起，"很少或者完全没有"是什么意思？什么叫"很少"？究竟是多少？

主席：请让我把话说完。一位物理学家，阿奇博尔德·梅辛杰博士，另外提交了一份少数派报告。他声明，依照他的看法，贝尔东描述的事件有可能在现实中真的发生了，并值得进行认真仔细的调查研究。就这些。

贝尔东：我重复我刚才的问题。

主席：这个问题很简单。贝尔东，"很少"的意思是你的幻觉有可能是由某些真实现象而引起的。在刮风的夜晚里，就连世界上最正常的人都可能会把摇摇摆摆的灌木丛当成人形。更何况是在一个陌生的星球上，尤其是在观察者的头脑受了中毒影响的情况下。并没有冒犯的意思，贝尔东。鉴于上述情况，你作何决定？

贝尔东：首先，我想知道梅辛杰博士提交的少数派报告将会带来什么样的影响。

主席：从实际上来讲，不会有任何影响。也就是说，不会有任何针对这方面的调查研究。

贝尔东：我们所讲的话将会被记录在案吗？

主席：是的。

贝尔东：这样的话，我想说的是，我认为委员会的这一决定并不是对我个人的一种冒犯——在这里我个人并不重要——而是对本次科学考察之精神的一种侮辱。正如我之前已经表明的那样，我将不再回答任何其他问题。

主席：就这些吗？

贝尔东：是的。但我还想跟梅辛杰博士谈谈。这可以吗？

主席：当然可以。

第二份报告就到此为止。该页底部有一条小号字体的注脚，说第二天梅辛杰博士和贝尔东见了一面，并和他单独交谈了将近三个小时。之后梅辛杰博士向考察队理事会提出申请，要求对这位飞行员的证词重新展开调查。他表示之所以有必要这样做，是因为贝尔东向他提供了额外的全新资料，而这些资料只有在理事会同意进行调查之后他才能予以透露。由尚纳汉、蒂莫利斯和特拉耶组成的理事会拒绝了这一请求，于是这件事就这样不了了之。

这本书里还有一封信其中一页的复印件，这封信是梅辛杰死后在他的文件里找到的。可能是一份草稿，拉文策尔没有能够确定这封信最后是否寄出去了，也不知道其结果如何。信纸上的内容是这样开始的：

……他们无与伦比的愚钝。出于对其自身权威的考虑，理事会，或者更明确地说，尚纳汉和蒂莫利斯（特拉耶的话没有分量）拒绝了我的要求。我现在正在直接向研究所提出申诉，但你也知道这样的抗议是没有多大作用的。我必须遵守我的承诺，因此很遗憾，我不能向你透露贝尔东跟我讲了些什么。当然，理事会的决定受到了这样一个事实的影响，那就是这些意外发现来自于一个没有学术地位的人，尽管许多研究人员都会羡慕这位飞行员沉着冷静的头脑和善于观察的天赋。请在回信中附上以下材料：

一、费希纳的生平资料，包括他的童年。

二、任何你所了解的有关他家人及其家事的资料；我听说他留下了一个年幼的儿子。

三、他从小长大的那片地区的地形图。

我还想跟你讲讲我个人对这整件事情的看法。如你所知，在费希纳和卡鲁奇出发后不久，红色太阳的中心就出现了一个太阳黑子，而它所造成的粒子辐射流切断了无线电通信。根据来自卫星体的观测数据，这种影响主要集中在南半球，换句话说，也就是我们基地所处的位置。在所有救援小组当中，费希纳和卡鲁奇走得最远。

直到事故发生的那一天，我们在这颗星球上待了那么久，却从没见过这么浓密、这么持久不散的大雾，同时还伴随着一片死寂。

我认为贝尔东目睹的是这个黏性怪物所进行的某个"人类行动"的一部分。贝尔东所看到的所有那些造型实际上都是来自费希纳，来自他的大脑，而他当时正在经历着某种我们无法想象的"精神解剖"过程。这是一种实验性的再创造过程，其目的是对他记忆中的某些痕迹进行重建，很可能是其中最持久的部分。

我知道这听起来很异想天开，我也知道有可能是我搞错了。因此我向你求助。我眼下正在阿拉里克星上，并将在这里等候你的回复。

你的A.

天色已经很暗，我几乎无法再读下去，书在我手中变成了灰色，书上的文字开始变得模糊不清，但文字下面的空白告诉我，我已经读到了故事的结尾，而依照我自己的经历，我认为这个故事很有可能是真的。我将目光转向窗外。窗外是一片深紫色，几朵云彩在地平线上方像即将熄灭的余烬一般闪着红光。大海在黑暗的笼罩下全然不可见。我可以听到通风口上纸条轻微的颤动声。温热而无风的空气里带着一丝淡淡的臭氧气味。整个观测站里一片寂静。我心想，我们决定留下来，这并不是什么英勇的行为。这个星球上曾一度充满了英勇的斗争、无畏的探险和可怕的死亡——就像这片海洋的第一位受害者费希纳那样——然而那个时代早已结束。我几乎已经不再关心斯诺特或萨特里厄斯的"客人"究竟是谁。我想，再过一阵，我们将不再觉得羞耻，不再把自己隔离开来。如果我们无法将这些"客人"打发走，那么我们将慢慢习惯他们，学会和他们一起生活。如果他们的创造者改变游戏规则，我们也将逐渐适应，即便是有一阵我们会做出一些反抗，掀起一场风波，我们中间的哪一个说不定还会自杀，但最终这种新的事态也将达到一种平衡。夜色渐渐充满了整个房间，和地球上的黑夜越来越像，只有洗脸池和镜子的白色轮廓依稀可见。我站起身，在架子上摸索着找到了药棉，将一个棉团沾湿，擦了擦脸，然后仰面躺在床上。头顶上的通风口一会儿嗡嗡作响，一会儿悄然无声，就像一只拍打着翅膀的飞蛾。我甚至连窗户都看不见，一切都笼罩在黑暗中。不知从哪儿出现了一缕光亮，悬在我的面前，我分辨不出它究竟是在墙上，还是在窗外空无一物的远处。我想起昨天晚上，在索拉里斯茫茫夜空空洞无神的目光注视下，我曾是多么害怕，我几乎笑了起来。我并不害怕它。我什么都不怕。我将手腕伸到眼前,手表表盘上的那圈数字闪着磷光。再过一个小时,蓝色太阳就会升起。我享受着四周无边的黑暗,深深地呼吸着,脑子里一片空白,摆脱了一切杂念。

过了一会儿,我活动了一下身体,感觉到扁平的录音机顶在臀部上。对了,吉巴里安,他录在磁带上的声音。我甚至没有想到要把他重新带回人世,听听他想要说的话。我能为他做的也只有这些了。我拿出录音机,把它藏到床下。这时,我听到一阵轻轻的沙沙声,然后是开门时轻微的咯吱声。

"克里斯?"一个轻柔的声音传来,几乎像是耳语,"你在吗,克里斯?这里真黑啊。"

"没关系,"我说道,"别害怕。到这儿来。"

会 商

我仰面躺着，脑子里一片空白，她的头靠在我的肩上。充满了整个房间的黑暗里似乎一下子挤满了人。我听到脚步声。四周的墙壁正在消失。有什么东西在我上方高高耸起，越来越高，无边无际。我的身体被彻底穿透，一种摸不着的东西将我团团围住。我在黑暗里僵成一团，而且我能感觉到它，清澈透明，尖利无比，正在将空气挤走。我可以听到远处传来的心跳声。我集中心神，用我剩下的全部力量，等待着临终剧痛的到来。但它并没有到来。我只是不断缩小，而同时，那看不见的天空，那看不见的地平线，那没有形状、没有云彩、没有星星的虚空，不断退缩膨胀，将我化为了它的中心。我拼命想要爬进我身子底下的东西里，但我身体下面已空无一物，黑暗中也不再隐藏着任何东西。我握紧拳头，想要捂住我的脸，但我的脸已不复存在。我的指头一下子便穿了过去。我想要拼命呼喊、号叫……

房间里一片蓝灰色。家具、书架和墙角仿佛全都是用粗粗的灰暗线条勾画而成，只有轮廓，没有自己的颜色。窗外的寂静中是一片明亮无比的珍珠般的白色。我全身被汗水浸得透湿。我朝身旁瞥了一眼，她正注视着我。

"你的胳膊是不是麻了？"

"什么？"

她抬起头。她的眼睛和房间是同一种颜色——灰色，在她乌黑的眼睫毛之间熠熠生辉。我感觉到了她耳语时温暖的气息，然后才听懂了她的话。

"没有。哦，实际上是有点儿。"

我把一只手放在她的肩头——我的手是有点麻，然后用另一只手缓缓地把她拉向我的身边。

"你刚才在做噩梦。"她说。

"做梦？哦，没错。你没睡觉吗？"

"我也不知道。也许没有吧。我不困。但你应该睡觉。你为什么这样看着我？"

我闭上双眼。我可以感觉到她舒缓而平稳的心跳，而我自己的心跳则更慢一些。不过是个道具，我心想。但现在任何事情都不会让我感到惊讶，甚至包括我自己的无动于衷。我早已超越了恐惧和绝望。我已经走得更远，我的所在之处还无人曾经涉足。我用嘴唇轻轻地吻着她的脖颈，慢慢向下移动，直到肌腱之间那个小小的凹处，那儿的皮肤就像贝壳的内侧一样光滑。在那儿也可以感觉到脉搏的跳动。

我用胳膊肘支起身子。没有曙光，没有柔和的晨曦，地平线上闪耀着一种电光般的蓝色光芒。第一束光线像一颗枪弹似的穿过房间。突然间，镜子、门把手和镀镍管道上全都闪烁着彩虹般五彩缤纷的反光。光线似乎在猛击它遇到的每一个表面，就像是在试图挣脱束缚，冲破这个狭小的房间。这一切已令人无法直视。我转过身。哈丽的瞳孔已经自动收缩，灰色的虹膜冲着我的脸。

"已经到白天了吗?"她问道,声音无精打采,好像半睡半醒。

"这里总是这样,亲爱的。"

"那我们呢?"

"我们怎么了?"

"我们要在这儿待很久吗?"

我想要笑出声。但一种模糊不清的声音从我胸膛迸发而出,根本不像是笑声。

"我想时间可能不短。你不希望这样吗?"

她的眼皮没有抽动。她目不转睛地看着我。她在眨眼吗?我不能肯定。她把毯子往上拉了拉,胳膊上露出了一块小小的粉红色三角瘢痕。

"你干吗这样盯着我?"

"因为你很美。"

她微微一笑,但只是出于礼貌,对我的赞美表示感谢而已。

"真的吗?可是你看我的样子就好像……就好像……"

"好像什么?"

"就好像你在寻找什么。"

"别瞎扯了!"

"不,就像是你以为我有什么不对劲,或者是有什么事情瞒着你。"

"根本没那回事。"

"你这样一口否认,那就说明被我说中了。不过随你吧。"

在火光耀眼的窗户外面,一股无生命的蓝色热浪正在形成。我用手遮着眼睛,四下寻找我的墨镜。墨镜在桌上。我跪在床上，把墨镜戴上，然后在镜子里看到了她的映像。她似乎在等待着什么。我又重新在她身边躺下，她对我微微一笑。

"那我呢？"

我突然明白了。

"墨镜？"

我起身下床，开始在窗户旁边的桌子抽屉里翻找。我找到了两副，都太大。我把墨镜递给她。她把两副都试了一下，结果都滑到了她鼻梁的半中央。

伴随着一阵拖得很长的摩擦声，遮阳板开始下降。片刻之后，整个观测站内部陷入了黑夜之中，就像一只缩进壳里的乌龟。我摸索着替她摘下墨镜，和我的一起放在了床下面。

"我们现在干什么？"她问道。

"干晚上该干的事——睡觉。"

"克里斯。"

"什么事？"

"我也许应该给你换一块纱布。"

"不用，没必要。没必要……亲爱的。"

这句话说出口，我也不清楚自己是不是在装模作样，但我在黑暗中搂住了她苗条的脊背，感觉到她在发抖，这时我突然相信了她。其他的我就不知道了。突然间我觉得是我在欺骗她，而不是她在欺骗我，因为她只不过是她自己而已。

然后我又睡着了几次，但每次都被一阵痉挛惊醒。最后，我怦怦直跳的心慢慢平静了下来，我紧紧拥抱着她，浑身疲惫不堪。她小心翼翼地摸了摸我的额头和脸颊，看我有没有发烧。这的确是哈丽。不可能有另一个更真实的哈丽了。

这个念头在我脑中闪过之后，我的内心马上发生了某种变化。我不再挣扎，几乎马上就进入了梦乡。

我被温柔的触摸唤醒，额头上有一种舒适的凉意。我躺在那里，脸上盖着某种湿润而柔软的东西，正在被慢慢揭开。我看见哈丽的面孔俯在我的上方。她用双手把多余的液体从纱布中挤到一只瓷碗里，碗旁边放着一瓶治烧伤的药水。她冲我微微一笑。

"你睡得可真香。"她说道，然后把纱布放回到我的脸上。"疼吗？"

"不疼。"

我动了动额头上的皮肤。的确，烧伤的感觉已经不明显了。哈丽坐在床沿上，身上裹着一件橙白两色条纹的男式浴袍，黑发披散在衣领上。她把袖子一直卷到胳膊肘，以免碍事。我觉得肚子饿得要命，可能有将近二十个小时没吃东西了。哈丽给我脸上换完药之后，我从床上起来。我突然瞥见那两件一模一样带着红色纽扣的白色连衣裙，并排放在一起。第一件是我割开领口之后帮她脱下来的，第二件是她昨天来的时候身上穿的。这次她用剪刀把线缝挑开了，说肯定是拉链卡住了。

这两件一模一样的连衣裙是迄今为止我所有经历当中最可怕的事情了。哈丽正在忙着整理药柜。我偷偷转过身背对着她，狠狠咬着自己的拳头，直到咬出了血。我开始向门的方向退去，双眼仍然紧盯着那两件连衣裙——或者更准确地说，是同一件连衣裙重复了两次。水龙头仍在哗哗地淌着水。我打开门，悄悄溜了出去，然后小心翼翼地把门关上。我仍可以听见轻微的流水声和瓶子的碰撞声。接着，这些声音突然停止了。走廊天花板上亮着条形的顶灯，在门上投下一片模模糊糊的反光，我在一旁咬紧牙关等待着。我紧紧握住门把手，尽管我并没有指望能将它抓牢。门把手猛地一晃，几乎从我手中挣脱，但门并没有打开，只是颤了两下，开始发出可怕的嘎吱声。我惊呆了，放开了门把手，向后退了一步。门上正在发生着令人难以置信的事情——它光滑的塑料表面开始向内凹陷，就像是有什么东西正在将它从我这边向房间里挤压一般。瓷漆开始一小片一小片地剥落，暴露出绷得越来越紧的钢铁框架。我突然意识到，门是开向走廊的，但她并不是在试图把门推开，而是在朝着她自己的方向使劲往里拉。白色门板上反射出的灯光像在凹面镜里一样弯曲着，接着只听咔嚓一声巨响，整块门板被弯到了极限，终于裂开了。与此同时，门把手被从底座上扯了下来，飞进了房间里，在门上留下一个大洞。洞里马上出现了一双血淋淋的手，还在用力拉扯着，在瓷漆上留下了一道道红色的血迹。门板断成了两截，歪歪扭扭地挂在合页上。一个橙白两色、像死人般面色铁青的怪物一下子扑进我怀里，不停地抽泣着。

如果不是被这番景象吓得目瞪口呆，我可能会试图跑掉。哈丽浑身抽搐地喘着气，用脑袋猛撞我的肩膀，头发四下横飞。当我把她抱住的时候，我感觉她浑身瘫软，像是要从我怀里滑出去。我从破碎的门里挤进去，把她抱回房间里，放在床上。她的手指甲折断了，上面沾满了鲜血。当她把手翻过来时，我看到她手心的皮肤全都刮破了，露出了血肉。我注视着她的面孔，她的两只眼睛睁得大大的，毫无表情地盯着前方，就好像没看见我似的。

"哈丽!"

她口齿不清地咕哝了一声,作为回答。

我把手指伸到她的眼前,她的眼皮合上了。我走到药柜前,听到床铺咯吱响了一声。我转过身。她直起身子坐在那里,惊恐地注视着自己血迹斑斑的双手。

"克里斯,"她呻吟道,"我……我……我这是怎么了?"

"你拉门的时候用力过猛,伤到了自己。"我冷淡地说。我的嘴唇上有一种感觉,特别是下嘴唇,就好像上面爬满了蚂蚁。我用牙齿咬住了下嘴唇。

几块参差不齐的塑料松散地挂在门框上,哈丽朝它们看了片刻,然后将目光转向了我。她的下巴颤抖着。我看得出,她正在竭力试图控制住自己的恐惧。

我剪了几块纱布,从柜子里拿了些治擦伤的药粉,然后回到床边。但我的手突然一松,拿在手里的东西全都掉到了地上。明胶密封的玻璃瓶摔破了,但我没有弯腰把它捡起——已经不需要了。

我抬起她的手。指甲周围还有一圈淡淡的血迹,但擦伤已经消失,手掌上是一层新长出的粉红色皮肤,颜色比周围的皮肤要浅,但就连这点伤痕也正在我眼皮底下渐渐消失。

我坐下来,抚摸着她的脸颊,试着对她微笑,但我必须承认我做得并不成功。

"你为什么要这样做,哈丽?"

"不。这难道是……我做的?"

她用目光指了指门。

"是的。你不记得了吗?"

"不。我是说,我看见你不在了,我很害怕,于是就……"

"就怎么了?"

"就开始找你。我以为你可能在浴室里……"

我这才注意到,衣柜已经被推到一旁,露出了浴室的入口。

"然后呢?"

"然后我就跑到了门口。"

"还有呢?"

"我不记得了。一定是出了什么事。"

"什么事?"

"我也不知道。"

"那你还记得什么?接下来发生了什么?"

"我坐在这儿,坐在床上。"

"你不记得我是怎么把你抱过去的吗?"

她犹豫了一下,嘴角向下弯着,脸上一副紧张专注的神情。

"我好像记得。也许是吧……我真的不清楚。"

她把脚丫拉到地板上,站起身,走到那扇破烂的门前。

"克里斯!"

我从背后搂住她的肩膀。她正在颤颤发抖。突然,她转过身,用目光寻找着我的眼睛。

"克里斯,"她轻声道,"克里斯。"

"别紧张。"

"克里斯,万一……克里斯,我是不是得了癫痫病?"

癫痫病?我的天哪!我几乎想要笑出声来。

"当然不是,亲爱的。这只不过是一扇门而已,要知道,他们这儿的门就是这样……"

在我们离开房间的时候,外层防护板正伴随着拖得很长的摩擦声从窗户上升起,露出正在落入大海的日轮。

我走向走廊尽头的小厨房。我和哈丽一起动手,把橱柜和电冰箱翻了个遍。我很快就意识到她的厨艺并不怎么样,除了能开几个罐头之外,没有多少别的本事,也就是说,和我差不多。我狼吞虎咽地吃光了两个罐头,喝了无数杯咖啡。哈丽也吃了一些,但就像小孩子有时候吃饭的样子,只是为了不伤成年人的感情,虽然不算是强迫自己,但动作机械,显得漠不关心。

然后我们俩一起去了无线电台室旁边的小手术室。我有个计划。我告诉她我想给她做个身体检查,以防万一。我让她坐在一张折叠椅上,从消毒器里拿出了皮下注射器和针头。我们在地球上的观测站复制模型里经受过非常细致的训练,所以我对什么东西在什么地方几乎了如指掌。我从她手指上采了一滴血,准备好涂片,在抽风机里把它晾干,然后在高真空下喷洒上银离子。

这种实实在在的工作使我的心情平静了下来。哈丽靠在折叠椅的靠垫上,环顾着摆满了各种仪器设备的手术室。

内部电话不断重复的蜂鸣声打破了房间里的宁静。我拿起话筒。

"我是凯尔文。"我嘴里说道,眼睛却仍然盯着哈丽。这一阵她一直显得无精打采,就好像被过去几小时的经历弄得精疲力竭。

"你在手术室里?总算找到你了!"我听到一声叹息,听上去像是松了一口气。

电话那头是斯诺特。我把听筒贴在耳边,等着他继续说。

"你有'客人',是吧?"

"是的。"

"你正忙着吗?"

"是的。"

"在检查身体,嗯?"

"是又怎么样?你在找人下象棋吗?"

"算了吧,凯尔文。萨特里厄斯想见你。我的意思是,他想见我们俩。"

"这倒是挺新鲜的。"我说道,有些诧异。"那咱们……"我突然打住,接着又问道:

"他是一个人吗?"

"不是。是我讲得不清楚。他想跟我们谈谈。我们三个可以用可视电话联系,不过要把电话屏幕遮住。"

"是吗?那他为什么不直接打电话给我?是不好意思吗?"

"可以这么说吧,"斯诺特含含糊糊地咕哝道,"你看怎么样?"

"你是想定个时间吗?那就一小时后吧。好吗?"

"好的。"

我可以在屏幕上看见他的脸,只有巴掌般大小。有那么一刻,在电流轻微的嗡嗡声中,他用审视的目光直视着我的眼睛。

最后他稍带迟疑地说:

"你过得怎么样?"

"还行。你呢?"

"可能比你要差点儿。我可不可以……"

"你想来找我?"我猜道。我回头瞥了一眼哈丽。她正把脑袋斜靠在椅垫上,双腿交叉躺在那里,在百无聊赖中心不在焉地把用链子系在椅子扶手上的一个银色小球抛来抛去。

"别动那个,你听见了吗?别动它!"我听见斯诺特提高嗓音喊道。我能在屏幕上看到他的侧影。我没有听到接下来的话,因为他用手遮住了麦克风,但我可以看见他的嘴唇在动。

"不,我来不了。稍后再说吧。一小时后再通话。"他急忙说完,屏幕变成了空白。我放下话筒。

"那是谁呀?"哈丽漫不经心地问道。

"没别人。斯诺特,控制论专家。你不认识他。"

"这还需要很长时间吗?"

"怎么,你觉得无聊吗?"我问道。我将一组涂片的第一张放进中微子显微镜的样本盒里,然后依次按下五颜六色的按钮。力场开始发出一种沉闷的嗡嗡声。

"这里没有多少可供消遣的东西。如果你觉得有在下陪你还不够开心的话,那日子恐怕会很难过。"我心不在焉地说道,把词和词之间的间隔拉得很长,同时用双手将显微镜巨大的黑色观测罩拉向我自己,把双眼贴在闪闪发光的目镜四周柔软的橡胶眼孔上。哈丽说了句什么,但我没听清。我像是从上方俯视着一片辽阔的荒漠,上面闪耀着银色的光芒,整个景观由于透视的缘故显得缩小了。荒漠上散落着扁平的圆形石头,看上去破碎不堪,像是受过风吹日晒,它们周围笼罩着一层朦胧的薄雾。这些东西实际上是红血球。我调整聚焦,使图像变得更加清晰,眼睛始终没有离开目镜,我仿佛在视野中的银色光芒里越钻越深。与此同时,我用左手操纵着调整显微镜镜台的曲柄。当一个好似巨大漂砾般孤零零的血球出现在十字叉丝的中央时,我增大了放大倍数。镜头下的物体似乎是一个畸形的红细胞,中间下垂,看上去就像是陨石坑的边沿,其环状边缘的凹陷处带着清晰的黑色阴影。这个边沿一直延伸到显微镜的视野之外,上面堆满了银离子的结晶,像密密麻麻的尖刺。接着,视野里出现的是扭曲的半融化状蛋白质链,就像是透过乳白色的水一样,只能看到模糊的轮廓。我将一团缠在一起的蛋白质残骸放到十字叉丝中央,慢慢转动旋钮,增大放大倍数,然后再进一步放大。这段通向物质深处的微观世界之旅应该马上就要到了尽头,一个单个分子的扁平阴影占据了整个画面。薄雾正在消散!

可是什么都没有出现。我本应看到一团原子颤抖的朦胧影像,就像一块颤颤巍巍的果冻,但是却什么都没有。屏幕上仍然闪耀着纯银色的光芒。我把旋钮调到最大限度。嗡嗡声变得更响了,仿佛充满了怒气,但我还是什么都没有看见。重复不止的蜂鸣声提醒我仪器已经处于过载状态。我又看了一眼那银色的虚空,然后关上了电源。

我看了一眼哈丽。她正要张开嘴巴打哈欠,结果被她巧妙地变成了一个微笑。

"我的身体怎么样?"她问道。

"很好,"我说道,"在我看来……真是好得不能再好了。"

我不住地盯着她看,下嘴唇上又有那种有蚂蚁爬行的感觉。究竟发生了什么事?这到底意味着什么?这个身体看上去如此柔软而又脆弱——实际上却坚不可摧——难道说它最深层的结构居然是空无一物?我用拳头使劲捶了一下显微镜的圆柱形外壳。也许是显微镜出了问题?也许是力场聚焦不准?不,我知道这台仪器完全没有问题。我按部就班,经过了每一个步骤,细胞、蛋白质聚合体、分子,它们看上去和我曾经见过的数千张涂片一模一样。但接下来的最后一步却没有任何结果。

我从她的静脉里抽了一些血样,倒在一个量筒里,然后分成几份,开始进行分析。我对这个过程有些生疏,因而花的时间比我预计的要长。所有反应都完全正常,无一例外。除非……

我在一滴鲜红的血液上滴了一滴浓酸。它开始冒烟,变成了灰色,消失在一层脏乎乎的泡沫下面。这是分解反应。变性反应。继续!我伸手去拿下一只试管。当我再回过头的时候,我手中那只薄薄的玻璃容器差点掉在了地上。

在那层浮渣的下面,试管的最底部,一层深红色的物质正在重新形成。被浓酸分解的血液居然在复原!这真是无稽之谈!完全不可能!

"克里斯!"我听到仿佛来自远方的声音,"克里斯,电话!"

"什么?哦,是这样,谢谢。"

电话已经响了好一阵,但我这才听见。

我拿起了话筒:"我是凯尔文。"

"我是斯诺特。我已经接好了线路,我们三个人可以同时听到对方。"

"谨致问候,凯尔文博士。"传来萨特里厄斯带着鼻音的尖厉嗓音。这声音听上去就好像它的主人即将踏上一个摇摇欲坠的讲台,疑心重重,小心翼翼,同时在外表上却佯装镇定。

"向您致意,博士先生。"我回敬道。我想要笑出声,但我不能肯定我想笑的原因究竟是什么,因此我忍住了。说到底,我究竟该嘲笑谁呢?我手里还拿着东西:装着血液的试管。我把它摇了摇，里面的血已经凝结了。也许我刚才看到的只不过是一种幻觉？只不过是我的想象？

"我想向各位同事提出一些有关那些……嗯……幽灵的问题。"我听到了萨特里厄斯的这句话，但同时又好像没有听到，就好像他在试图进入我的意识当中。我尽力抵抗着他的声音，眼睛仍然盯着那只装着凝结血液的试管。

"就让我们把它们称作F形体吧。"斯诺特赶快建议道。

"非常好。"

屏幕中间有一条竖直的黑线，表示我在同时接收两条通话线路。黑线的两边本应是和我谈话的两个人的面孔，但图像一片黑暗，只有屏幕边缘上那圈窄窄的亮光说明设备工作正常，只是对方的屏幕被遮住了。

"我们每个人都做了各种测试……"那个鼻音很重的声音还是带着同样的谨慎腔调。片刻的沉默。"也许我们应该首先分享一下我们的发现，然后我可以解释一下我自己得出的结论……凯尔文博士，也许你应该先讲……"

"我？"我说道，突然感到哈丽的眼睛正在注视着我。我把试管放在桌上，试管滚到了放玻璃器皿的支架下面。我用脚把一只三腿高脚凳拉过来，坐在了上面。起先我想找借口拒绝，但令我自己惊讶的是，我居然说道：

"好吧。一个小型学术讨论会？很好！我做得并不多，但我可以讲讲。我只做了一个组织涂片和几个反应试验，微反应。我的感觉是……"

在此之前我根本不知道自己到底该说些什么。突然间，我一下子豁然开朗。

"一切都完全正常,但这只不过是一种伪装,一张面具。从某种意义上说,这是一种超级复制品——一种比原物还要精确的复制品。也就是说,在我们人类遇到了颗粒性的极限,遇到了物质可分性极限的地方,它却更进了一步,因为它使用的是亚原子材料!"

"等一下,等一下。你这是什么意思?"萨特里厄斯问道。斯诺特没有作声。也许话筒里越来越急促的呼吸声是他发出的?哈丽正在朝我这边看着。我开始意识到自己有多么激动,刚才最后那句话我几乎是喊出来的。我冷静下来,在不舒服的凳子上弓着背,闭上了眼睛。我应该怎样来表达呢?

"我们身体最基本的结构元素是原子。我怀疑F形体是由比普通原子还要小的基本单位构成的,要小得多。"

"介子?"萨特里厄斯建议道。他好像一点儿都不惊讶。

"不,不是介子……介子应该看得见。楼下这台仪器的分辨率是 10^{-20} 埃。对吧?可是一直到了最高放大倍数,还是什么都看不见。因此不是介子,而可能是中微子。"

"这怎么可能?中微子聚合物可是不稳定的啊……"

"我也不知道。我不是物理学家。也许是某种力场在使它保持稳定。对这方面我一无所知。不管怎样,如果真是如我所说,那么这种材料是由比原子小一万倍的粒子组成的。而且还远远不止这些!如果蛋白质分子和细胞是直接由这些'微原子'构成的话,那么它们也就相应地要小得多。还有血球、酶,所有一切都应该是这样,但实际上却并非如此。这就意味着所有这些蛋白质、细胞和细胞核全都不过是一张面具!真正负责这些'客人'各项功能的实际结构还隐藏得很深。"

"我的天啊,凯尔文!"斯诺特几乎是在大喊,吓得我打住了话头。我难道说出了"客人"这两个字?!没错,但是哈丽没听到。况且她听到了也不会明白。此时她正注视着窗外,双手托着下巴,她娇小的侧影映衬在深红色的黎明背景上。话筒里一阵沉默,我只能听到遥远的呼吸声。

"你说的有一定的道理。"斯诺特喃喃地说。

"没错,是有这种可能,"萨特里厄斯补充道,"但有一个问题,这片海洋并不是由这些凯尔文假想的粒子构成的,它是由普通原子构成的。"

"也许它能合成这种粒子。"我指出。我突然感到一种冷漠。这番谈话一点趣味都没有,根本就是多此一举。

"这倒是可以解释它们异乎寻常的耐久力,"斯诺特说道,仍在喃喃细语,"还有它们惊人的再生速度。也许就连它们的能量也来自那里,来自大海深处,所以它们不需要吃东西……"

"我请求发言。"萨特里厄斯开口道。他真让我受不了,但愿他能从那个自我强加的角色中走出来!

"我想讨论一下有关动机的问题,也就是F形体出现背后的动机。我对这个问题的分析如下:什么是F形体?它们既不是人,也不是某些特定个人的复制品,而是我们大脑中所包含的有关某人信息的一种物质化投射产物。"

这一席话说得非常确切,令我不禁心头一震。这个萨特里厄斯,尽管令人反感,但一点也不傻。

"说得好,"我插话道,"这甚至可以解释为什么出现的是这些人……这些形体,而不是其他别的形体。它所选择的是那些最持久、和其他记忆相隔最远的记忆痕迹。当然,任何记忆都不是完全孤立的，所以在'复制'过程中，碰巧在其附近的其他记忆的残留物也会被包括在内，或者说，也可能会被包括在内。因此，有时这个新来者会表现出比它所复制的那个真人本来应该知道的还要多的知识……"

"凯尔文！"斯诺特又叫道。我有些惊讶地发现，只有他会因为我说话不小心而大惊小怪。萨特里厄斯对此似乎毫不在意。难道这意味着他的"客人"天生就不如斯诺特的"客人"聪明？有那么一刹那，我的脑海里浮现出一个患有呆小病的侏儒的形象，站在学识渊博的萨特里厄斯博士身旁。

"的确，这一点我们也观察到了，"他答道，"至于F形体出现背后的动机……首先能想到的，同时也是最自然的想法，就是这是在我们身上进行的一种实验。但这种实验方式相当……粗劣。我们做实验时，会从实验结果中吸取经验，特别是从错误中吸取教训，以便在重复实验时进行修正……然而在这些实验里，这个问题根本就不存在。同样的F形体重复出现……没有任何改进……没有任何额外保护措施，以避免我们……将其打发掉……"

"简而言之，用斯诺特博士的专业术语来讲，这一过程里没有纠正式反馈回路，"我说道，"这意味着什么呢？"

"这只能说明，作为一种实验，它的水平……很低劣，而事实上这不大可能。这片海洋是……非常精确的。这首先体现在F形体的双层结构上。在一定程度上，它们的行为完全就像它们真正的……它们真正的……"

他一时无法把这句话说完。

"原型。"斯诺特赶紧提示道。

"对,原型。但是如果现实情况超出了普通……嗯……原型的正常可能性范围,F形体中就会出现一种类似于'意识断路'的现象,使它直接表现出另一种行为,一种非人的行为……"

"没错,"我说,"但这样的话,我们只不过是为这些……这些形体的行为编制了一份目录,别无其他。这样毫无用处。"

"这一点我可不敢肯定。"萨特里厄斯提出异议。我猛地意识到他身上到底是哪一点让我这么不舒服:他不是在正常交谈,而是在发表演讲,就好像他正在参加研究所的研讨会。显然这是他唯一的讲话方式。

"这里牵涉到有关个性的问题。这片海洋对此没有任何概念。一定是这样。各位同事,在我看来,对我们来说,这是这个实验里最……嗯……最敏感、最令人震惊的一个方面,而这片海洋对此却一无所知,这完全超出了它的理解范围。"

"你认为这一切并非是有意的?"我问道。这种说法让我吃了一惊,但经过片刻的反思,我承认不能排除这种可能性。

"是的。我认为这里面并没有任何阴险恶毒的企图,也没有让我们饱受折磨的愿望……这和斯诺特博士的观点不同。"

"我并没有认为它具有人类的情感。"斯诺特说道,这是他头一回发言,"但是它们一再重复出现,你对此又作何解释呢?"

"也许它们设置了某种可以重复运转的装置,就像留声机唱片一样。"我说道,话里隐藏着一种想要刺激萨特里厄斯的冲动。

"各位同事,请大家不要分散注意力。"这位博士用鼻音很重的声音宣布道,"我想说的还不止这些。在通常情况下,我会认为我的研究结果尚不成熟，就连提交一份临时报告也为时过早，但鉴于眼下这种特殊情况，我将破例处理。我的初步印象是，我再说一遍，这只是我的印象，暂无其他，我认为凯尔文博士的猜想应该是正确的，我指的是他关于这是一种中微子结构的假设。我们对这种结构只有理论上的认识，事先并不知道它能够稳定存在。但这也为我们提供了一个特别的机会，因为如果能将使这种结构保持稳定的力场破坏掉的话……"

已经有好一阵，我注意到萨特里厄斯那头遮盖着屏幕的黑色东西正在移动，图像的最上方出现了一道明亮的间隙，可以看到一个粉红色的东西在那里缓缓移动。这时那块黑色的东西突然滑掉了。

"走开！走开！"话筒里传来萨特里厄斯凄惨的叫喊声。在突然亮起的屏幕上，可以看到博士正在和什么东西扭打着。他的胳膊上戴着那种实验室里用的胀鼓鼓的套袖，两条胳膊之间有一个很大的金色圆盘状物体在闪着光。我还没来得及意识到那个金色圆圈原来是一顶草帽，屏幕上的一切就已经消失了……

"斯诺特？"我深吸了一口气，然后说道。

"我在，凯尔文。"这位控制论专家疲惫的声音答道。这时我突然觉得自己挺喜欢他，我真的不想知道和他在一起的是谁。

"我们暂时就谈到这儿吧，怎么样？"

"同意。"我答道，"听着，如果有可能的话，到楼下或者是我的房间来一趟，好吗？"在他挂断之前，我急匆匆地补了一句。

"好的，"他说，"但我不知道会是什么时候。"

于是，有关这个问题的讨论就此结束。

怪 物

午夜时分,灯光将我唤醒。我用一只胳膊肘撑起身子,另一只手遮着眼睛。哈丽身上裹着一张床单,坐在床尾,她弓着身子,头发披散在脸上。她的肩膀颤抖着——她正在无声地哭泣。

"哈丽!"

她将身体蜷缩得更紧了。

"你怎么了?哈丽……"

我从床上坐起,还没有完全清醒,正在从刚才令我窒息的噩梦中慢慢解脱出来。这个姑娘正在浑身发抖。我伸出胳膊去搂她。她用胳膊肘把我推开,不让我看到她的脸。

"亲爱的。"

"别这么叫我。"

"可是哈丽,到底怎么了?"

我看见她沾满泪水的脸在不停地战栗。一大滴一大滴孩子般的泪珠从她的脸颊上滚下来,在她下巴上方的酒窝里闪着光,然后落在床单上。

"你不想要我。"

"你怎么会有这种想法!"

"我听见了。"

我觉得我整个脸一下子僵住了。

"你听到了什么？你误会了，那只不过是……"

"不。不。你说我其实并不是哈丽。你说我应该离开。我愿意离开。天哪！我真的愿意，可是我做不到。我也不知道究竟是为什么。我想离开，可就是做不到。我真是太、太可恶了！"

"宝贝儿！"

我将她一把搂住，用尽全力抱着不放，就好像世上的一切都在崩溃瓦解。我吻着她的双手，吻着她湿漉漉、带着咸味的手指。我再三恳求，赌咒发誓，赔礼道歉，说那是一场愚蠢而讨厌的梦。她渐渐平静下来，停止了哭泣。她的眼睛睁得大大的，像梦游一般，眼里的泪水干了。她把头转开。

"不，"她说，"别说这些，没有必要。你对我也和从前不一样了……"

"没那回事！"

我的这句话就像是在呻吟。

"没错。你不想要我了。我一直都有这种感觉，只是假装没看出来。我以为这也许只是我的想象或是什么，但其实并不是。你的举止……和以前不一样了。你根本不把我当回事。没错，这的确是个梦，但做梦的是你，是你梦到了我。你嘴上叫着我的名字，但心里却很厌恶。为什么？为什么?!"

我跪倒在她面前，抱住了她的双腿。

"宝贝儿……"

"我不想你这样叫我。我不想，你听见了吗？我不是什么宝贝儿。我是……"

她一下子又泣不成声，面朝下倒在了床上。我站起身。凉风从通风口吹来，伴随着轻微的沙沙声。我觉得有点冷。我披上浴衣，坐在床上，轻轻抚摸着她的肩膀。

"哈丽，听我讲。我想告诉你一件事。我想告诉你事情的真相……"

她用双手支撑着身体，慢慢坐了起来。我可以看到她脖子上细嫩的皮肤下一跳一跳的脉搏。我的脸再次变得麻木，我觉得自己就像站在冰天雪地里，冷得要命。我的脑子里一片空白。

"真相？"她说道，"你发誓？"

我没有马上回答，因为我喉咙一阵发紧，不得不克制住自己。那是我们之间一句古老的咒语。这句话一出口，我们俩谁都不敢说谎，甚至也不敢有任何隐瞒。有一段时间，我们曾经以过分的诚实互相折磨对方，天真地以为这样就能拯救我们的关系。

"我发誓，"我郑重地说道，"哈丽……"

她等待着。

"你也变了。我们大家都在变。但我想说的并不是这个。现在看起来就好像……你一刻也离不开我……其中的原因你和我都不太清楚。但其实这样也挺好，因为我也同样离不开你……"

"克里斯！"

我把她抱起来，她的身子还裹在床单里。床单的一角被泪水浸湿了，落在我的肩膀上。我在房间里走来走去，摇晃着她。她抚摸着我的脸。

"不。你没有变。是我，"她在我耳边低语，"我身上出了什么毛病。也许是因为这个？"

她盯着那个黑乎乎、空荡荡的长方形，就是那扇破门原来的所在之处，昨晚我已经把它的残骸搬到了贮藏室。需要装扇新门，我心里想。我把她放在了床上。

"你有没有睡觉？"我站在她跟前，双臂下垂。

"我也不知道。"

"你怎么会不知道呢？好好想想，亲爱的。"

"我觉得自己并不是真的在睡觉。也许是我生病了。我就这么躺着，脑子里想着事情，然后就……"

她打了个寒战。

"怎么了？"我低声问道，知道自己可能会失声。

"我脑子里的想法很奇怪。我不知道它们都是从哪儿来的。"

"比如说？"

我心想，不管她怎样回答，我都必须保持冷静。我做好了心理准备，等着她开口，就好像准备好要承受重重的一击。

她茫然无助地摇了摇头。

"就好像是……到处都是……"

"我不明白……"

"就好像不仅仅是在我身体内部，而是还有更远的地方，有点儿像……我也解释不清楚，没办法用语言表达……"

"这一定是做梦。"我故作随意地说道，接着长出了一口气。"咱们这就把灯关了，忘记一切烦恼，有什么事情明早再说。明早如果心情好，我们再找些新烦恼，好吗？"

她伸手按下电灯开关，黑暗笼罩了一切。我在冷冰冰的床铺上躺下，感到她温暖的呼吸向我靠近。

我搂住了她。

"再搂紧点儿。"她低声耳语。然后过了好一阵,"克里斯!"

"什么事?"

"我爱你。"

我简直想大声尖叫。

黎明是一片红色。硕大的日轮低垂在地平线上。门槛上放着一封信。我撕开信封。哈丽在浴室里,我可以听见她正在低声哼唱。她还时不时把头伸到门外,头发全都湿透了。我走到窗前,读着那封信:

  凯尔文,我们陷入了僵局。萨特里厄斯主张采取积极行动。他认为他有希望成功破坏中微子结构的稳定性。为了进行他的实验,他需要一定量的海洋原生质作为F形体的初始原料。他建议你出去勘察一下,用容器收集一些原生质。你看怎么做最好,你自己拿主意,但务必请将你的决定告诉我。对此我没有任何意见。我觉得自己已经一无所有。我宁愿你来做这件事,但只是为了我们能够有所进展,或者说至少表面上有进展。否则的话,我们就只有羡慕吉巴里安的份了。

"老鼠"

  又及:请不要到无线电台室来。这点忙你还能帮得上我。最好还是打电话。

我一边读,心里不由得一阵紧缩。我又仔细地把信看了一遍,然后将它撕碎,把碎片扔进水槽里。接着我开始给哈丽找防护服。光是这件事就够糟糕的了。这和上次一模一样,但她对此一无所知,不然的话,当我告诉她我必须到观测站外进行一次短暂的勘察活动,并希望她陪我一起去的时候,她是不会那么高兴的。我们在小厨房里吃了早餐(哈丽只咽了几口),然后去了图书室。

在做萨特里厄斯想要我做的差事之前,我想先浏览一下有关力场问题和中微子系统的文献。尽管我还不知道具体应该如何着手,但我已经拿定主意要监督他的工作。我的想法是,这个尚不存在的中微子湮灭器可以让斯诺特和萨特里厄斯得到解脱,而我可以和哈丽一起在站外的某个地方等着,比如在一架飞机里,直到他们的"行动"结束。我在图书室的电子目录跟前捣鼓了一阵,向它提出一个又一个问题,而它要么是吐出一张卡片,上面只有短短几个字:"无相关文献",要么就是邀请我进入物理学专业研究的茫茫丛林之中,让我不知该从何下手。不知为什么,我不想离开这个巨大的圆形房间,它光滑的墙壁上布满了大大小小的抽屉,里面装着无数缩微胶卷和电子记录。图书室位于观测站的正中央,没有窗户,是观测站钢铁外壳里最与世隔绝的地方。谁知道呢,也许这就是为什么我在这里感觉这么好的缘故,尽管我的搜索一无所获。我在这个宽敞的大厅里四处徘徊,最后在一个巨大的书架前停下了脚步。这个书架一直延伸到天花板上,上面摆满了各种各样的书籍。这与其说是一种奢侈(其实这种说法很难令人信服),不如说是一件饱含敬意的纪念物,它纪念的是索拉里斯星探险的各位先驱:书架上大约有六百册书,包括了这个领域所有的经典著作,首先就是吉斯不朽的九卷本专著,尽管其中的内容大多已经过时。我将这几本书拿下来，半坐在一张椅子的扶手上，漫不经心地翻阅着。书沉甸甸的，把我的手都压弯了。哈丽也给自己找了一本书，我从她背后探过头去看了几行。那是第一支考察队带来的为数不多的几本书之一，而且书的主人很可能就是吉斯本人，书名叫《星际厨师》。看到哈丽正在专心致志地研究为了适应太空旅行的艰苦条件而改编的食谱，我什么都没说，又回到了放在自己膝头的这本珍贵书籍上。这套《索拉里斯研究十年记》是"索拉里斯丛书"的第四至第十三卷，而该系列最新出版的卷数已经到了四位数。

吉斯并非一个富于灵感的人，但对于索拉里斯学家来说，灵感过剩只会是一种障碍。没有任何地方像索拉里斯星一样，在这里，丰富的想象力和能够快速提出假设的能力完全是有害无益。说到底，在这个星球上，任何事情都是有可能的。关于原生质所形成的各种构造物，有着各种各样令人难以置信的描述，而这些描述多半都是真的，尽管通常无法证实，因为这片海洋很少重复其演变过程。对于初次见到这些构造物的观察者来说，最令人震惊的是它们稀奇古怪的形状和巨大无比的尺度。如果它们发生在较小的尺度上，比如在某个小水塘里，人们可能会认为它们不过又是一种"大自然的怪胎"，是随机性和自然界中各种力量盲目作用的一种表现。面对索拉里斯星上无穷无尽的各种形态，无论是天才还是平庸之辈，都同样摸不着头脑，这一事实使得研究这片活海洋上这些奇异现象的工作难上加难。吉斯既不是天才，也非平庸之辈，而只是一个学究气十足的分类学家。他这种人外表上平静自若，内心里却隐藏着一种对工作不知疲倦的激情，而这种激情将耗尽他的一生。

只要有可能,他都会尽量使用描述性的语言,当他找不到合适的词汇时,他就会设法造出新词,但这些新词往往不甚贴切,与其描述的现象不完全相符。然而说到底,无论是什么样的词语,都无法确切表达索拉里斯星上所发生的事情。他所谓的"树形山",所谓的"伸展体"、"巨型蘑菇"、"模仿体"、"对称体"和"非对称体",所谓的"脊椎体"和"快速体",这些名称听上去很不自然,但同时的确给人勾画出索拉里斯星的粗略轮廓,即使这些人只看过一些模模糊糊的照片和画质很差的影片。当然,就连这个一丝不苟的分类学家也难免有欠考虑的时候。一个人即便是慎之又慎,也还是会不断提出种种假设,有时候甚至连他自己都意识不到。吉斯认为伸展体是所有索拉里斯构造物的基本形态,并将其和地球海洋里的潮汐相比,把它比作是放大了许多倍的海浪。此外,用心读过该书第一版的读者都知道,他最初给它起的名字正是"潮汐"。如果不是因为这反映了他当时搜肠刮肚的困境,这种地球中心主义的语言会让人觉得好笑。如果真要和地球上的物体相比的话,这些伸展体比科罗拉多大峡谷还要大,它由一种奇特的材料构成,其表面是一层黏稠的胶质泡沫(不过这些泡沫会变硬,形成巨大而易碎的花彩装饰,或是带有巨大孔洞的网眼织物,有些科学家将其称作"骨骼状赘生物")——而在它的内部,越往里它就越结实,就像紧绷的肌肉,但很快,在大约十几米的深度,它就变得比石头还要坚硬,不过仍保持有一定的弹性。耸立在这个怪物背部上方的是两堵像薄膜一样紧绷着的高墙,那些"骨骼状赘生物"就附着在上面,而伸展体本身则躺在这两堵墙中间,绵延数千米,仿佛是一个独立结构,就像一条刚刚吞下了整座山脉的巨蟒，正在一声不响地消化着，它的身体时不时会像鱼一样缓缓地颤抖抽搐。但这只是伸展体从上方高处、从飞机机舱里看上去的样子。当你向它靠近，直到两侧的"峡谷岩壁"高出飞机足有几百米的时候，你可以看到这条巨蟒的躯干原来非常宽阔，一直延伸到地平线，而且还在不停地动弹，令人头晕目眩，就像是一个懒洋洋、胀鼓鼓的圆柱体。第一眼看上去，就好像是一层层灰绿色的光滑黏液正打着旋，同时一闪一闪地反射着强烈的阳光。但当飞机紧贴着它的表面悬停的时候（这时，伸展体借以藏身的"峡谷"的边缘仿佛是地质坳陷两侧的高地），你可以看到这种运动实际上要复杂得多。它里面有同心旋转运动，深色的暗流纵横相交，而且外面的覆盖层有时会变成镜面，反射出天空和云朵，同时它中心的半液体物质会混合着气体从表面喷发出来，伴随着响亮的爆炸声。这时你会渐渐意识到，那高耸在天空中、由正在缓缓结晶的胶质构成的峡谷两壁，一定是由某种巨大的力量支撑着，而这种力量的中心就在你的脚下。然而，在肉眼看来显而易见的事实，却未必能被科学轻易接受。有关伸展体内部机制的激烈争论已经持续了不知多少年，而索拉里斯星上有数百万这样的伸展体，像犁沟一般遍布这片浩瀚的活海洋。人们曾经认为它们是这个怪物的某种器官，用来进行物质代谢，或是起着呼吸或营养传输的作用，此外还有其他各种只在落满灰尘的图书馆书架上才能找到的奇谈怪论。最终，每一个假设都被上千次艰苦费力而又往往充满危险的实验所推翻。而这一切还只是涉及到伸展体，即所有构造物当中最简单，也是最持久的一种，因为它可以持续存在好几个星期——这一点在这里是非常特别的。

另一种更为复杂、更变化无常的构造物是所谓的"模仿体",它在观察者内心里激起的反感可能最为强烈——这种反感当然是本能的。可以毫不夸张地说,吉斯对它一见钟情,并将自己的毕生精力致力于对它的描述和研究,试图弄清它的本质。他将其命名为"模仿体",以表达对人类而言它最为奇特的一点:它喜欢模仿自身周围的各种物体,不管距离远近。

某天,在这片海洋的深处,一个巨大的扁平圆盘开始渐渐变黑,它的边缘参差不齐,表面上好像涂着一层焦油。十几个小时后,它变成了一种层状结构,越来越明显地开始分裂,同时朝上冲向海面。观察者会发誓说,在他眼皮底下正在进行一场激烈的生死搏斗,因为一系列无穷无尽的圆形波浪正同时从四周涌来,就像正在缩紧的嘴唇,又好似有生命、有肌肉、正在闭合的火山口。它们最后全都堆积在那个在大海深处摇曳的黑乎乎的幽灵上方,先是垂直上升,接着又骤然急降。每当这数十万吨的重量突然暴跌时,都伴随着一阵黏糊糊、咂嘴似的声音,甚至可以说像是隆隆的雷声,因为这里发生的一切规模都大得惊人。那个黑色结构被迫下沉,每一次冲击都好像把它砸得更扁,使它不断分裂。每一块裂片都像湿透了的翅膀一样下垂着,一串串拉长了的部分从上面分离出来,逐渐变细,形成长长的项链状,融合在一起,开始向上浮起,同时还拉扯着它们的母体,也就是那个正在四分五裂的圆盘,就好像它们仍然和它连在一起。与此同时,在海面上,一圈圈环形波浪仍然前赴后继,不断落入一个越来越明显的圆形凹陷。这种游戏有时会持续一整天,有时会持续整整一个月,还有的时候它就到此为止。一向认真谨慎的吉斯将这种变体称为"夭折的模仿体"，就好像他不知从哪儿确定无疑地得知，每一场这样的大动荡，其最终目标都是所谓的"成熟模仿体"，也就是说，一群形似息肉、颜色很浅的赘生物（通常比地球上的城市还要大），而它天生的使命就是模仿外界的形体……当然，也有另一位名叫乌伊文斯的索拉里斯学家认为，这最后一个阶段是一个"退化性"的阶段，是一种衰退，一种坏死，而它所产生的犹如森林般的各种形状则显然是分支构造物脱离母体控制的表现。

在描述索拉里斯星上其他的构造物时，吉斯就像一只在冻结成冰的瀑布上行走的蚂蚁，用他干巴巴的语言稳步前进，不容任何事情打乱他的脚步。然而在这个问题上，他却坚信自己是正确的，以至于他将模仿体的各个形成阶段划分成了一系列逐渐趋向完善的过程。

从高处俯视，模仿体看上去就像是一座城市，然而这只是一种由于人们习惯于用熟悉的事物进行类比而造成的错觉。天空晴朗时，所有这些几层楼高的赘生物和它们顶上的栅栏状结构都被一层热空气包围着，使得那些本来就难以辨清的形状看上去好像在不停地弯曲摇摆。只要有一朵白云从蓝天上飘过（我用"蓝天"这个词纯粹是出于习惯，因为这里的"蓝天"在红色太阳下是一种铁锈红色，而在蓝色太阳下则是一种恐怖的白色），它马上就会做出反应。模仿体上突然开始发芽，一层可以延展变形的表皮向上伸展而出，几乎和地面完全分离，像菜花一样向外膨胀，同时颜色变浅，几分钟后就变得和那朵云彩一模一样，几乎可以乱真。这个巨大的物体投下一片发红的阴影，而模仿体顶端的某些突出部分似乎正在将它依次传递，其运动方向总是和那朵真正云彩的运动方向相反。我觉得，光是为了了解这一现象背后的原因，吉斯都可能会愿意付出任何代价。地球来客给模仿体上方带来了很多物体和形状，受此"刺激"，模仿体会表现出异常活跃的行为，与此相比，像云彩这样的"孤立"作品根本就不值一提。

模仿体基本上可以仿造出八九英里范围之内的任何东西。一般情况下它产生的是经过放大的复制品，有时还会将其扭曲变形，造出滑稽的模仿物或是怪诞的简化形式，尤其是针对机器。显然，所用的材料全都一样，是一种会很快脱色的物质。当这种物质被抛向空中时，它不会下落，而是悬在那里，通过容易断裂的脐带状结构和地面连在一起，并且可以在上面爬行，同时还可以收缩、变窄或膨胀，流畅地呈现出各种极其复杂的形态。不论是飞机、格栅还是天线杆，它都可以同样快速地将其复制出来。模仿体只对人类没有任何反应，或者更确切地说，对任何生物都没有反应，包括植物在内——为了科学研究，不知疲倦的科学家们把植物也带到了索拉里斯星上。然而，对于人体模型、人形玩偶、狗或树木的小塑像，不管是用什么材料制成，它都会马上将其复制。

遗憾的是，在这里必须插上一句，模仿体在实验者面前这种俯首听命的"顺从"表现，在索拉里斯这颗星球上不仅极其异乎寻常，而且有时还会暂时中止。最成熟的模仿体有时会给自己过"休息日"，在此期间，除了非常缓慢地搏动之外，它什么都不做。顺便提一句，这种搏动用肉眼是看不见的，其节奏是每两小时跳一下，必须借助特殊的摄像记录才能发现。

在这种情况下，模仿体，特别是较老的模仿体，非常适于现场考察，因为不管是淹没在大海中的底部圆盘，还是在它上面建起的各种结构，都极为稳固，可供人们在上面安全行走。

当然，在模仿体"忙碌"的日子里，你也可以在它内部停留，但这时的能见度几乎为零，因为从进行复制工作的腔囊上伸出的鼓胀枝杈中，不断有白色的胶体悬浮物喷洒出来，像蓬松的粉状积雪般不停地飘落。实际上，这些形体在近处根本无法辨认，因为它们个个都巨大如山。此外，当模仿体在"工作"时，它的底部会因浓密的降雨而变得黏滑，而这种泥泞在十几个小时后便会硬化成一层比浮石轻许多倍的硬壳。最后，如果没有适当的装备，人们很容易就会迷失在这座迷宫里，四周全都是胀鼓鼓的杆状物，看上去有点像可伸缩的柱子，又有点像半液体的间歇喷泉，甚至在阳光普照下也是如此，因为太阳的光线也无法穿透这层不断抛向大气中的"模仿爆炸物"。

在一个模仿体"高兴"的日子里观察它（确切地讲，真正高兴的应该是碰巧在它上面的研究者），对一个人来讲可能是一种终生难忘的经历。这时它往往会经历一种"创作爆发期"，并开始制造一件非凡的超级作品。在此期间，它会以外部形体为基础，造出它自创的各种变体，各种比原物更为复杂的形式，甚至会造出其"形式化延续体"，用这种方式自娱自乐，一弄就是好几个小时，令抽象派画家欣喜不已，同时又让那些试图理解这些过程的科学家深感绝望，因为他们的努力往往徒劳无功。有时模仿体的活动中会显露出孩童般的简单质朴，而有时它又会陷入"巴洛克式的反常行为"，在这种时候，它所造出的一切全都鼓鼓囊囊，像是得了象皮肿一般。尤其是较老的模仿体，它们造出的形状往往会让人捧腹大笑。不过，我自己从来没有被逗笑过，因为这种奇观中所包含的奥秘总是让我无比震撼。

不难理解，在研究工作的早期，科学家们一下子把希望全都寄托在了模仿体身上，把它们当成了索拉里斯海洋的完美核心，以为人们渴望已久的星际文明接触将会在这里发生。但人们很快就发现，根本就没有实现接触的可能，因为这里发生的一切从头到尾都只是对形状的模仿，没有任何其他结果。

在科学家们近乎绝望的探索过程中，拟人化和拟兽化的倾向一再抬头。有些人将这片活海洋中不断出现的新现象当成了"感觉器官"，或者甚至是"肢体"。某些学者（如马尔滕斯和埃克奈）就曾一度把吉斯所称的"脊椎体"和"快速体"视为后者。这片活海洋上的这两种突起物喷入大气层中，有时足有两英里之高，然而将它们视为肢体，就像是把地震当成地壳的体操运动一般荒谬。

据统计，在大海上较为经常出现的构造物大约有三百种，它们产生的机会相当频繁，每一种类型平均每天在海面上可以找到几十个甚至几百个。其中和人类最不搭界的，也就是说和人类在地球上所经历过的任何事物都毫无相似之处的，是吉斯学派所称的对称体。当时人们早已熟知，这片海洋并不会攻击人类，而一个人除非是真的想要找死，不管是由于自己的轻率鲁莽还是粗心大意，否则，葬身于原生质海洋深处的可能性是微乎其微的（当然，在这里我并没有包括由于设备故障而造成的事故，例如供氧系统或空调装置遭到损坏的情况），甚至就连伸展体的圆柱形河流和脊椎体高耸入云、颤颤巍巍的巨大柱体都可以乘飞机或其他飞行器安全穿过，没有丝毫危险。原生质会允许外来物体自由通过，以相当于索拉里斯星大气中声速的速度自动闪开，而且在迫不得已的时候，甚至还会在大海深处造出一条隧道（它在这一瞬间所动用的能量非常之巨大，据斯克里亚宾计算，在极端情况下可达10^9尔格！）。尽管如此，在研究对称体时，人们非常小心谨慎，不停地进进退退，采取了多重安全措施，虽然这些措施往往是没有事实依据的，而那些头一批涉足对称体深处的探险者，如今他们的名字在地球上已是妇孺皆知。

这些庞然大物的可怕之处并不在于外表，尽管它们的外表也足以给人带来噩梦。它们之所以令人恐惧，是因为在它们的内部，一切都变幻无常，就连物理定律都会暂时失去效力。正是那些研究对称体的人总是声音最为响亮地一再宣称这片活海洋是有理性的。

对称体出现时总是突如其来。它的生成可谓是一种爆发。在它出现大约一个小时之前，大海开始闪闪发光，就好像几十平方千米之内的海面全都变成了玻璃。除此之外，海水的流动性和波浪的节奏都毫无变化。有时，对称体会出现在一个快速体被吸收之后留下的漏斗状旋涡附近，但并不总是如此。大约一小时后，这层玻璃状的物质向上升起，形成一个巨大的气泡，反射出整个天空、太阳、云彩和地平线，闪耀着色彩斑斓的光芒。各种颜色之间那种闪电般交相辉映的景色，一部分是由于衍射作用，一部分是由于光线的折射，真可谓无与伦比。

在蓝色太阳的白天里或恰好在日落前出现的对称体会产生出尤为鲜艳夺目的光彩效果。这时它给人的印象就像是另一颗星球正在从这颗行星的体内诞生，每过一瞬间，它的体积就增大一倍。这个闪耀着火焰般光芒的球体刚刚从大海深处迸发而出，便马上从顶端分裂成几个垂直部分，但它并不是在解体。这个阶段被不甚恰当地命名为"花萼期"，其持续时间仅有数秒。接着，这些伸向天空的薄膜状拱门调转方向，和看不见的内部连成一体，立即开始形成某种类似于矮胖躯干的东西，里面有数百种不同的现象正在同时发生。首次对其中心部分进行考察研究的是由哈马雷率领的一支70人的考察队。在它的正中心，通过某种大尺度多重结晶过程，会产生出一条轴向支撑枢纽，有时被称作"脊柱"，尽管我个人对这种叫法不敢苟同。在这根陡峭的中央支柱刚开始形成的萌芽阶段，支撑着它的是一束束垂直的柱状胶质结构，从几千米深的凹陷处不断喷射出来。这种胶质极为稀薄，几乎像水一样。在这个过程中，这个庞然大物会发出一种沉闷回响、经久不息的轰鸣声，同时它的四周还包围着一层粗糙的雪白泡沫，这些泡沫正在猛烈地颤抖不停。接下来，从中心到外围，那些已经硬化的平面开始了一系列极为复杂的旋转运动，上面积累着一层层从海底冒上来的可塑性物质。与此同时，前面提到过的那些深海喷泉开始凝结成柱体，就好像灵活的触手一般，一群群地伸向由整体动力相互作用所严格确定的结构要点，让人联想到一个以千倍正常速度生长的胚胎身上某种巨大的鳃，上面流淌着粉红色的血液和绿色的水流，那水的颜色很暗，几乎像黑色。从这一刻起，对称体便开始显现出它最为异乎寻常的特点：它不仅能够对物理定律产生影响，甚至还能使物理定律失去效力。首先，我们必须指出，没有哪两个对称体是完全一样的，每个对称体的几何结构都可以说是这片活海洋的"发明创造"。其次，对称体会在其内部产生出通常被称为"即时机器"的东西，尽管它们和人类制造的机器毫无相似之处，这个名词指的仅仅是它的操作有着某种"机械"的目的性。

当那些从大海深处喷涌而出的喷泉膨胀凝固，形成了厚厚的墙壁和四通八达的走廊过道，而那些"薄膜"也构成了一系列纵横交错的平面、突出物和天花板时，对称体就变得名副其实，因为这时，它每一端内部所有蜿蜒曲折、错综复杂的走廊、通道和斜坡，在另一端都有着一模一样、丝毫不差的复制品。

二三十分钟之后，这个庞然大物开始慢慢下沉，有时会先在它的竖轴上倾斜八到十二度。对称体有大有小，但即便是它们当中的小个子，在开始沉没时也高出地平线足有八百米，十几英里外都能看见。在它达到平衡状态后立刻进入其内部是最安全的，因为这时它整体已不再下沉，同时又重新回到了竖直方向。最佳入口位于它最顶端稍下面一点。在这里，相对比较光滑的极地"冰冠"周围是一圈千疮百孔的区域，满是漏斗状的开口，通向内部的腔室和通道。作为一个整体，这个结构可被看作是一个高阶方程的三维展开形式。

众所周知，任何方程都可以用高等几何的形象语言来表达，并可以构造出一个与其等价的立体图形。从这个意义上讲，对称体是罗巴切夫斯基锥体和黎曼负曲率面的亲戚，但由于它的复杂程度令人无法想象，因此只能算是很远的远亲。它占据着好几立方英里的空间，代表的是一个完整数学系统的展开形式，而且这种展开还是四维的，因为方程中的某些关键系数是以时间来表达的,也就是说,是通过时间流逝所带来的变化来表达的。

当然,最简单的想法就是将其看作这片活海洋的一台"数学机器",一个以它自己的尺度创造的计算模型,其目的则不为人知,但如今这个所谓的费尔蒙假说已不再有人认同。这种想法无疑很诱人,然而,若是说这些巨大无比的喷发现象,其中每一颗微小粒子都随时受着整体分析中复杂公式的制约,是这片活海洋用来研究有关物质、宇宙及存在之根本问题的工具……这种观点最终是站不住脚的,因为在这个庞然大物内部,可以找到太多与这种简单的(有人称之为天真幼稚的)描述无法调和的现象。

为了找到一个既直观又容易让人理解的对称体模型,人们曾经做了不少的尝试。其中颇为流行的一种解释是由阿韦里安提出的,他对这一问题的表述如下:想象一座地球上巴比伦鼎盛时期的古老建筑,假设它是用一种有生命、有反应和演变能力的物质建造而成。它的建筑风格流畅地经过一系列不同的阶段,首先在我们面前呈现出古希腊和古罗马的建筑形式,接着它的柱子开始变得细如秸秆,穹顶渐渐失去了重量。它高高升起,越来越尖,拱门变成了陡峭的抛物线,最终折叠在一起,向上飞升。哥特式建筑就这样出现了,并开始成熟、老化,渐渐化为其后期形式,先前的陡峭严峻被生机勃勃的狂乱爆发所替代,于是巴洛克风格的修饰过度在我们眼前愈演愈烈。如果我们将这个过程继续下去,而且一直将这个不断变化的结构看作是一个生物的不同成长阶段,那么我们最终将会看到航天时代的建筑风格,同时也许离理解对称体本质这一目标也更近了一步。

然而，不管我们将这个比喻如何扩展，如何完善（事实上，的确有人试图用特制的模型和电影来使它变得更为直观），它也顶多不过是一种软弱无力的尝试，往坏处说则是一种逃避，甚至是彻头彻尾的谎言，因为对称体和地球上的任何东西都毫无相似之处……

一个人只能同时留意很少的几样东西，我们只能看到此时此刻发生在我们眼前的事情。如果要想象多个同时进行的过程，不管它们如何密切相关，如何相辅相成，都是我们力所不及的。即使是在相对简单的现象面前，我们也有这样的体验。一个人的命运可能含义丰富，几百个人的命运则难以领会，而成千上万，甚至几百万人的经历基本上就没有任何意义了。一个对称体是几百万，不，是几十亿的N次方，它根本就让人无法想象。我们站在它的某个中殿深处，这个中殿是一个十重克罗内克空间，我们像蚂蚁般紧紧攀附在会呼吸的洞窟的褶皱上，望着四周巨大的平面高高升起，在照明弹的光线下呈发灰的乳白色，它们互相交融，形成的结构轻柔和缓，无懈可击，完美无缺，但同时又稍纵即逝，因为这里的一切都在不停地变化——这个建筑的中心内容便是有着明确目标和意图的运动。我们看到了这一切，但这又能如何呢？我们所观察到的只是整个过程当中的一个片段，就好比是超级巨人交响乐团里一根琴弦的颤动，而且除此之外，我们还知道——只是知道，但并不理解——与此同时，在我们头顶上和脚底下，在它无底的深处，在我们的视线和想象力都无法触及的地方，有千百万个这样的变换正在同时进行，它们就像用对位法谱写的数学旋律中的音符一般紧密相连。因此，有人将其称为几何交响曲，但如果是这样的话，我们这些听众就是聋子。

这时，如果真想看清这里面的东西，你就必须赶紧离开，撤到很远的地方，然而对称体中发生的一切全都在它内部，到处都是增生繁衍，是如雪崩一般蜂拥而至的诞生，是无穷无尽的塑造过程。与此同时，每一样被塑造的东西本身也在塑造着别的东西，而对我们所在之处发生的变化最为敏感的，是远在数英里之外、相隔好几百层的对称体另一端，可以说比含羞草对触摸还要敏感。在这里，每一个暂时结构都有其自身之美，这种美不须依赖视力而得以实现，对所有其他同时出现的结构而言，每一个暂时结构既是共同创造者，又是乐队指挥，而反过来它们也在对它进行塑造。这的确像是一首交响曲——不错，但这是一首自我谱写同时又自我扼杀的交响曲。对称体的最终下场令人惨不忍睹。每一个见到过此过程的人都会禁不住觉得自己正在目睹着一场悲剧，甚至可能是谋杀。大约两个小时，最多三个小时之后——这种爆发式的增长，这种自我复制、自我繁衍的过程从来都不会持续更久——那片活海洋便会发起进攻。它看上去是这样的：光滑的海面上出现了皱纹，本已平静下来、覆盖着干泡沫的海浪开始翻腾，一排排同心圆状的波浪从地平线上奔涌而来，和那些帮助模仿体诞生的肌肉火山口同出一辙，但这回个头要大得多，简直无法相比。对称体淹没在水下的部分开始受到挤压，于是这个庞然大物缓缓上升，就好像要被从这颗星球上抛出去。海洋胶体物质的最上层开始活跃起来，沿着对称体的侧壁越爬越高，将其完全覆盖，同时还在硬化，将所有出口堵得严严实实。但和与此同时正在它内部深处发生的事情相比，这一切根本不算什么。首先，各种形成过程，也就是建造各种结构的过程，会暂停片刻，然后突然加速。那些到目前为止一直都很流畅的动作，无论是不同结构之间的渗透折叠，还是地基和天花板的添加，所有这些迄今为止一直有条不紊的过程，本来好像会延续好几个世纪，此刻却变得匆忙起来。就好像是由于危险迫在眉睫，这个庞然大物正在竭尽全力试图完成某项重要工作，它给人的这种印象变得非常强烈。然而随着变化速度越来越快，构造材料本身及其动态的那种可怕而令人作呕的变形就越明显。所有那些极其柔韧的平面都在软化、松弛、下垂，各种失误和未完成的结构开始出现，一个个奇形怪状，残缺不全。从目不能及的大海深处传来一阵越来越响的轰鸣；好似垂死之人临终气息般的气体，从狭窄的通道里摩擦而过，发出犹如打鼾和雷鸣般的响声，使正在塌陷的天花板呼啸不已，那声音就好像出自没有生命的声带或是长满了黏糊糊钟乳石的巨大喉咙。尽管周围正在发生着一场凶猛异常的运动——这毕竟是一场毁灭性的运动——观察者的心中却马上充满了一种死寂。这时，只剩下带着怒号从海底深处吹来的狂风，穿过上千个竖井，支撑着这座高耸入云的建筑，同时整个结构开始下滑，像火焰中的蜂窝一般崩溃瓦解，尽管有些地方还能看到最后一丝抽搐，一些和其他部分失去了联系的杂乱动作，漫无目的，越来越弱，直到在来自外部的不断攻击下，这个已逐渐遭到损害的庞然大物像一座山一样缓缓倒塌，消失在一片泡沫之中，这些泡沫就像伴随着它如巨人般崛起的那些泡沫一样。

这一切究竟意味着什么？的确，它意味着什么呢……

我记得当我还是吉巴里安助手的时候，曾经有一个学校旅游团到亚丁的索拉里斯研究所参观。那伙年轻人穿过图书馆的侧厅，然后被领到了主厅，那里存放着的主要是一箱箱的缩微胶卷。胶卷上记录有对称体内部一小部分的图像，当然，那些对称体本身早已不复存在。这些记录一共有九万多件——九万卷胶卷，不是九万张照片。一个大约十五岁的女孩，胖乎乎的，戴着眼镜，脸上带着一副坚定而聪慧的表情，突然开口问道：

"它是用来做什么的呢？"

接下来是一阵令人尴尬的沉默，只有带队的女教师用严厉的眼神冲着这位不守规矩的学生瞪了一眼，但陪同参观的索拉里斯学家当中（我也是其中一员）没有一个人答得上来。因为每一个对称体都是独一无二的，而且它内部发生的现象通常也是如此。有时候它里面的空气会不再传导声音，有时折射率会增大或减小，局部地方的引力还会出现有节奏的脉动变化，就好像这个对称体有一颗跳动着的万有引力心脏。有时研究人员的陀螺仪会变得像发了疯一样，或者是一层层强化电离层突然出现，接着又消失得无影无踪。这种例子举不胜举。再说了，如果哪一天对称体的奥秘终于被揭开，那还有非对称体需要研究呢……

非对称体产生的方式和对称体相似，但其结局却不尽相同，而且除了震颤、发光和闪烁之外，在它身上什么都观察不到。我们只知道它内部发生的过程快得让人头晕目眩，其速度接近物理运动速度的极限，而且这些过程也被称作"经放大的量子现象"。它和某些原子模型在数学上有所相似，但这种相似性很不稳定，稍纵即逝，因此有人认为这是一种偶然或意外事件。它存在的时间比对称体要短得多，只有十几分钟，而且其结局可能更令人恐怖。先是一阵呼啸的狂风把它吹得胀鼓鼓的，几乎就要破裂；紧接着，在一层肮脏的泡沫下打着旋的液体将它飞速充满，冒着可怕的气泡，将一切淹没；然后是一场爆炸，就像一座烂泥火山突然爆发，抛起一柱散乱的残余物，在随后很长一段时间里，像一场稀稀拉拉的雨一样落在不平静的海面上。其中有些碎片像木屑一样干燥发黄，形状扁平，看上去好像膜质的骨头或软骨，它们会被风吹到距爆炸中心几十千米远的地方，在那里随波漂流。

还有另外一组构造物能够和这片活海洋完全脱离开来，脱离的时间有长有短。和前面提到的那些现象相比，它们出现的机会远没有那么频繁，因此观察起来要困难得多。当它们的残骸被首次发现时，人们将其误认为是生活在海洋深处的某种生物的尸体，过了很久之后才发现并非如此。有时候它们看上去就像是长着好几对翅膀的奇怪鸟类，正在漏斗形快速体的追逐下仓皇逃命，然而这个从地球上借来的概念，又一次成为了一道无法逾越的屏障。有时，尽管这种机会很少，在岛屿布满了岩石的岸边，你可以看到一群群不会飞的生物，像成群结队的海豹，静静地躺着晒太阳，或是懒洋洋地爬向大海，好融化在里面。

就这样，人们的思维仍在地球和人类的观念里绕圈子，而首次接触则依然遥遥无期……

一支支考察队在对称体内部深处跋涉了数百千米，一路设置了许多记录装置和自动相机；人造卫星上的摄像头捕捉到了模仿体和伸展体发芽、成熟与死亡的过程；图书馆越塞越满，档案资料越积越多，而为此付出的代价有时很高昂。先后共有718人在各种灾难事故中丧生，其原因均为在这些庞然大物临终之际未能及时撤出。在这些人当中，有106人死于一场著名的大灾难，而它之所以出名，是因为遇难者当中包括当时已是70高龄的吉斯本人。事发时，一个很明显是对称体的构造物突然以通常属于非对称体的方式告终。79名身穿重型防护宇航服的遇难者，与他们的仪器和机械一起，在几秒钟内就被一场污泥状黏液的爆炸完全吞噬。同时，驾驶着飞行器和直升机在这个物体上空盘旋的另外27人也被拖了下去。这个地方位于42度纬线和89度经线的交点上，在地图上被标为"106喷发地"。但这个点只存在于地图上，因为那个地方的海面和这片海洋上的其他区域并没有任何区别。

这次事故发生后，在索拉里斯研究史上，首次有人呼吁要使用热核炸弹对这片海洋进行打击。事实上，这种想法的动机比复仇还要残酷，因为这将意味着毁灭我们无法理解的东西。吉斯考察队后备队的副队长名叫灿肯，只因为阴差阳错，他才在这场事故中幸免于难——自动中继站将大家正在研究的那个对称体的位置指示错误，因此灿肯驾着飞机在大海上转悠了半天，在爆炸发生几分钟后才终于到达，看到了爆炸留下的黑色蘑菇云。事后，当大家正在权衡是否要进行热核攻击的时候，他威胁说要把观测站，连同他自己和观测站里剩下的另外18名工作人员一起炸掉。尽管谁都没有正式承认过这个自杀性的最后通牒影响了大家的表决结果，但估计事实上应该如此。

不过，像那样的大型考察队来这个星球访问的时代已经一去不复返了。这个观测站本身是通过来自卫星的监督建造而成的，如果不是这片海洋在仅仅几秒钟之内就能够造出比观测站大百万倍的结构，它也可以算是一项令地球人自豪的工程。它的形状是一个圆盘，直径200米，中间有四层楼，边缘是两层。它悬浮在海面上空500到1 500米之间，依靠的是由湮灭能量驱动的引力发生器。除了其他星球上的普通观测站和大型卫星体普遍拥有的各种设备之外，它还装备有特殊的雷达传感器。在平坦的海洋表面刚刚开始发生变化，显示出一个新的有生命的构造体即将诞生的迹象时，传感器就会启动额外动力装置，使这个钢铁圆盘升入平流层中。

现在这个观测站里几乎已经空无一人。机器人全都被锁在了底层的贮藏室里——我仍不知道是为了什么原因——你在走廊里游荡时一个人都碰不到，就像是在一艘失事后随波漂流的船上，船员已全部丧生，船上的机械却完好无损。

就在我把吉斯专著的第九卷放回到书架上时，我感觉到脚下覆盖着一层泡沫塑料的钢铁地板突然颤动了一下。我一动不动地站着，但地板没有再颤动。图书室和观测站的其他部分是完全隔离的，因此造成震颤的原因只有一个：观测站上发射了一枚火箭。这个想法让我回到了现实当中。我仍没有完全拿定主意是否要按照萨特里厄斯的想法出去勘察。如果我假装完全同意他的计划，顶多也只能推迟这场危机；我几乎可以肯定将会发生冲突，因为我已经下决心要尽全力保住哈丽。这里面最关键的问题是萨特里厄斯是否有可能成功。和我相比，他有着极大的优势——作为一名物理学家，他对这个问题的理解要比我透彻十倍，而荒谬的是，我却只能指望这片海洋赐予我们的解决方案要更为高明。在接下来的一个小时里，我仔细钻研着缩微胶卷，力争能够从有关中微子过程的物理学所使用的极其高深的数学语言里理出哪怕是一丝头绪。一开始，这件事似乎毫无希望，而且雪上加霜的是，有关中微子场的理论居然有五个，而且每一个都难上加难。这只能清楚地表明一件事：它们当中没有一个是十全十美的。然而，最后我终于找到了一些似乎有价值的东西。我正在把那几个公式抄下来，突然响起了敲门声。

我快步走到门口，把门开了一条缝，同时用身体挡住。斯诺特的面孔出现了，满脸的汗水闪着微光。他身后的走廊空荡荡的。

"哦，是你，"我说道，把门开大了一些，"进来吧。"

"没错，是我。"他答道。他的声音很嘶哑，发红的双眼下有浮肿的眼袋。他身上穿着闪亮的橡胶防辐射围裙，用松紧吊带吊着，围裙下面露出脏兮兮的裤腿，还是他一直穿着的那条裤子。他环顾着这个光照均匀的圆形大厅，看到哈丽站在靠里的一把扶手椅旁，不由得一愣。我们俩迅速地交换了一下眼神，我垂下眼皮，他轻轻鞠了一躬，我用随意的口气说道：

"哈丽，这位是斯诺特博士。斯诺特，这是……我妻子。"

"我是……这里同事当中不怎么抛头露面的一员，因此……"这段停顿越拉越长，越来越危险。"我还没有机会认识您……"哈丽微微一笑，向他伸出手，他也赶紧伸出手握了握，我觉得他似乎有些诧异。他眨了几下眼睛，站在那里直盯着哈丽，最后我只好抓住了他的胳膊。

"对不起，"这时他对哈丽说，"凯尔文，我想跟你谈谈……"

"当然可以。"我用一种社交名流的派头故作轻松地答道。这一切听上去就像是蹩脚的滑稽戏，但是没办法。"哈丽，亲爱的，不用管我们。我和斯诺特博士必须谈一些我们无聊的工作。"

我拉着他的胳膊，把他领到了房间另一头的几张小扶手椅旁。哈丽在我先前坐着的那张椅子上坐下，但她把椅子推了推，好在看书时一抬头就能看见我们。

"什么事？"我轻声问道。

"我离婚了。"他同样轻声答道，不过他的低语里带着一点咝咝声。在过去，如果有人把这个故事和这段对话的开场白讲给我听，也许会把我逗得哈哈大笑，但是在观测站里，我的幽默感已经失去了大半。"从昨天开始我就度日如年，凯尔文，"他补充道，"就像是过了好几年。你怎么样？"

"没什么……"我犹豫了片刻之后答道，因为我不知道该说些什么。我对他有好感，但我觉得眼下需要对他保持警惕，或者更确切地说，对他来找我的意图保持警惕。

"没什么？"他用和我一样的口气重复道，"我说，真是这样吗？"

"你这是什么意思？"我假装不明白他的话。他眯缝起充满血丝的双眼，俯身靠上前来，我的脸上可以感觉到他温暖的气息，他低声道：

"我们陷入了僵局，凯尔文。我联系不上萨特里厄斯了，我知道的只有我写给你的那些东西，就是我们那次可爱的小研讨会之后他跟我讲的那些情况……"

"他把可视电话关掉了？"我问道。

"不是。他那头有个地方短路了，看上去像是他故意弄的，也许……"他用拳头做了个动作，就好像是在砸什么东西。我一言不发地看着他。他弯起左边的嘴角，露出令人不快的微笑。

"凯尔文，我来找你是为了……"他没有把话说完。"你打算怎么办？"

"你是说那封信？"我慢吞吞地答道，"我可以照办，我看不出有什么理由拒绝。实际上，这就是我来这儿的原因，我想搞清楚——"

"不，"他打断了我的话，"我指的不是那个……"

"不是……？"我说道，故作惊讶，"那你说说看。"

"是萨特里厄斯，"他稍稍停顿了一下，然后咕哝道，"他认为他找到了一个办法，可以……你知道的。"

他的眼睛盯着我不放。我冷静地坐在那里，尽量做出一副无动于衷的样子。

"首先是X射线的事。吉巴里安和他做过的实验，你还记得吧。有可能把这个实验修改一下……"

"怎么修改？"

"他们只是把一束射线射进海洋里，同时根据各种不同的模式调节它的强度。"

"是的，这我知道。尼林也做过这个，还有其他一大帮人。"

"没错，但那些人用的都是软辐射。这回可都是硬家伙，他们对海洋使出了浑身解数，用的是最大功率。"

"这样做的后果恐怕不太好，"我说道，"这违反了四国公约，也违反了联合国的规定。"

"凯尔文……别装傻了。现在这些已经全都无关紧要了。吉巴里安人已经死了。"

"哦，这么说萨特里厄斯打算把一切责任全都推到他头上？"

"我不知道，我没跟他谈过这件事，这并不重要。萨特里厄斯认为,既然这些'客人'总是在我们刚醒来的时候才出现,那么显然这片海洋是在我们睡觉的时候从我们脑子里提取出了制造它们的处方。它认为我们最重要的状态是睡眠,所以才会这么做。因此,萨特里厄斯想向它发送我们清醒时的状态——我们有意识的思想。你明白吗?"

"怎么发送?通过邮局吗?"

"你的笑话还是自己留着吧。他想用我们当中某个人的脑电波来对这束射线进行调制。"

我一下子恍然大悟。

"哦,"我说,"这里的某个人指的就是我,对吧?"

"对。他想到的就是你。"

"衷心感谢。"

"你觉得怎么样?"

我没有作声。他什么都没说,不紧不慢地看了一眼正在专心读书的哈丽,然后又将目光转向我。我感到自己的脸色渐渐变得苍白。我无法控制自己。

"怎么样?"他说。

我耸了耸肩。

"用X射线来传经布道,宣扬人类的高尚伟大,我认为这种做法愚蠢至极。你一定也这么想。难道我说错了吗?"

"真的吗?"

"真的。"

"那很好。"他说道,同时露出了微笑,就好像我满足了他的心愿。"这么说你是反对萨特里厄斯的这个主意了?"

我还没明白过来这到底是怎么回事,但从他的表情上我意识到自己彻底中了他的圈套。我没有开口,到了这一步我还有什么好说的呢?

"好极了。"他说,"因为还有另一项计划:改造一台罗赫机。"

"湮灭器……"

"没错。萨特里厄斯已经进行了初步计算,这个方案是可行的,甚至不需要很多能量。机器可以昼夜运行,或者无限期地运行下去,产生一个反作用场。"

"等……等一下!这怎么可能?!"

"很简单。它产生的将是一个中微子反作用场,普通物质不会受到影响。唯一将被摧毁的是……中微子系统。你明白吗?"

他脸上露出满意的微笑。我坐在那里,目瞪口呆。他慢慢收起了笑容,用审视的眼光看着我,皱着眉头等待着。

"第一个计划,就是所谓的'思想计划',我们已经否决了,对吧?这第二个呢,萨特里厄斯已经在着手进行了。我们打算把它称为'自由计划'。"

我把眼睛闭了一会儿,突然间拿定了主意。斯诺特不是物理学家。萨特里厄斯把可视电话关掉了,或者是弄坏了。那正好。

"我宁愿把它称作'屠杀计划'……"我缓缓地说。

"你自己也曾经是屠夫。难道我说得不对吗?但现在的情况将会完全不同。不论是'客人',还是F形体,都将不复存在。那种物质结构一出现,就会马上解体。"

"你误会了。"我答道,一边摇着头,脸上带着微笑,希望自己的笑容足够自然。"这并不是出于什么道德上的顾忌,而是一种生存本能。我可不想死,斯诺特。"

"什么……?"

他吃了一惊，用怀疑的眼光看着我。我从口袋里掏出那张写着公式的皱巴巴的纸。

"我也一直在考虑这个问题。你难道没想到？毕竟是我第一个提出了中微子假说，难道不是吗？你瞧，反作用场是可以生成的，它对普通物质没有损害，这些都没错。但是当中微子系统开始解体的时候，在它失去稳定性的那一刹那，它所包含的结合能将作为过剩能量释放出来。如果我们假定每千克静止质量相当于10^8尔格的话，那么，每个F形体释放的能量就是$5×10^8$~$7×10^8$尔格。你知道这意味着什么吗？这就相当于观测站里爆炸了一颗小型铀弹。"

"你说什么！可是……可是萨特里厄斯肯定已经考虑到了这一点……"

"那可不一定。"我反驳道，脸上带着恶意的微笑。"你瞧，问题在于，萨特里厄斯属于弗雷泽和卡约利的学派。按照他们的观点，在中微子系统解体的瞬间，它的结合能将全部以光辐射的形式释放出来。只会有强光一闪，可能不是绝对安全，但并不具有很强的破坏性。可是此外还有其他假说，还有其他有关中微子场的理论。根据卡亚特、阿瓦洛夫还有西奥纳的理论，发射光谱则要宽得多，而且最大值位于高能伽马射线的频段。萨特里厄斯对他心目中的大师和他们的理论深信不疑，这很不错，但还有其他不同的理论，斯诺特。你知道还有什么吗？"我继续说道，因为我看得出，我的话已经在他身上起了作用。"我们还需要将这片海洋也考虑在内。既然它这样做了，那么它采用的一定是最佳方法。换句话说，在我看来，它的行为似乎支持这第二个学派的观点，而对萨特里厄斯的观点不利。"

"把那张纸给我，凯尔文……"

我把纸递给他。他侧着头，试图辨认我潦草的笔迹。

"这是什么？"他指着一个地方问道。

我又把纸接了过来。"这个吗？这是场嬗变张量。"

"把这个给我……"

"你要它做什么？"我问道。我已经知道他将如何回答。

"我得把它给萨特里厄斯看看。"

"随你便。"我答道，一副漠不关心的样子。"你可以拿去。但问题在于，没有人用实验验证过这些理论，我们对这种系统仍然一无所知。他相信弗雷泽，而我则是按照西奥纳的理论进行计算的。他会跟你讲我不是物理学家，而且西奥纳也不是，至少在他眼里是这样。但是这个问题还需要讨论。我可不想在一场争论当中被萨特里厄斯驳得体无完肤，同时还给他的脸上增光。你我可以说服，但他我说服不了，而且我也不会去费那个劲。"

"那你打算怎么办呢？他正在搞这个东西。"他声音沉闷地说道。他坐在那里，弯腰驼背，身上的活力一下子全都消失了。我不知道他是否真的相信我，但我已经不在乎了。

"一个人面临生命威胁的时候会怎么办，我就会怎么办。"我轻声答道。

"我会尽量和他取得联系。也许他正在计划一些安全措施。"斯诺特喃喃道。他抬起头望着我。"听着，也许你……还是应该考虑一下第一个计划……怎么样？萨特里厄斯会同意的。毫无疑问。那……至少是……一个机会……"

"你相信这一点吗？"

"不,"他马上答道,"但是……又能有什么坏处呢?"

这正是我想要的结果,但我不想马上就轻易地表示同意。他现在成了我拖延战术中的盟友。

"我会考虑一下。"我说道。

"那好吧,我告辞了。"他咕哝道,一边从椅子上站了起来,浑身的骨头咔咔作响。"你愿意做个脑电图吗?"他问道,用手指抹着围裙,就好像是在擦一块看不见的污迹。

"好的。"我说道。他根本没有理睬哈丽(哈丽正默默地看着眼前的这一幕,书摊在膝盖上),便走向门外。当门在他身后关上时,我站了起来。我展开手里拿着的那张纸。纸上的那些公式没有问题,我并没有做手脚。不过我拿不准西奥纳是否会认同我对他的理论所做的扩展——多半不会。我突然吓了一跳。原来是哈丽走到了我身后,碰了碰我的胳膊。

"克里斯!"

"什么事,亲爱的?"

"那个人是谁?"

"我告诉过你。那是斯诺特博士。"

"他是个什么样的人?"

"我对他也不是很熟。你为什么问这个?"

"他刚才看着我的眼神很奇怪……"

"他一定是觉得你很漂亮。"

"不是,"她摇了摇头,"不是那种眼神。他看着我的样子就好像……就好像是……"

她不寒而栗,抬起眼睛望着我,又马上双眼低垂。

"咱们到别处去吧……"

液　氧

我麻木地躺在黑洞洞的房间里，盯着手腕上发光的手表表盘，就这样不知道过了多久。我听着自己的呼吸声，觉得对什么东西有些惊奇，但所有这一切——我盯着那圈浅绿色数字这一举动，还有我心中的惊奇——全都沉浸在一种冷漠之中，我认为是由于自己疲惫不堪所致。我翻了个身，感觉床好像很宽，有些奇怪，像是少了什么东西。我屏住呼吸。四周一片寂静。我僵住了。仍没有丝毫响动。哈丽呢？为什么我听不到她的呼吸声？我用手摸了摸床铺：床上只有我一个人。

"哈丽！"我正要叫出声，但这时却听到了脚步声。是一个大个头、脚步很沉重的人，就像是……

"吉巴里安？"我镇定地说道。

"是的，是我。别开灯。"

"为什么？"

"没有必要。这样对我们俩都会更好。"

"可是你不是死了吗？"

"这没关系。你不是能听出我的声音吗？"

"是的。你为什么要那样做呢？"

"我别无选择。你迟到了四天。如果你早些到的话，也许我就没必要那样做了。但你千万不要自责，我还不错。"

"你真的在这儿吗?"

"哦,你以为自己在做梦,就像你刚见到哈丽时一样?"

"她在哪儿?"

"你怎么会以为我知道她在哪儿?"

"我猜的。"

"猜归猜,可别随便乱讲。就当我是在这儿代替她吧。"

"可我希望她也在。"

"那是不可能的。"

"为什么?听我说,你也知道这实际上并不是你,而是我,对吧?"

"不,这真的是我。如果你非要钻牛角尖的话,你可以说这是我的化身。但咱们就不要讲废话了。"

"你会离开吗?"

"会的。"

"然后她就会回来?"

"这对你很重要吗?她对你意味着什么?"

"这是我的私事。"

"可是你怕她。"

"不,我不怕。"

"而且她让你感到厌恶……"

"你到底想要我怎么样?"

"你应该可怜的是你自己,而不是她。她永远都是二十岁,不要装作你不知道!"

不知道为什么,我突然平静了下来。我镇定地听他讲着。我感觉他好像站得更近了,就在床尾,但在黑暗中我还是什么都看不见。

"你想怎么样？"我轻声问道。我的口气好像让他很惊讶。他沉默了片刻。

"萨特里厄斯已经向斯诺特证明你骗了他。现在他们俩要合伙来骗你。他们假装是在组装X射线装置，但实际上却是在造湮灭器。"

"她在哪儿？"我问道。

"你难道没听见我刚才讲的话吗？我是来提醒你的！"

"她在哪儿？"

"我不知道。听好了，你需要一件武器。对谁你都不能轻信。"

"我可以相信哈丽。"我说道。我听到一阵既轻又快的声音：是他在笑。

"你当然可以，但只是在一定程度上。到最后你总可以效仿我的做法。"

"你不是吉巴里安。"

"是吗？那我是谁？是你的梦？"

"不，你是他们的傀儡，但你自己并不知道。"

"那你又怎么知道你是谁呢？"

这个问题把我问住了。我想从床上起来，但就是不能。吉巴里安在说着什么，但我听不懂他的话，只能听见他的声音。我拼命挣扎，想要克服肉体的软弱，又一次用尽全力猛地一动……我醒了过来，拼命喘息着，就像一条半死的鱼。周围一片漆黑。原来是一场梦。一场噩梦。但我马上听到……"一个我们无法解决的两难境地。我们其实是在折磨自己。多体属生物所做的只不过是对我们的思想进行了有选择的放大。为这种现象寻找动机是一种拟人化的做法。在没有人类的地方，也就不存在人类可以理解的动机。为了继续进行预定的研究计划，我们要么必须消灭自己的思想，要么必须消灭它们的物质体现。前者我们力不能及，后者则过于像是谋杀。"

我在黑暗中倾听着这个遥远而沉稳的声音，我马上辨认了出来：这是吉巴里安在说话。我伸手一摸，床是空的。

我心想，我刚从一个梦里醒来，却还在另一个梦里。

"吉巴里安……？"我说道。那个声音马上就在一个词的中间戛然而止。有什么东西轻轻地咔嗒一响，同时我感到有一丝微弱的气息吹在我脸上。

"真有你的，吉巴里安，"我一边打着哈欠，一边咕哝道，"跟着人家从一个梦跑到另一个梦，我说……"

我旁边有什么东西在沙沙作响。

"吉巴里安！"我大声重复道。

床垫弹簧颤动了两下。

"克里斯……是我……"从我身边传来一声耳语。

"哦，是你啊，哈丽……吉巴里安呢？"

"克里斯……克里斯……他不是……你不是自己说过他已经死了吗……"

"也许在梦里他还活着。"我慢慢说道。我已经无法确定刚才到底是不是一场梦。"他刚才还在说话，就在这儿。"我补充道。我困得要命。既然我这么困，那我一定是睡着了，我傻乎乎地想到。我轻轻地吻了吻哈丽清凉的胳膊，把身体躺得更舒服一些。她答了句什么，但我早已不省人事。

早晨，在洒满红色阳光的房间里，我记起了昨夜发生的事情。我和吉巴里安的那番对话是一场梦，但是接下来发生的事呢？我听到了他的声音，这一点我敢发誓，只是记不清他都说了些什么。听上去不像是在交谈，更像是在做报告。做报告……

哈丽正在洗澡，我听见浴室里哗哗的水声。我看了一下床底，几天前我把录音机塞到了那里——录音机不见了。

"哈丽！"我喊道。她从衣柜后面探出头来，脸上还在滴水。

"你有没有在床底下看见一台录音机？小小的，袖珍型的……"

"那下面有好几样东西。我把它们全都放在那儿了。"她朝着药柜旁边的架子指了指，接着又消失在浴室里。我跳下床，但还是找不到我要找的东西。

"你肯定看见了。"她回到房间时我说道。她没有回答，只顾在镜子前梳理着头发。这时我才注意到她脸色苍白，而且当她在镜子里和我对视的时候，她的目光里似乎有一种探究的意味。

"哈丽，"我又毫不放松地开口道，"录音机不在架子上。"

"你难道没有更重要的事情要跟我讲吗？"

"对不起，"我咕哝道，"你说得对，这不是什么要紧事。"

刚才我俩差点就吵起来了，就好像我们现在需要的就是一场争吵！

然后我们去吃早餐。哈丽今天的举止一反常态，但我又说不清究竟有什么地方不同。她不停地左顾右盼，有好几次我跟她讲话她都没听见，就好像突然间陷入了沉思。有一次，当她抬起头时，我看见她的眼睛里闪着泪光。

"出什么事了？"我压低了声音，轻声问道，"你哭了？"

"哦，别管我。这并不是真的流泪。"她结结巴巴地说道。也许我不应该就此作罢，但是没有什么比"推心置腹"的谈话更让我害怕的了，再说我脑子里还惦记着一些其他事情。尽管我知道斯诺特和萨特里厄斯的阴谋只不过是一场梦，但我还是开始考虑观测站里能不能找到什么顺手的武器。我也不知道自己要拿它来做什么用，我只想把它弄到手。我对哈丽说我需要到货舱和贮藏室去一趟，她默默地跟着我。我到处翻箱倒柜，在各种容器里找了个遍。来到最底层的时候，我忍不住要到冷藏室看一眼。但我不想让哈丽进去，于是我只把门开了一半，扫视了一下整个房间。黑色的裹尸布鼓鼓囊囊，遮盖着下面长长的身躯，但从我站着的位置，我无法断定那个黑人妇女是否还躺在原来的地方。在我看来，她那个位置好像是空着的。

我这样转来转去，没有找到任何合适的东西，于是心情越来越坏，直到突然间，我意识到哈丽不见了。她随后马上就又出现了——她只是在走廊里落下了一大截——但是她居然会试着和我保持距离，这一点就应该给我敲响了警钟，因为对她来讲，哪怕是和我分离短短的一刻也非常困难。而我却仍闷闷不乐，就好像有人冒犯了我，或者就像个白痴一样。我的头开始发疼，但我找不到治头疼的药，一气之下，把药柜翻了个底朝天，而且又懒得再到手术室去。那天我的表现真是糟透了，这种情况实属罕见。哈丽像影子一样在房间里走来走去，时不时还会消失一阵。到了下午，我们吃完午餐之后（她基本上一口都没吃，而且我也因为头疼欲裂而没有食欲，甚至也没有主动劝她吃），她突然在我身边坐下，开始轻轻拉扯我的衬衣袖子。

"怎么了?"我心不在焉地咕哝道。我很想到楼上去看看,因为我觉得管道里好像传来了一阵轻微的敲打声,这说明萨特里厄斯正在摆弄高压设备。但是一想到我必须和哈丽一起去,我马上又失去了兴致。哈丽出现在图书室还勉强说得过去,但是在楼上那些机器中间,她可能会给斯诺特提供说风凉话的机会。

"克里斯,"她低声道,"我们之间相处得怎么样?"

我不由自主地叹了口气。对我来说,这一天可真算不上开心。

"再好不过了。你为什么要问这个?"

"我想跟你谈谈。"

"只管开口,我听着呢。"

"不是这种谈法。"

"那是哪种?你瞧,我已经跟你说过了,我头疼得厉害,还有一大堆令人烦恼的事……"

"稍微有些诚意,克里斯。"

我勉强露出微笑,那样子一定很难看。

"什么事,亲爱的。你尽管说。"

"你会对我讲真话吗?"

我扬起了眉毛。这个开场白我可不喜欢。

"我为什么要说谎呢?"

"你可能有你的理由,重要的理由。但是如果你想……你也明白……那就不要骗我。"

我没有作声。

"我先告诉你一些事情,然后你告诉我一些事情,好吗?都要说实话,不管怎么样。"

我不敢正视她的双眼。她在寻找我的目光，但我假装没看见。

"我已经跟你讲过，我不知道自己是怎么来到这里的。但也许你知道……等等，我还没说完。你也可能不知道。但如果你知道，而只是暂时不能告诉我，那你能不能在将来某个时候告诉我？那样的话也还不算太糟。无论如何，你也算是给了我一个机会。"

我感到一股冰冷的寒流穿过我的全身。

"宝贝儿，你在说什么呀？什么机会不机会……？"我嘟哝道。

"克里斯，不管我是谁，我都绝对不是什么宝贝儿。你保证过的，实话告诉我。"

听到她说"不管我是谁"，我感到喉咙哽咽，只能呆呆地望着她，像个白痴一样直摇头，就好像是拼命不想让自己再听下去。

"我已经解释过，你不必告诉我。你只要说你不能就足够了。"

"我什么都没有隐瞒……"我声音嘶哑地答道。

"好极了。"她说道，一边站起身。我想说句什么——我觉得自己不应该就这样随她去，但我的话全都憋在了嗓子眼里。

"哈丽……"

她站在窗前，背对着我。窗外万里无云的天空下是一片空旷的深蓝色大海。

"哈丽，如果你以为……哈丽，你知道我爱你……"

"你爱我？"

我走到她跟前，想去拥抱她。但她推开我的手，挣脱了出去。

"你真是太好心了，"她说道，"你爱我？我宁愿你动手打我！"

"哈丽，亲爱的！"

"不！不。最好什么都别说。"

她走到桌子跟前，开始收拾桌上的盘子。我凝视着窗外深蓝色的空旷大海。太阳正在下落，观测站巨大的阴影在波浪上不紧不慢地移动着。一只盘子从哈丽的手中滑落，掉在了地板上。水在洗碗槽里哗哗作响。天边的铁锈红色变成了一种脏兮兮、泛着红色的金色。要是我知道该怎么办就好了。哦，要是那样该有多好。突然间一切都静了下来。哈丽正站在我身后。

"不。别转身。"她说道，声音压得低低的，"这不是你的过错，克里斯，我知道。别担心。"

我向她伸出手，她却躲到了房间的另一侧，把一大摞盘子高高举起，说道：

"真可惜。如果这些盘子能打碎的话，我会把它们全都砸碎，哦，我真的会把它们全都砸得粉碎！"

有那么一刻，我还真以为她会把那些盘子全都扔到地上，但她只是用锐利的目光瞥了我一眼，然后冲我微微一笑。

"别害怕，我不会跟你大吵大闹的。"

我半夜醒来，马上浑身紧张，高度警觉，在床上坐起身。房间里一片昏暗，不过门开着一条缝，一道微弱的亮光穿过门缝从走廊里照进来。有什么东西在不怀好意地嘶嘶作响，声音越来越大，还伴随着沉闷的撞击声，就好像有什么又大又重的东西在隔壁拼命扭动敲打。是流星！这个念头从我脑子里闪过。流星打穿了防护层。那儿有人！这时传来一阵长长的喘息声。

我终于完全清醒了过来。这里是观测站，不是火箭飞船，而那种可怕的声音……

我跑到走廊上。小实验室的门大敞着，里面亮着灯。我急忙冲了进去。

一股可怕的寒气向我袭来。房间里充满了一种雾气，将人呼出的气息顿时凝结成了雪花。一个裹着浴袍的身体倒在地板上，无力地翻滚着，一大团白色的雪花在身体上方打着旋。在这片冰雪云雾的笼罩下，我几乎看不见她。我扑上前去，把她拦腰抱起，浴袍灼伤了我的手，而她正在拼命喘息。我冲到走廊里，从一扇扇门前跑过。我已经不再感觉到冷，只有她呼出的气息凝结成一团团的云雾，像火一样烧灼着我的脖子。

我把她放在手术台上，撕开她胸前的衣服，望着她已被冻僵、仍在不停颤抖的脸庞。血已经在她张开的嘴里冻结，嘴唇上也有黑黑的一层，微小的冰晶在她的舌头上闪着光……

液氧。实验室里有液氧，装在杜瓦瓶里。当我把她抱起来的时候，我感觉脚底下踩到了碎玻璃。她究竟喝了多少？反正都一样。她的气管、喉咙和肺部全都被灼伤了，液氧的腐蚀性比浓酸还要强。她的呼吸越来越微弱，发出的声音就像撕纸一样刺耳而干涩。她双眼紧闭——已是临死前的痛苦挣扎。

我望着装满了手术器械和药品的大玻璃柜。气管切开术？气管插管？可是她的肺已经没了！全都被烧坏了。药品？有这么多种！架子上堆满了一排排五颜六色的小瓶和盒子。刺耳的喘息声充满了整个房间,雾气仍在从她张开的嘴里冒出。

热水袋……

于是我开始找热水袋,但还没等找到,我就改了主意,飞奔到另一个柜子跟前,在一盒盒安瓿瓶中间翻找。我终于找到了一支注射器,试图用冻僵的双手把它放进消毒器里,但我的手指僵硬,不听使唤。我开始用手拼命敲打消毒器的盖子,但我的手根本没有任何感觉,唯一的反应就是一种轻微的刺痛。躺在那里的她喘息声更大了。我赶紧回到她身边,只见她大睁着双眼。

"哈丽!"

这句话连耳语都算不上,我根本就发不出声音。我的脸似乎不属于我自己,而是像一张硬邦邦的石膏面具。她的肋骨在白皙的皮肤下不停地上下起伏,头发被融化的雪花打湿了,胡乱地散落在头枕上。她两眼直直地望着我。

"哈丽!"

我别的话一句都说不出来,只能像一块木头一样站在那里,我的双手既陌生又笨拙。我的双脚、嘴唇和眼皮开始火辣辣地疼,越来越厉害,但我几乎丝毫没有察觉。一滴受热融化的血从她脸颊上流了下来,画出一道斜线。她的舌头颤抖了几下,又缩了回去,她仍在发出刺耳的喘息声。

我握住她的手腕,上面已经摸不到脉搏。我扯开浴袍的翻领,把耳朵贴在她冰冷的身体上,就在乳房下面一点。透过烈火燃烧般的噼啪轰鸣,我可以听见扑通扑通的心跳声,像骏马奔腾,快得数不过来。我站在那里,俯着身子,闭着眼睛。这时,有什么东西碰了一下我的脑袋,是她将手指伸进了我的头发里。我凝视着她的双眼。

"克里斯。"她声音沙哑地说。我握住她的手,她紧紧攥了一下作为回应,几乎把我的手捏碎了。意识正在从她极度扭曲的脸上渐渐消失,她的眼白在眼皮之间闪动着,喉咙里呼哧作响,全身开始抽搐,颤动不止。她的身子从手术台一侧耷拉下来,我几乎扶不住,她的头撞在了一个陶瓷水池上。我把她拽起来,按在手术台上,但每当痉挛再次开始时,她都会从我手中挣脱。我立刻汗流浃背,双腿软得像棉花。当她的抽搐渐渐缓和下来时,我试图再让她躺下。她拼命喘着气,喉咙里嘶嘶作响。接着,在那张血迹斑斑的可怕面孔上,哈丽的双眼突然一亮。

"克里斯。"她声音嘶哑地说,"还……还要多久,克里斯?"

她开始呼吸困难,嘴角冒出了泡沫,接着又开始浑身抽搐。我用自己剩下的最后一点力气将她紧紧按住。她突然仰面倒在手术台上,震得牙齿咔嗒作响,一边还在气喘吁吁。

"不,不,不。"她每呼出一口气都会急忙喊一声,每一声都像是临终的呼喊。但是抽搐再次袭来,她又开始在我怀里扭动挣扎。在中间短暂的停顿里,她会拼命用力吸气,弄得肋骨都在往外鼓。最后,她的眼皮终于半合在她无神的双眼上,她的身体也不再动弹。我以为这就是到了尽头。我甚至没有将她嘴角上的粉红色泡沫擦去。我站在那里,身子俯在她的上方,耳朵里听到远处巨钟鸣响,等着她咽下最后一口气,好让我能在地上倒作一团。但她仍在呼吸,喘息声越来越轻,几乎已经听不见,而她的胸脯也几乎停止了颤抖,开始以一颗正常工作的心脏欢快的节奏上下起伏。我弯着腰站在那里,她的脸开始恢复了血色。我仍没有反应过来。我双手手心里全是汗，觉得自己好像正在变聋，仿佛耳朵里塞满了棉花，但我仍能听见钟声鸣响，只是现在变得很沉闷，就好像钟舌有了裂缝。

她抬起眼皮，我俩四目相对。

"哈丽。"我想开口讲话，但我好像没有了嘴，我的脸就像一张没有生命的沉重面具。我只能呆呆地望着她。

她来回转着头，将整个房间环视了一遍。周围寂静无声。在我身后另一个遥远的世界里，水正在从一个没关好的水龙头里不紧不慢地滴落下来。她用胳膊肘撑起身子，坐了起来。我朝后退了两步。她注视着我。

"什……"她说，"什么？没成功？为什么？你为什么这样看着我？"

突然间，一声可怕的尖叫：

"你为什么这样看着我！"

接着是一片寂静。她端详着自己的双手，动了动手指。

"这是我吗……？"她问道。

"哈丽。"我说道，几乎没有吐气，只是动了动嘴唇。她抬起头。

"哈丽……？"她重复道。她慢慢地从手术台上挪下来，站在地上。她摇晃了两下，又恢复了平衡，向前走了几步。她在做这一切的时候好像很茫然，眼睛看着我，却仿佛视而不见。

"哈丽，"她又慢慢地重复了一遍，"可是……我……我不是哈丽。那我……是谁？哈丽？还有你，你呢？！"

她突然睁大了眼睛，两眼放光，一丝惊讶不已的微笑在她脸上舒展开来。

"也许你也是？克里斯！也许你也是？！"

我没有作声，吓得直往后退，将后背紧靠在一个柜子上。她垂下了双臂。

"不，"她说道，"你不是，因为你害怕。但听我说，我做不到。这样可不行。我对此一无所知。到现在我还是什么都不明白。这怎么可能？我……"她把紧握得失去了血色的双拳贴在自己的胸口上，"我什么都不知道，我只知道，只知道哈丽！也许你以为我是在假装？我不是在假装，我发誓，我真的不是。"

说到最后，她的声音已经变成了呻吟。她瘫倒在地，不停地抽泣着。这声叫喊让我心如刀绞，我一个箭步来到她身旁，把她搂在怀里。她拼命反抗，将我推开，一边无泪地啜泣着，一边喊道：

"放开我！放开我！我让你觉得讨厌！我知道！我并不想这样！我不想！你明白，你一定明白，那不是我，不是我，不是我。"

"别吵！"我喊道，一边使劲摇晃着她。我们俩面对面跪在地上，两个人都在没有理智地大喊大叫。哈丽的脑袋拼命甩来甩去，撞在我的肩膀上，我用尽全力把她拉到怀里。突然间，我们俩都停了下来，喘着粗气。水还在从水龙头里不紧不慢地滴落下来。

"克里斯，"她喃喃地说，把脸紧贴在我的肩膀上，"告诉我，我必须怎么做才能让自己不复存在。克里斯……"

"别这样！"我大声喊道。她仰起脸，目不转睛地看着我。

"怎么？你也不知道？一点办法都没有？一点都没有？"

"哈丽……我求求你……"

"我本来想……你也看到了。不，不。放开我，我不想让你碰我！我让你觉得讨厌。"

"没有的事！"

"你在撒谎。我肯定让你觉得讨厌。我……就连我都讨厌我自己。如果我能够，要是我能够的话……"

"你就会自杀。"

"是的。"

"但我不想那样，你明白吗？我不想让你自杀。我想让你留在这儿，和我在一起，别的我什么都不需要！"

她灰色的大眼睛就像要把我吞下去一样。

"你可真会撒谎……"她说道，声音很轻很轻。

我放开她，站起身。她坐在了地板上。

"告诉我，我需要怎么做才能让你相信我说的都是心里话，都是实话，别无其他。"

"你说的不可能是实话，我不是哈丽。"

"那你是谁？"

她沉默了好一阵。她的下巴抽动了好几下，最后她低下头，轻声道：

"我是哈丽……可是……可是我知道，这并不是真的。你很久以前曾经爱过的……并不是我……"

"没错，"我说道，"过去的一切都已一去不返，不复存在。但是你，此时此地的你，是我爱的。你明白吗？"

她摇摇头。

"你是一片好心。不要以为我对你所做的一切没有感激之情。你已经尽力了，但这无济于事。三天前清晨时分，当我坐在你的床边，等着你醒来的时候，我什么都不知道。那好像是很久以前的事了。我当时就好像心智不全，就好像自己一头雾水。我记不得在那之前发生的事情，也记不得后来发生了什么，而且我对一切都毫不惊奇，就好像刚从麻醉中苏醒过来，或者是刚生完一场很长时间的重病。我甚至以为自己得了什么病，只是你不肯告诉我。接着发生了越来越多让我纳闷的事，你也知道是哪些事。那次你在图书室跟那个谁，他叫什么来着，对了，斯诺特，在你跟他那次谈话之后我就稍有察觉。既然你什么都不愿讲，我就在夜里起来，打开录音机听了一下。我就撒了这么一次谎，因为后来的确是我把录音机藏起来了，克里斯。录音机里讲话的那个人叫什么名字？"

"吉巴里安。"

"对，吉巴里安。当时我一下子全都明白了，尽管说老实话，我还是什么都不明白。当时有一点我不知道，那就是我不能……我不是……不知道结果会是这样……没完没了。对此他一个字都没提。也许他后来提到了，但当时你醒了，我就把录音机关上了。即便是这样，我所听到的也足以让我明白，我不是人，而是一个工具。"

"你都在说什么呀？"

"没错。是为了测试你们的反应，或是诸如此类的东西。你们每人都有一个像我这样的东西，是根据你们内心里某种被压抑的记忆或想象制造出来的，大致就是这样。反正你比我更清楚。他讲的这些东西真可怕，真不可思议，如果不是这一切和事实完全吻合的话，我根本就不会相信他的话。"

"什么完全吻合?"

"哦,比如说我不需要睡觉,还有我必须随时和你寸步不离。昨天早上我还以为你憎恨我,因此我很难过。我的天哪,我可真傻。可是你说说,你自己说,这一切我能够想象得到吗?我是说,他一点都不憎恨他自己的那个女人,但是他说的那些有关她的话可真难听!那时候我才明白,不管我做什么都无关紧要,因为不管我怎么想,对你来说一定都是一种折磨。或者实际上还要更糟,因为折磨人用的刑具没有生命,没有恶意,就好像是一块能掉下来砸死你的大石头。然而一件能够拥有好意、能够爱的刑具,这实在是令我无法想象。我想至少告诉你当时我内心里发生的一切,就是后来我听了磁带,明白了原委的时候。也许至少会对你有些帮助。我甚至试着把它写下来……"

"你那天夜里开灯就是为了这个吗?"我问道,同时突然感到喉咙哽咽,说话很费力。

"是的。可是我什么都没写下来。因为当时我在自己内心里努力搜寻,你知道……搜寻它们,搜寻那种别的东西,我跟你讲,我几乎完全疯了!有那么一阵,我觉得自己皮肤下面好像没有血肉,就好像我身体里面实际上是别的什么东西,而我只是一副外壳,是为了骗你的。你懂吗?"

"我懂。"

"如果一个人夜里睡不着,一躺就是好几个小时,他的思绪会跑得很远,而且想的东西也千奇百怪,你知道吗……"

"我知道。"

"但是我能感觉到自己的心跳,而且我还记得你给我验了血。我的血是什么样的,告诉我,说实话。你现在总可以说实话了吧。"

"和我的一样。"

"真的?"

"我发誓。"

"这意味着什么呢?你知道,后来我想,也许那个东西就隐藏在我身体里,也许它是……也许它的个头非常小。但我不知道它在哪儿。现在我想,那实际上是我当时为了逃避而找的借口,因为我对自己准备做的事情害怕极了,我是在寻找另一条出路。可是克里斯,如果我的血和你的一样……如果真像你说的那样,那么……不,那不可能。我的意思是说,那我现在就应该已经死了,对不对?这么说毕竟还是有什么东西,但是它究竟在哪儿呢?也许是在我脑子里?但我的思想完全正常呀……而且我什么都不知道……如果我是通过那个东西来思考的,那我应该马上就知道一切,而且也不会爱你,而只是假装,而且知道自己在假装……克里斯,求你了,把你知道的一切全都告诉我吧,也许这样我们就能找到一些办法?"

"做什么的办法?"

她默不作声。

"你想死吗?"

"我想是的。"

又是一阵沉默。哈丽蜷着身子坐在地上,我站在她身旁,凝视着空荡荡的房间,凝视着仪器设备白色的瓷漆表面,还有四处散落着的亮闪闪的工具,就好像是在寻找某个十分必要的东西,但什么都没找到。

"哈丽，能让我也说两句吗？"

她等待着。

"你和我不完全一样，这的确是事实。但这并不意味着你就有什么不好。恰恰相反。对此随便你怎么想，但正是多亏了这一点……你才没有死。"

她的脸上浮现出一种孩子般令人怜惜的笑容。

"这是不是意味着我……永远都不会死？"

"我不知道。无论如何，和我相比，你死的可能性要小得多。"

"真是太可怕了。"她低声道。

"也许并不像你想象的那么可怕。"

"可你并不羡慕我……"

"哈丽，这里更关键的问题是你的……命运，就这么说吧。要知道，从本质上讲，在这个观测站里，你的命运就像我的命运，就像我们每一个人的命运一样不可预知。其他人会继续进行吉巴里安的实验，任何事情都有可能发生……"

"或者什么都不会发生。"

"或者什么都不会发生，而且说老实话，我宁愿什么都不发生，这甚至不是因为害怕（不过也许是有这方面的因素，我也说不准），而是因为它不会有任何结果。这一点我可以完全肯定。"

"不会有任何结果？为什么？这难道跟……这片海洋有关？"

她打了个冷战。

"不错。这跟与这片海洋的接触有关。在我看来，这一切其实非常简单。接触意味着交流经验，交流概念，或者至少是交流某些结果和状态。但是如果压根儿就没有任何东西可以交流呢？如果一头大象并不是一个很大的细菌，那么一片海洋就不可能是一个非常大的大脑。当然，双方都可能会采取各种行动。而正是由于这种行动，我现在正面对着你，并且正在试图向你解释，对我来说，你比我生命中致力于索拉里斯研究的12年时间还要宝贵，而且我想继续和你在一起。你的出现也许本来是作为对我的一种折磨，也许是一种恩惠，也许只是为了在显微镜下对我进行研究，也许是一种友谊的表示，也许是一种阴险的打击，或者也许是一种嘲笑？也许全都有，或者——在我看来这是最有可能的——实际上是某种完全不同的东西。但是我们父母的初衷，不管它们之间有多大的不同，与我们又有何相干呢？你可以说我们的将来取决于他们的初衷，这一点我同意。我不能预测将来会发生什么事情，你也同样不能。我甚至不能向你保证我将永远爱你。既然已经发生了这么多事情，那么任何事情都有可能发生。说不定明天我就会变成一只绿色的水母，这不是我所能决定的。但是在我们自己能够决定的事情当中，我们将永不分离。这难道还不够吗？"

"听我说……"她说，"还有件事。我难道……真的……很像她？"

"开始很像，"我说，"但现在我就说不上了。"

"这怎么讲？"

她站起身，睁大眼睛看着我。

"你已经完全取代了她。"

"你能肯定你现在爱的不是她，而是我？真的是我？"

"是的，是你。我也说不清。我觉得如果你真的是她，我恐怕就不能爱你了。"

"为什么?"

"因为我曾经做过一件很糟糕的事。"

"是对她吗?"

"是的。当时我们俩……"

"不要讲。"

"为什么?"

"因为我想让你知道,我不是她。"

谈　话

第二天，吃完午饭回来，我在窗边的桌上发现了斯诺特留下的一张纸条。他说眼下萨特里厄斯暂时搁下了制造湮灭器的工作，好尝试最后一次用高能射线对海洋进行照射。

"亲爱的，"我说道，"我得去见斯诺特。"

红色的曙光在窗玻璃上闪耀着，将房间分成了两半。我们在淡蓝色的阴影里。在分界线的另一边，每一样东西看上去都像是用铜做成。你可能会觉得，不管哪本书从书架上掉下来，都会发出清脆的叮当声。

"是有关实验的事，我还不知道到底该怎么做。你明白，我宁愿……"我没有把话说完。

"你不必替自己解释，克里斯。我真希望我可以……也许时间不会很长？"

"肯定要花一点时间，"我说，"听着，要么你跟我一起去，不过要在走廊里等着。"

"好吧。可是如果我受不了怎么办？"

"那究竟是一种什么样的感觉？"我问道，又赶紧补了一句，"你要明白，我并不是出于好奇才问的，但如果你能搞清楚，也许就可以想办法克服它。"

"是一种恐惧。"她说道，脸色变得有些苍白，"我甚至说不清自己怕的是什么，因为我其实并不害怕，而只是迷失了自我。在最后一刻我还会感到一种……一种羞耻，我也解释不清。然后就什么都没有了。这就是为什么我还以为这是一种病……"说到最后她声音变得很轻，并且打了个冷战。

"也许只是在这个该死的观测站里才会这样，"我说道，"就我而言，我会尽全力让我们尽快离开这里。"

"你觉得这有可能吗？"她说道，眼睛睁得大大的。

"为什么没可能？说到底，我又不是被拴在这儿了……此外，这也取决于我和斯诺特如何决定。你觉得怎么样，你一个人待着能坚持一段比较长的时间吗？"

"那得看情况……"她慢慢说道，一边低下了头，"只要我能听见你的声音，我想就应该没事。"

"我倒是希望你不要听到我们在讲什么。并不是因为我有什么事情要瞒着你，只是我不知道，而且也不可能知道，斯诺特会说些什么。"

"不用多说了，我明白。好吧，我会给自己找个只能听见你说话声音的地方。这样就足够了。"

"那我马上就去实验室给他打电话。我会把门开着。"

她点点头。我穿过好似一堵墙的红色阳光，来到走廊里。尽管走廊里有人工照明，但相比之下还是好似漆黑一片。小实验室的门大敞着。在那排巨大液氧钢瓶旁边的地板上，杜瓦瓶的碎片像镜子一样闪着光，这是昨夜发生的那一幕留下的最后一点痕迹。我拿起话筒，拨通了无线电台室的号码。小小的屏幕亮了起来，浅蓝色的光好似一层薄膜，从里面覆盖在没有光泽的玻璃屏幕上。这层薄膜突然裂开，斯诺特侧着身子，从一把高椅子的扶手上方俯身过来，直视着我的眼睛。

"你好。"他说。

"我看到了你的纸条，想和你谈谈。我可以过来吗？"

"可以。现在吗？"

"是的。"

"好的。有人……陪你一起来吗？"

"没有。"

他的额头上横刻着一道道粗粗的皱纹，晒得棕黑的瘦削面孔在拱形玻璃屏幕上倾斜着，就像是一条稀奇古怪的鱼，正在透过鱼缸玻璃向外张望。他的脸上露出了一种难以捉摸的表情。

"好，好，"他说道，"那我等着你。"

我穿过一道道红色的光线走进舱室，在这片红光背后，我只能隐约辨认出哈丽的剪影。"亲爱的，我们可以走了。"我开口道，声音里带着一种不自然的欢快口吻，但我的嗓子马上就哽住了。只见她坐在那里，身体紧靠在椅子上，两只胳膊肘钩在扶手下面。也许是她听到我的脚步声太晚，或者是还没来得及放松由于惊恐而紧缩的身体，摆出正常的坐姿——不管是什么原因，有那么一刹那，我看到了她正在与隐藏在她体内的那种无法理解的力量拼命抗争，于是一股无法抑制的怒火涌上我的心头，同时还掺杂着深深的怜悯。我们默默地穿过长长的走廊，走廊的各个部分用瓷漆漆成了不同的颜色，建筑师这样做的本意是为了使得这个装甲外壳内部的生活更加丰富多彩。我远远地就看到无线电台室的门半敞着。一道长长的红光穿过门射入走廊，因为太阳正好也照在这里。我瞥了一眼哈丽，但她连笑都没有冲我笑一下。我看得出,这一路上她一直都在专心致志地准备面对和她自己的那场抗争。即将来临的苦斗已经使她的面孔发生了变化,她面色苍白,脸庞似乎也变小了。在离门还有十几步远的地方,她猛地停下脚步。我转向她,她却用指尖将我轻轻一推,让我继续往前走。突然间,和她即将面临的折磨相比,我的计划、斯诺特、这个实验,还有整个观测站,对我来说似乎全都变得微不足道。我觉得自己就像是对她实施酷刑的人。正当我要回转身的时候,走廊墙壁上那道宽宽的阳光里出现了一个人影。我赶紧加快步伐,走进了舱室。斯诺特就站在门口,好像正要出来迎接我。红色太阳就在他身后,一道道紫红色的光芒好像正在从他花白的头发上放射出来。我们俩互相对视了好一阵,一言不发。他似乎在仔细打量着我的脸。我被窗外的强光照得眼花,看不清他脸上的表情。我从他身边绕过,站在一个高高的控制台旁,台面上伸出几根可弯曲的麦克风支杆。他慢慢地在原地转过身,从容地用目光跟随着我。他的嘴习惯性地稍稍扭曲着,一会儿像是在微笑,一会儿又变成了一副疲惫不堪的鬼脸。他走到占了整整一面墙的金属储物柜前,目光仍然没有离开我。储物柜前面两侧堆满了无线电零件、热电池和各种工具,好像全都是在匆忙中胡乱扔在了那里。他拉过一把椅子,背靠着储物柜涂着瓷漆的门坐下。

到现在为止,我们俩一直保持着沉默,这多少已经有些奇怪。我聚精会神地侧耳倾听,将注意力集中在宁静的走廊上。哈丽就在那里等着,但我却听不到丝毫动静。

"你们什么时候能准备好?"我问道。

"我们其实今天就可以开始,但是记录会需要一些时间。"

"记录？你是说脑电图？"

"对，你同意了的。有问题吗？"他停顿了一下。

"不，完全没问题。"

"继续讲。"当我们之间又陷入了一阵沉默时，斯诺特说道。

"她已经知道了……关于她自己的事。"我压低了声音，几乎变成了耳语。他扬起了眉毛。

"真的吗？"

我觉得他并非真的对此感到惊讶。那他为什么要假装呢？我突然间不想再说下去，但我还是控制住了自己。就算是为了坦诚起见吧，我心想。

"自从那次我们在图书室谈话之后，她可能就起了猜疑。她还通过对我的观察，做出了一些推断，然后她又找到了吉巴里安的录音机，听了里面的录音带……"

他没有改变坐姿，仍然靠在储物柜上，但这时他的双眼中微微闪过一丝光芒。我站在控制台前，正对着半敞在走廊里的门板。我将声音压得更低了：

"昨晚在我睡着了的时候，她试图自杀。用的是液氧……"

这时，有什么东西在沙沙作响，就好像是穿堂风吹动着松散的纸张。我僵在那里，仔细听着走廊里的动静，但是这声音来自更近的地方。就好像是老鼠那种尖厉的声音……老鼠？这真是太荒唐了！这里根本就没有老鼠。我偷偷瞧了一眼那个坐着的家伙。

"继续讲。"他平静地说。

"不用说，她没有成功……不管怎样，她已经知道自己是谁。"

"你为什么要告诉我这些？"他突然问道。一开始我不知该如何回答。

"我想让你了解一下……我想让你知道眼下的情况。"我咕哝道。

"我警告过你。"

"你的意思是说你早就知道会这样。"我忍不住提高了嗓门。

"不，当然不是。但我给你解释过这是怎么回事。每个'客人'刚来的时候都几乎像个幽灵，除了从它们的……亚当那里得到的一堆大杂烩似的记忆和图像之外，它们基本上是一个空壳。它们在这儿和你待的时间越长，就变得越像人，而且也越独立，当然，是在一定限度之内。这就是为什么时间越久，就越难……"

他停了下来，对我怀疑地侧目而视，口气随意地问了一句："她什么都知道了？"

"是的，我已经告诉过你了。"

"所有一切？包括她已经来过一次，而且你……"

"不！"

他笑了。

"凯尔文，听着，如果事情已经到了这个地步……那你究竟打算怎么办？离开观测站？"

"是的。"

"和她一起？"

"是的。"

他没有作声，就像是在考虑如何回答，但他的沉默中还包含着某种别的东西……是什么呢？那股无法察觉的微风又在沙沙作响，就好像是在一堵薄薄的墙后面。他在椅子上挪了挪身子。

"很好,"他说,"你为什么这样盯着我?你以为我会阻拦你吗?亲爱的伙计,你想做什么都随你便。现在这里都这样了,如果我们还要互相胁迫,那可就真是太棒了!我根本没有打算劝阻你,我只想向你指出一点:你这样做,是希望在一种非人的情况下,表现得像一个人。这也许很高尚,但同时也是徒劳。实际上我也不能肯定这到底算不算高尚,因为愚蠢的行为是否算得上高尚也很难说。但这和眼下的问题不相干。你是想退出任何进一步的实验,一走了之,并带她一起走。是这样吗?"

"是的。"

"但那也是……一种实验。你不这样觉得吗?"

"你这是什么意思?你是说她……是否能离开?如果她和我在一起,我不明白会有什么不行……"

我越说越慢,最后停了下来。斯诺特轻轻叹了口气。

"凯尔文,我们大家都在逃避现实,把头埋在沙子里,但至少我们自己知道这一点,并没有假装高尚。"

"我什么都没有假装。"

"好吧,我并没有冒犯你的意思。我收回我所说的有关假装高尚的话,但逃避现实这一点我没说错。而且你的这种做法尤其危险。你不仅是在欺骗自己,而且你也在欺骗她,然后又回过头来欺骗你自己。你知道由中微子物质构成的系统,它的稳定条件是什么吗?"

"不知道。你也不知道。没有人知道。"

"当然。但有一点我们是知道的,那就是这种系统是不稳定的,只有在能量不断输入的条件下才能存在。这是我从萨特里厄斯那里知道的。这些能量产生了一个变形稳定场。问题是，这个场究竟是来自外界，还是说它的来源就在'客人'体内？你懂得这二者之间的区别吗？"

"我懂，"我缓缓说道，"如果它来自外界，那么她……那么这种……"

"那么当这种系统离开索拉里斯星的时候，它就会瓦解。"他替我把话说完，"对此我们无法预测，不过你已经做了一个实验。要知道，你发射的那枚火箭……现在仍在绕着索拉里斯运行。我甚至在空闲时计算了一下它的运行轨迹。你可以飞上去，进入轨道，接近它，看看那个……乘客怎么样了……"

"你真是疯了！"我咬着牙狠狠说道。

"你真这样认为吗？那么……我们把这枚火箭收回来怎么样？这应该没问题。它是可以遥控的。我们可以控制它脱离轨道，然后……"

"别说了！"

"这也不行？那还有另一个办法，非常简单。我们不必让它在观测站着陆，可以让它留在轨道上。我们只需要通过无线电联络……如果她还活着，她就会说话，那么……"

"火箭上的氧气恐怕早就用完了！"我结结巴巴地说。

"也许她不需要氧气呢。我们是不是应该试试？"

"斯诺特……斯诺特……"

"凯尔文……凯尔文……"他模仿着我的语调，显得有些生气，"好好想想你是个什么样的人吧。你到底是想让谁开心？你想救的到底是谁？是你自己，还是她？是哪一个她？是这个还是另外那个？难道你就没有足够的勇气把她们俩都救下来？你自己应该知道这将会导致什么样的结果！我再最后跟你讲一遍：我们眼下的处境已经超出了道德的范畴。"

突然间，我又听到了先前那种尖厉的声音，就好像有人在用指甲抠着墙壁。不知为什么，我突然陷入了一种被动的、泥泞般的平静状态，就好像我正从某个很远的地方，透过颠倒的望远镜看着这整件事，看着我们两人。一切都显得非常渺小，滑稽可笑，无关紧要。

"那好吧，"我说道，"依你说我该怎么办？把她打发掉？明天又会出现一个和她一模一样的，对吧？然后如此反复？每天如此？要这样折腾多久？为了什么？这样做对我有什么用？对你，对萨特里厄斯，对观测站又有什么用？"

"不，你先回答我。比方说你和她一起乘飞船离开，然后你将目睹以下的变化过程。几分钟后，你的面前将会出现——"

"什么？"我冷笑着说，"是怪物，还是恶魔？嗯？"

"都不是。而是最普普通通的垂死挣扎。你难道真的以为它们永远都不会死吗？我向你保证，它们是会死的……如果是那样，你会怎么办？你会不会再回来，好弄个……备用的？"

"住嘴！"我怒吼道，攥紧了拳头。他眯起眼睛看着我，眼神里带着一种宽容的嘲弄。

"哦，我应该住嘴吗？你知道吗，如果我是你的话，我就不会在这儿白费唇舌。你最好找些别的事情做。比方说，你可以把这片海洋好好揍上一顿，作为报复。你到底想怎么样？如果你——"他用手比画了一个打趣的告别动作，抬头望着天花板，就像是在目送着什么东西远去，"那你就成了混蛋？如果不那样做，你就不是混蛋了？在你想号叫的时候却面带微笑，本来恨不得咬断自己的手指，却装成一副高高兴兴、平平静静的样子，难道这样你就不是混蛋了？假如在这个地方，你不可能不当混蛋，那该怎么办？你只会在斯诺特面前大发雷霆，因为这一切全都是他的过错，是不是？如果是这样的话，我亲爱的朋友，你就不仅是个混蛋，而且还是个白痴……"

"你说的是你自己，"我低着头说道，"我……我爱她。"

"爱谁？那是你的记忆。"

"不对。我爱的是她。我已经告诉过你她曾经试图做什么。很多……真正的人都不会这样做。"

"你已经亲口承认过……"

"不要在我的话里挑刺。"

"好吧。这么说她爱你，而你是想要爱她。这不是一回事。"

"你错了。"

"凯尔文，我很抱歉，但是你主动提起了自己的私事。你不爱她也好，爱她也罢。她愿意为你付出生命。你也一样。这一切非常感人，非常美好，非常高尚，随你怎么说。但是这个地方根本就容不下这些东西。容不下。明白吗？不，你根本就不想明白。你已经被一种我们无法控制的力量卷入了一个周期性过程，而她是其中的一个部分。一个阶段。一种重复的节奏。假如她是……假如有个丑八怪追着你不放，愿意为你做任何事情，你会毫不犹豫地把它打发掉，对吧？"

"对。"

"那么，也许正是因为这个原因，她才不是一个丑八怪！这是不是捆住了你的手脚？这正是其目的之所在，为了捆住你的手脚！"

"这只不过又是一种假设,这种东西图书馆里已经有上百万个了。得了吧,斯诺特,她是……不,我不想跟你谈这个问题。"

"好吧。这可是你自己先提起来的。但请记住,她基本上就是一面镜子,反映的是你大脑的一部分。如果她很美好,那是因为你的记忆很美好,是你提供了配方,周期性过程,别忘了!"

"那你到底想要我怎么样?你想要我……你想要我把她打发掉?我已经问过你了:我为什么应该那样做?你还没有回答。"

"那我现在就回答。我并没有请你来谈这个。我也没有主动插手你的私事。我既没有命令你也没有禁止你做任何事情,即使我有这个能力,我也不会那样做。是你,是你自己主动上门,把一切都摊在了我的面前,你知道为什么吗?不知道?是为了把心事全都讲出来,把这个包袱甩给别人。我知道这种包袱有多重,我的朋友!没错,不要打断我!我根本就不会阻拦你,而你,你其实想让我站出来阻拦你。如果我挡了你的路,你也许会砸烂我的头,因为那样的话,至少你对付的是我,一个和你一样有血有肉的人,而你自己也会觉得还像个人。可是现在这样……你应付不了,这就是为什么你要和我进行这番讨论……实际上你是在跟自己讨论!还有一件事你忘了提,如果她现在突然消失,你会痛不欲生。不,什么都别说。"

"要知道,我只是觉得应该坦诚相待,所以才来告诉你我打算和她一起离开观测站。"我试图抵挡他的攻势,可是话一出口,连我自己都觉得不能令人信服。斯诺特耸了耸肩。

"你很可能需要坚持自己的说法。我之所以对此发表意见,只是因为看到你越爬越高,而爬得越高,摔得就越惨,这个道理我想你也明白……明天早上九点左右到楼上萨特里厄斯那儿去一趟……好吗？"

"到萨特里厄斯那儿去？"我有些惊讶，"他那儿谁都不让进，你不是说就连电话都打不通吗？"

"他不知怎么把事情搞妥了。你要知道，我们之间是不谈这种事的。至于你嘛……那就完全是另一码事了。咳，算了。你明天会去吗？"

"我会的。"我咕哝道。我盯着斯诺特，发现他的左手好像随意地伸到了储物柜的门背后。这门什么时候开了一条缝？多半已经有一阵了，只不过刚才那番谈话让我觉得难以应付，于是在激动之余，没有注意到。他的姿势看上去很不自然……就好像……他在那儿藏着什么东西，或者有人抓着他的手。我舔了舔嘴唇。

"斯诺特，怎么了？"

"你走吧，"他轻声说，语气非常平静，"走吧。"

我在残阳的红色光芒中走出房门，把门带上。哈丽在大约十步之外的地板上靠墙坐着，一见我便马上跳了起来。

"你瞧见了吗？"她说，眼睛里闪着兴奋的光芒，"这样挺管用，克里斯。我真高兴，也许……也许情况会越来越好……"

"哦，一定会的。"我心不在焉地答道。我们向自己的舱室走去，一路上我都在琢磨那个该死的储物柜到底是怎么回事。难道说他在那里藏了什么……？而且我们的整番谈话都被……我的脸开始感到火辣辣的，我忍不住用手蹭了蹭。天哪，这真是疯了。而且说了半天，我们究竟决定了什么？什么都没决定？噢，对了，明天早上……

我的心中突然充满了恐惧，几乎就跟昨晚一样。我的脑电图。我所有大脑过程的完整记录，将被转换成一束射线的振荡，发射到下面的那片海洋里，发射到那个巨大无比、无边无际的怪物深处。他是怎么说的来着，"如果她消失了，你会痛苦不堪，对吧？"脑电图是一部完整的记录，包括潜意识过程在内。万一我在潜意识里想让她消失，想让她死去呢？否则的话，为什么当她经历了那场可怕的自杀未遂之后活了下来，我却感到惊恐不已呢？一个人能为自己的潜意识负责吗？如果我不能为自己的潜意识负责，那谁又能为它负责呢？我可真傻啊！为什么我非得同意用我的脑电图呢……当然，我可以事先将它审查一遍，但我反正也读不懂。谁都读不懂。专家们只能确定被测试者在想什么，但就连在这一点上，他们也只能泛泛而谈。比如说，他们可以说他正在解数学题，但具体是什么数学题，他们就不得而知了。他们声称这是不可能知道的，因为脑电图是一大堆同时发生的大脑过程经混合后的合成产物，而这些过程当中只有一部分和思想活动有关。那么还有潜意识呢？他们对此根本就闭口不谈。因此他们离破译一个人的记忆仍然相距甚远，不管这种记忆是否受到了抑制……那我为什么这么害怕呢？今早我还对哈丽讲过，这个实验不会有任何结果。因为如果我们自己的精神生理学家都读不懂脑电图的话，这个完全陌生的黑色液体庞然大物又怎么可能读得懂呢……

然而它却进入了我的身体，我不知道它是怎么进来的。它将我的记忆全部筛选了一遍，发现了其中最令人痛苦的一点。这还有什么可怀疑的？就在没有任何帮助、没有任何"辐射传输"的情况下，它穿透了双重密封的保护层，穿透了观测站坚固的外壳，在里面找到了我的身体，并带着它的战利品逃走了……

"克里斯？"哈丽轻声呼唤道。我站在窗前，出神地凝视着正在降临的黑夜。一层在这个地理纬度上依稀可见的纤细面纱遮盖在星空上。那是一层薄薄的、均匀的云层，高高在上，远在地平线之下的太阳为它拂上了一丝难以察觉、带着粉红色的银色光芒。

如果实验之后她消失了，那就意味着是我想要她消失，是我杀害了她。难道我明天应该不去吗？他们不能强迫我。但我怎么跟他们讲呢？就这样讲——不行，我不能。不，我必须假装，必须撒谎，无时无刻，直到永远。这是因为，我内心中可能有一些想法，一些意图和希望，有的残忍，有的美好，有的则充满杀机，而我对它们却一无所知。人类已经着手与其他世界、其他文明相接触，却还没有完全了解自己的犄角旮旯，自己的死胡同和竖井，还有自己被堵起来的黑乎乎的门户。我究竟是出于羞耻而遗弃了她，还是说只是因为我缺乏勇气？

"克里斯……"哈丽的呼唤声比刚才还要轻。我感觉到她悄无声息地走到了我的身边，是感觉到，而不是听到，但我却假装毫无察觉。眼下我想一个人待着，我必须一个人独处一阵。我还没有做出任何决定，没有下定任何决心。我一动不动地站在那里，凝视着渐黑的天空，凝视着满天的星斗，它们就好像地球上群星的鬼影。刚才我脑中乱作一团的思绪渐渐被一种空虚所代替，接着，在这片空虚中出现了一个无言的念头，既无动于衷，又确信无疑，那就是，在我心灵深处我自己无法触及的地方，我已经做出了选择，而我却假装什么事情都没有发生，我甚至连鄙视自己的力量都没有。

思想家

"克里斯,是因为明天实验的事吗?"

听到她的声音,我不禁吓了一跳。我已经躺了好几个小时,无法入睡,眼睛盯着周围的黑暗,感觉就像独自一人,因为我连她的呼吸声都听不见。我夜间的思绪如同迷宫一般纷乱,就像是在发烧,不完全符合逻辑,却获得了一种新的维度和意义,竟然使我忘记了她的存在。

"什么……你怎么知道我没睡着?"我问道,声音里带着恐惧。

"从你的呼吸可以听出来。"她轻声说道,好像有些抱歉。"我并不想打扰你……如果你不能讲的话,那就不要……"

"不,没什么不能讲的。是的,是因为实验的事。你猜对了。"

"他们期望得到什么结果呢?"

"他们自己也不知道。只要有点结果,随便什么都行。这不是什么'思想行动',而是'绝望行动'。现在他们需要的只有一样,那就是一个有足够的勇气、敢于为自己的决定承担责任的人。但大多数人把这种勇气看作是一种普普通通的懦弱,因为它是一种退却,你知道吧,是放弃,是一种为人不齿的逃避。仿佛值得尊敬的做法就是硬着头皮往前走,陷入一片泥潭，在你不理解而且永远都不会理解的东西里活活淹死。"

我在这里打住，但不等我急促的呼吸平静下来，又一股怒火冒了上来，我脱口而出：

"当然，这个世界上从来都不乏持有所谓实用观点的人。他们说，即使我们无法与这片海洋实现接触，但通过研究它的原生质——还有那些离奇的、有生命的城市，它们从这片海洋里冒出来，然后在一天之内便又消失得无影无踪——通过对它们的研究，我们将解开物质的奥秘，就好像他们不知道这是自欺欺人。这就像是在一座图书馆里转悠，书中的语言谁都读不懂，只能看看书脊的颜色……就是这么回事！"

"就没有其他像这样的星球了吗？"

"不知道。也许有，但我们只知道这一个。不管怎样，这种行星极为罕见，和地球完全不同。我们的星球很常见，我们是宇宙的青草，我们以自己的常见而自豪，而且因为它非常普遍，我们便以为它可以包含一切。正是带着这种信念，我们勇敢地踏上了漫长的星际旅程，心中充满了喜悦：去探索其他的世界！但是这些其他世界究竟能用来做什么呢？不是我们征服它们，就是我们自己被征服，除此之外我们可怜的脑袋瓜里就没有任何别的东西。啊，这真不值得，一点儿都不值得。"

我从床上起来，摸索着找到了药柜，从里面找出一个装着安眠药的小扁瓶。

"我要睡一会儿，亲爱的。"我说道，转身面对黑暗，空调的嗡嗡声从头顶上传来。"我需要睡觉。要不然我真不知道……"

我在床上坐下。她摸了摸我的手。我搂住了在黑暗里看不见的她，就这样一动不动地抱着，直到睡意袭来才放松。

早晨醒来，我觉得精力充沛，休息得很好，实验的事好像没什么大不了的；我不明白自己先前为什么把它想得那么重要。同时我也不介意哈丽必须跟我一起去实验室。不管她如何努力，只要我离开房间几分钟，她就无法忍受，于是我便放弃了进一步尝试的想法，尽管她自己极力主张这样做（她甚至准备把自己关起来）。我建议她带本书去读。

我对实验过程本身并不太感兴趣，而是更想知道在实验室里会发现什么。书架和放化学玻璃器皿的柜子里有好几处明显地空着。几个橱柜门上的玻璃都不见了，其中一扇门的玻璃上有一处星形裂痕，就好像最近这里曾发生过一场争斗，留下的痕迹已被匆忙而又相当仔细地清除干净。除此之外，这个蓝白两色的大房间并没有什么异样。斯诺特在各种仪器中间忙碌着，他的表现非常得体，就好像哈丽的出现是一件很普通的事，还远远地朝她微微鞠了一躬。在他给我的太阳穴和额头上涂抹生理溶液时，萨特里厄斯从一扇通向暗室的小门里走了进来。他身穿一件白大褂，上面套着一条长及脚踝的黑色防辐射围裙。他态度平淡，动作轻快，跟我打了个招呼，就好像我们俩是地球上某个大型研究所里上百名员工中的两名成员，而且前一天还刚见过面。这时我才注意到，他今天戴的是隐形眼镜，而不是框架眼镜，因此他的脸显得毫无生气。

他站在那里，双臂交叉在胸前，看着斯诺特把一条绷带缠在我头上贴着的电极周围，看上去就像是一顶白帽子。有好几次他将视线在房间四面扫来扫去，似乎根本没有注意到哈丽。哈丽不舒服地蜷着身子，坐在墙边的一张小凳上，假装在看书。当斯诺特从我椅子旁边离开的时候，我移动了一下缠满了

金属电极和导线的脑袋,好看着他打开仪器开关,但没料到萨特里厄斯突然举起了手,一本正经地说道:

"凯尔文博士!请集中精神,注意我讲的话!我不想把任何想法强加于你,因为这与本实验的目的不符,但你必须停止有关你自己,有关我,有关我们的同事斯诺特,以及有关任何其他人的思考,以便消除特定个人所带来的随机性,从而把精神集中在我们此刻所代表的事物上。地球和索拉里斯;一代代的研究者,作为一个整体,尽管特定的个人有生有死;我们在实现智能接触方面的不懈努力;人类所踏上的宽阔历史大道,它无疑将在未来不断延伸下去;为了完成我们的使命,我们愿意做出任何努力和牺牲,愿意放弃任何个人感情——这一系列主题应该充满你的意识。诚然,联想的顺序不完全取决于你的意愿,但今天你身在此处,这一事实本身便保证了我所提到的这一系列主题的真实性。如果你对自己是否恰当地完成了这项任务没有把握的话,也请明说,斯诺特博士将重新进行记录。我们有充裕的时间……"

当他说到最后几句时,他的脸上带着一丝苍白而冷淡的微笑,丝毫没有掩盖住他眼中深深的茫然。听着他一本正经地讲了这么一大堆陈词滥调,我几乎有些反胃,所幸斯诺特打破了越拖越长的沉默。

"可以开始了吗,克里斯?"他问道,胳膊肘靠在脑电图仪高高的控制台上,一副随意而毫不拘束的样子,就好像靠在椅子上一样。他对我直呼其名,而不是姓,这让我很是感激。

"可以了。"我说道,一边闭上了眼睛。刚才当他把电极固定好,将手指放在开关上时,我感到一阵紧张,脑子里空空如也，但这时那种感觉突然消失了。透过眼睫毛，我可以看到那台机器黑色仪表板上的控制灯闪烁着粉红色的光芒。贴在我脑袋周围的那圈金属电极，本来像冰冷的硬币，潮乎乎、冷冰冰的，但现在这种不舒服的感觉也渐渐散去。我就像一座没有灯光照明的灰色舞台，空荡荡的舞台四周是一群看不见的观众，他们像圆形剧场似的围成一圈，剧场中央一片寂静，充满了对萨特里厄斯和这项"使命"的嘲讽与蔑视。这些渴望扮演即兴角色的内心观察者，他们的紧张感正在慢慢消退。"哈丽？"我试探着想了一下这个名字，心里恐惧不安，几乎想呕吐，准备马上将它撤回。但那些专心而盲目的观众并没有抗议。有那么一阵，我的心中充满了纯洁的柔情和真诚的遗憾，我愿意做出耐心而长久的牺牲。哈丽充满了我的全身心，没有特征，没有形状，没有面孔；而与此同时，通过这个没有个人特征、带着绝望柔情的她，在这片灰色的昏暗里，吉斯的面孔带着教授般的威严出现在我眼前，他不仅是索拉里斯学之父，也是索拉里斯学家之父。但我想到的并不是那场满是泥泞的爆炸，也不是那条散发着恶臭的深渊——无情地吞噬了他的金边眼镜和精心梳理过的花白胡须。我眼前看到的只有他那本专著标题页上的版画肖像，艺术家在他头部周围加上了密密麻麻的影线背景，没料到看上去几乎就像是一个光环。他的面容和我父亲竟是如此相似，不是指五官特征，而是他脸上那种诚实可靠而又老派的审慎，以至于最后我都不知道他们二人当中究竟是谁在看着我。他们两人都没有坟墓，这在我们这个时代极为常见，因此不会唤起任何特殊的情感。

　　这个图像消失了。有那么一阵，不知有多久，我忘记了观测站，忘记了实验，忘记了哈丽，忘记了黑色的海洋，忘记了所有的一切。我的心中一下子充满了一个信念，那就是，那两个已经永远离开了我们的人，现在已变得无穷之小，化为了尘土，但在他们活着的时候，他们两人都曾经从容应对了自己遇到的所有艰难险阻。当我意识到这一点的时候，我的心情平静了下来，于是那群围在灰色舞台四周、静静地等着我被击败的无形观众顿时烟消云散。咔嗒两下，仪器关上了，人工照明的光线猛地射入我的眼帘。我眯起了眼睛。萨特里厄斯用疑问的眼光盯着我，还是和原来同一个姿势。斯诺特背对着他，正忙着摆弄仪器，还好像故意把脚上松松垮垮的鞋子弄得啪嗒啪嗒直响。

"凯尔文博士，你认为这次记录成功了吗？"萨特里厄斯将他令人反感的鼻音暂时打住。

"是的。"我说道。

"你确定吗？"萨特里厄斯回道，话音里带着一丝惊讶，甚至是怀疑。

"是的。"我的回答非常肯定，简短生硬，让他一时措手不及，打乱了他一本正经的生硬姿态。

"哦……那好吧……"他咕哝道，一边环顾四周，好像不知道该做什么好。斯诺特走到我的椅子跟前，开始动手解下我头上的绷带，萨特里厄斯则进了暗室。

我站起身，在房间里四处走动。与此同时，萨特里厄斯从暗室里走了出来，手里拿着已经冲洗好并晾干了的胶卷。胶卷有十几米长，上面全都是弯弯曲曲、略显白色的锯齿状波浪线，就好像是某种霉菌或蜘蛛网，延伸在滑溜溜的黑色赛璐珞带子上。

我已经无事可做，但我并没有离开。他们俩把胶卷插入了调制器的氧化读取头里。萨特里厄斯把胶卷的尾端又看了一遍，怀疑地皱着眉头，仿佛在试图破译那些波动的线条里所包含的信息。

实验的其余部分是看不见的。直到他们站在墙边的控制台前，启动了所需的设备时，我才知道是怎么回事。电流开始在带有装甲保护层的地板下的线圈里流动，带着一种微弱而低沉的嗡嗡声，接着指示器垂直玻璃管中的指示灯开始向下移动，表示X射线发射器粗粗的发射管正在沿着竖井下降，一直降到竖井的开口处。等到指示灯停在了最低刻度，斯诺特便开始升高电压，直到指针，或者更准确地说，代表指针的白色线条抖动着向右转了半圈。电流的噪声依稀可辨，四周好像没有任何事情发生。装着胶卷的转盘在转动，但上面有罩子，因此就连这些都看不见，只有尺码计数器像钟表似的嘀嗒作响。

哈丽从书上抬起头，一会儿看看我，一会儿看看他们。我走到她身边，她用询问的眼神看着我。实验已经结束了，萨特里厄斯慢慢走向这台机器巨大的圆锥形顶部。

"我们可以走了吗？"哈丽用口型不出声地问道。我点点头。她站起身。我跟谁都没有道别——我觉得那样有些荒唐——我从萨特里厄斯的身边走过。

上层走廊高高的窗户上是一幅格外美丽的日落景象。它不是通常那种好似肿胀的阴郁的红色，而是一片朦胧闪亮、色调各异的粉红色，上面似乎撒满了一粒粒纯净无比的银子。沉重的海洋波浪起伏，好似一片无边无际的黑色平原，海面上闪烁着一种柔和的暗紫色反光,就像是对天空中柔和光晕的回应,只有天顶还是一片铁锈红。

走到下层走廊的中央,我突然停住了脚步。一想到我们将再次被关在舱室里,面对着海洋,就像在一间牢房里,我就几乎无法承受。

"哈丽,"我说道,"你瞧……我想到图书室去看看。你不介意吧?"

"当然,我很乐意去,我也可以找本书看看。"她说道,话音里带着一丝不自然的愉悦。

我感觉自从昨天开始,我们之间就出现了一条难以填补的鸿沟。我觉得自己至少应该给她一点温暖的表示,然而我却被一种冷漠完全控制。我不知道必须有什么事情发生才能让我从这种状态中解脱出来。我们沿着走廊往回走,下了一个斜坡,来到一个小小的前厅。这里有三扇门,门和门之间有花摆在水晶玻璃窗后,就好像是在陈列柜里。

通往图书室的是中间那扇门,门的正反面都包着鼓鼓囊囊的人造革,我开门时总是尽量不去碰它。里面是一个圆形大厅,比外面稍稍凉爽一些,头顶银灰色的天花板上画着装饰风格的太阳图案。

我将手在那套索拉里斯学经典著作的书脊上扫过,正要取下吉斯专著的第一册,就是薄纸下的卷首插图上有作者铜版画肖像的那本,却意外地发现了一本上次没注意到的敦实的八开本著作,作者是格拉文斯基。

我在一把软垫椅上坐下,四周寂静无声。在我身后一步远的地方,哈丽正在翻阅着一本书,我可以听见书页在她手指下唰唰翻动。格拉文斯基的这本书是一本纲要汇编，里面从A到Z按字母顺序收集了索拉里斯学的各种假说，在学校里通常被学生用来偷懒作弊。该书的编纂者好像从来没见过索拉里斯星，但他费了九牛二虎之力，查阅了每一本有关专著、考察日志、残缺文献和临时报告，甚至还从研究其他天体的行星学家的著作里搜集了一些引文，从而编成了这么一本目录，其陈述之简洁简直有些可怕，因为其中的内容往往过于浅薄，根本反映不出这些假说背后思想的微妙和复杂性。此外，该书的本意是作为一本百科全书式的宏大著作，但如今只能算是一本稀奇的老古董，因为它是20年前出版的，而在此期间，新的假说不断涌现，堆积如山，绝非一本书能够容纳得下。我浏览了一下按字母顺序排列的作者索引，读起来就像是一份阵亡人员名单——里面已经没几个还活着的了，而且据我所知，没有一个仍活跃在索拉里斯学领域里。这本书就像是一个完整的思想宝库，在四面八方均有分支，因此不禁给人一种印象，那就是其中必定有一个假设是正确的，因为现实不可能和所有这些针对它而提出的多如牛毛的主张全都迥然不同。在书的前言里，格拉文斯基将之前将近六十年的索拉里斯学研究划分为了几个时期。第一个时期从人类对这个星球的最初探索开始算起，在此期间，还没有人有意识地提出任何假设。当时可以说人们是根据直觉，在"常识"的基础上，假设这片海洋是一个没有生命的化学聚合体，一团巨大的胶体，覆盖着整个星球表面。它能够通过其"准火山"活动产生非常奇异的构造物，而且还可以通过某种自发的自动过程使其本来不稳定的运行轨道保持稳定，就像钟摆一样，一旦开始摆动，便可将其运动维持在一个稳定不变的平面上。尽管在仅仅三年之后，马格农就提出这个"凝胶机器"是有生命的，然而格拉文斯基将生物假说时期的起始时间定在了九年之后，当时马格农原本孤立的观点已经开始有了越来越多的支持者。在随后的数年里，出现了许多有关这片活海洋的详细复杂的理论模型，均以生物数学分析为基础。等到了第三个时期，整个学术界基本上内容单一的学术观点便开始分崩瓦解。

众多学派纷纷出现，而且互相之间矛盾激烈。当时的活跃人物包括潘马勒、斯特罗布拉、弗雷豪斯、勒格勒伊和奥西波维奇，而吉斯的整个学术遗产都遭到了毁灭性的批判。也正是在这个时候，出现了第一批有关非对称体的图集、目录和立体照片，在此之前人们都认为无法对其进行观察研究；其中的转折点来自新式遥控装置，人们可以将其派遣到那些庞然大物狂风暴雨般的心脏里，尽管这些巨物随时都有可能爆炸。此时，在这些激烈讨论的边缘，一些孤立的极简派假说开始出现。这些假说认为，即使是广为宣扬的与"理性怪物"的"接触"无法成功，通过研究这片海洋吐出来又吞下去的逐渐硬化的模仿体城市和气球般的山脉，我们仍然有可能获得宝贵的化学和生理化学知识，并且对巨型分子的结构取得更深入的了解。但人们对这些观点往往嗤之以鼻，不屑一顾，根本就没有人愿意和这种思想的提倡者进行辩论。毕竟是在这个时期里，出现了至今仍未过时的典型变形过程目录，还有弗兰克有关模仿体的生物原生质理论。尽管后者已被认为是错误的，从而被学术界所抛弃，但它仍是学术气质和逻辑结构的精彩范例。

这三个总共历时三十多年的"格拉文斯基时期"，分别是索拉里斯学幼稚的青少年时期、冲动乐观的浪漫主义时期，以及最后——以第一批怀疑意见的出现为标志——走向成熟的时期。到了头25年的末尾，作为向最初胶体机械理论的回归，就已经有人提出了索拉里斯海洋不存在精神活动的假说，这可以说是早年那些理论的后代。所有为了寻找海洋自觉意志的迹象、海洋变形过程的目的性，以及由海洋的内心需求所激发的活动而做出的努力，几乎全都被人们普遍认为是整整一代科研工作者的失常行为。对他们的主张追根究底般的反驳，为随后霍尔登、伊昂尼德斯和斯托利瓦的研究小组头脑清醒的分析工作奠定了基础。他们勤勤恳恳地收集客观资料。在这段时间，档案馆和缩微胶卷收藏馆的数量和规模都急速增长，而且当时的考察队装备精良，携带着地球上所能提供的所有先进设备，自动记录设备、传感器、探测器，应有尽有。在有些年头里，同时参与研究的工作人员甚至超过千人。但是尽管观察资料的积累速度在不断增长，科学家们的探险精神却日渐低落，于是在这个仍属乐观的索拉里斯探索阶段，出现了一段衰落时期，尽管其具体时间很难精确划分。

这段时期的首要特征就是出现了像吉斯、斯特罗布拉和赛瓦达这样的伟大人物，他们中间有的具有超人的理论想象力，有的则是敢于大胆否定。这三人当中的最后一位，也是最后一位伟大的索拉里斯学家，在这颗星球的南极附近不幸神秘丧生，因为他做了一件就连新手都不会做的事情。在几百名观察者的眼前，他将自己本来在大海上低空滑翔的飞行器径直飞进了一个快速体的中心，尽管这个快速体显然正在给他让路。有人说可能是因为他突然昏厥、全身无力，或者是操纵系统出了问题，但实际上我认为，这是第一例自杀，第一次绝望突然爆发。

然而这并非最后一起类似事件，但格拉文斯基的书里没有包括这方面的信息。我注视着书中满是小号字体的发黄书页，一边在心里默默地加上了我自己的日期、事件和具体细节。

最后，这些可悲的自杀尝试也终于停止了，而那些伟大的人物也不复存在。事实上，如何招募科研人员，让他们致力于行星学的某一特定分支，这本身也是一个没有人研究过的现象。能力非凡且个性坚强的人降生的频率多少是恒定的，只是他们的选择不均匀。他们之所以从事或是不从事某个特定领域的研究，或许可以通过这种研究的发展前景来解释。无论你对经典的索拉里斯学家持有什么样的看法，谁都不能否认他们的伟大，往往还有天才。几十年来，最优秀的数学家和物理学家，生物物理学、信息科学和电生理学的领头人物，全都被索拉里斯这个无声的巨物所吸引。突然间，仅仅时隔一年，这支研究人员的大军便仿佛失去了他们的将领，只剩下一群灰不溜秋的无名之辈，耐心地收集资料，编纂文献，偶尔设计一两个具有独创性的实验，再也没有全球性的大规模考察队，也没有了融合不同理论的大胆假说。

索拉里斯学似乎开始陷入崩溃。就在它衰退的同时，众多大同小异、难以区分的假说纷纷涌现，其中心全都围绕着索拉里斯海洋的退化、滞后和萎缩。时不时也会出现一些更为大胆和有趣的见解，但它们似乎全都对这片海洋做了评判，把它看作是一个发展过程的最后阶段。这些观点认为，在几千年前，这片海洋曾经有过一段组织高度发展的阶段，而现在，它虽然仍是一个整体，但正在分化为一大群没有必要、毫无意义、垂死挣扎的形态。因此，这是一种规模宏大、持续了数个世纪的临终痛楚，这就是人们对索拉里斯的看法。人们将伸展体和模仿体看作肿瘤增生的迹象，并将海洋流质躯体中的种种过程视为混沌和混乱的表现，直到这种态度变成了一种痴迷，以至于在接下来的七八年时间里，所有的科学文献，尽管没有明确表达出作者的情感，但全都像是一长串的辱骂——这是那帮灰不溜秋、群龙无首的索拉里斯学家对他们深入研究的对象采取的一种报复行为，而这个研究对象却始终漠不关心，仍旧对他们毫不理会。

我知道有十几位欧洲心理学家曾经做过一些具有独创性的工作，但没有被收录在这本经典索拉里斯研究作品集里，这也许有些不公平。他们和这一领域的关联在于，他们曾经长期研究公众舆论，收集最普通的观点及非专业人士的看法，并由此证明，在这些观点的变化和索拉里斯学界发生的变化之间，有着惊人的密切关系。

在行星学研究所的协调小组内部也发生了相应的变化，该小组负责决定是否为研究工作提供物质上的支持。由于这些变化，索拉里斯研究学会和研究中心的财政预算被不断地逐步削减，为前往索拉里斯星的考察队伍所提供的拨款也越来越少。

除了减少研究活动的呼声之外，还有人强烈呼吁，要求采取更有力的手段，在这个问题上，没有人比世界宇宙学研究所的行政主管走得更远。他固执地认为，这片活海洋并不是有意对人类不理不睬，而只不过是根本就没有注意到，就好像大象没有看见爬在自己背上的蚂蚁。因此，为了引起索拉里斯对我们的关注，就必须使用非常强有力的刺激和适用于整个星球的巨大机器。正如新闻界不怀好意地指出，这里面有一个有趣的细节,那就是要求采取这些耗资巨大的研究措施的是宇宙学研究所的所长,而不是行星学研究所的所长,但为索拉里斯探索活动出资的是行星学研究所,因此这是慷他人之慨,拿别人的钱装大方。

随后,各种假说就像走马灯来回转,把旧理论重新搬出来,做些微不足道的改动,使它更为精确,或者适得其反,将其弄得更为模棱两可——本来索拉里斯学这个领域尽管包含甚广,但脉络还算清晰明了,然而这一切却开始将它变成一个越来越错综复杂、满是死胡同的迷宫。在一片漠不关心、停滞不前、灰心丧气的氛围中,一篇篇无用的印刷文献似乎泛滥成了第二个海洋,正好和索拉里斯的海洋做伴。

在我作为研究所的毕业生加入吉巴里安的研究小组前两年,梅特—欧文基金会成立了。该基金会设立了一项巨额奖金,用于奖励能够利用索拉里斯海洋原生质的能量造福人类的人。早先就有过这样的物质鼓励,而宇宙飞船也曾经给地球带回来过许多这种胶状原生质。人们也曾长期耐心地寻找保存它的办法,包括高温、低温、模拟索拉里斯环境的人造微型大气和微型气候、防腐辐射等各种方法,以及数千种化学配方。但无论是哪一种方法,最后观察到的都是一个慢吞吞的腐败过程,而且和所有其他过程一样,它的每个阶段都经过了多次详尽的描述——自溶,离析,初级或早期液化,次级或晚期液化。从原生质的各种生成物和构造物中取得的样品也都遭到了同样的命运。它们之间的区别仅仅在于通向结局的途径,而它们最终的结局都一样,就是一种经自我发酵稀释后的水状液体,像灰一样轻,像金属一样闪闪发光。任何一位索拉里斯学家对它的组成成分、元素比例和化学公式都了如指掌。

　　这个怪物的一部分，无论是大是小，一旦离开了它原来的行星有机体，就绝对无法存活，甚至就连将其维持在一种假死或冬眠状态下都不可能。这一事实使得人们确信（这种观点由默尼耶和普罗罗赫的学派首先提出）：实际上只有一个奥秘，而一旦我们找到了那把合适的钥匙，将其打开，所有的问题都将迎刃而解……

　　为了寻找这把钥匙，这块索拉里斯的点金石，有些和科学根本不搭界的人花费了大量的时间和精力。这些来自科学界之外的冒充者疯狂无比，其狂热程度甚至超过了他们古老的前辈，比如那些宣扬"永动机"或"化圆为方"的先知们。在索拉里斯学的第四个十年当中，这些人的数量可以说是像流行性传染病一样泛滥成灾，居然令许多心理学家感到忧心忡忡。然而几年之后，这种激情便渐渐平息，而当我准备踏上去索拉里斯星的航程时，它早已从报纸栏目和日常谈话中消失，就像有关索拉里斯海洋的话题一样。

　　当我把格拉文斯基的这本书放回到书架上时，我注意到了格拉滕斯特伦写的一本小册子（这些书是按作者名字母顺序排列的），夹在厚厚的大部头之间，几乎看不见，但它是索拉里斯学文献当中最独特的奇葩之一。在试图理解非人类的努力当中，这部作品针对的是人类本身，就像是一篇针对我们物种的讽刺文章，充满了数学般的冷酷无情。该书的作者是一位自学成才的学者，他首先发表了一系列论文，对量子力学中某些非常专门而且相当冷僻的分支做出了杰出的贡献。他最重要，也是最出色的一篇论文只有十几页长，在其中他试图证明，即使是看上去最为抽象、最具有理论高度、最数学化的科学成就，实际上距离我们对周围世界的那种史前的、基于粗糙感官的、拟人化的理解也只有不过一两步之遥。无论是在相对论和力场定理的公式里，还是在超静态理论和统一宇宙场的假说中，格拉滕斯特伦都能感觉到人体的痕迹，所有这一切全都来源于我们的感官存在，我们的生物体结构，以及人类动物生理的种种局限性和弱点，并且是它们的直接结果。因此他最终得出结论，无论是现在还是将来，在人类与非人类、非人形生物文明之间，都不可能有所谓的"接触"。在这篇针对我们整个物种的讽刺文章当中，他对这片会思考的海洋只字未提，但几乎在每一句的字里行间，读者都可以感受到它的存在，就像是一种充满蔑视、得意扬扬的沉默。至少这是我第一次读格拉滕斯特伦这本小册子时的印象。此外，这部作品并不是一本普通意义上的索拉里斯学著作，而更像是一件稀罕的古董。它之所以被包括在这些经典著作当中，是因为吉巴里安亲自把它放在了里面，而且当年也正是他将这本书推荐给我的。

我带着一种奇怪的、近乎崇敬的感情，将那本薄薄的、没有封皮的小册子重新放回到书架上。我用指尖轻抚着棕绿色的《索拉里斯学年鉴》。在我们所陷入的这片混乱和孤立无助当中，有一点不可否认，那就是过去这十几天的经历帮助我们澄清了几个根本问题，近年来在这些问题上大家曾经费了不少笔墨，但之前的那些辩论全都是徒劳，因为这些问题当时是无法解决的。

关于这片海洋是否有生命，一个喜欢逻辑悖论而且固执己见的人也许仍会持怀疑态度。但是它拥有心理活动，这一点是不可否认的，不管你对这个名词作何理解。事实已经很明显，对于我们在它上方的存在，它是再清楚不过了……仅仅这一句话就足以推翻索拉里斯学中一个包含甚广的派系，他们声称这片海洋是"一个自成一体的世界"，"一个自我封闭的生物"，在一种反复萎缩的过程中失去了它以前的感觉器官，就好像它对外部现象和物体的存在一无所知，封闭在一个巨大思想洪流的旋涡之中，而这些思想的居所、摇篮和创造者就是那道在两颗太阳照耀下打着旋的深渊。

除此之外，我们现在还知道它有能力合成我们自己无法合成的东西——我们的身体——甚至还能通过对其亚原子结构进行改造的方式将其改进完善，而这些令人不可思议的改造无疑和它希望达到的目的有关。

这就是说，它不仅存在，而且有生命，有思想，有行为能力。希望将"索拉里斯问题"贬低为无稽之谈或是毫无价值，继续相信和我们打交道的并不是什么"生物"，并且因此而认为我们的失败实际上并不是什么损失——这一切都已经再也没有可能了。无论是否情愿，人类都必须接受自己有一个邻居这一事实，尽管这个邻居在几万亿千米的真空之外，相隔数光年，但它仍处在人类扩张的道路上，比宇宙中任何其他部分都更难以理解。

我心想，也许我们正处在一个历史转折点上。决定马上放弃，或是在不久的将来撤离，这种想法可能会占上风，就连关闭整个观测站都不是没有可能，而且可能性还不小。但我认为这样做也于事无补。仅仅是知道这个会思考的庞然大物依然存在，就足以让人们再也得不到一刻心理上的安宁。即使人类穿越了整个银河系,即使我们与和我们相类似的生物所建立的其他文明实现了接触,索拉里斯仍将是对人类的一个永久挑战。

另一本皮革封面的小书夹在了《索拉里斯学年鉴》一卷卷的年刊之间。我凝视着被手指摸得发黑的封面,过了片刻才把书翻开。这是一本很老的书,蒙蒂乌斯的《索拉里斯学导论》。看着它,我不禁想起了自己通宵钻研这本书的那个夜晚,吉巴里安把他自己那一册交给我时脸上的微笑,还有当我读到"全书完"几个字时从窗外透进来的地球上的曙光。蒙蒂乌斯在书中写道,索拉里斯学是太空时代的宗教替代物,是一种披着科学外衣的信仰。接触,这个我们努力争取的目标,就像圣徒相通或救世主降临一样含糊不清。星际探索是方法论公式掩盖下的礼拜仪式,研究人员的谦恭劳作实际上等于是期待着圆满的结局,期待着天使的报喜,因为在索拉里斯和地球之间并不存在任何桥梁,也不可能存在任何桥梁。这一显而易见的事实,和许多其他事实一样——例如缺乏共同经历,缺乏可传达的概念——都遭到了索拉里斯学家的拒绝,就像忠实信徒拒绝接受将会从根本上颠覆他们信仰的论据一样。再说,就算真的和会思考的海洋实现了"信息交流",人们究竟希望从中得到些什么呢?他们又能从中期待些什么呢?难道是有关这片海洋漫长生存经历的一本流水账?也许它老得连自己的起源都不记得了。或者是对它种种欲望、激情、希望和痛苦的描述?而它将这些情感表现在活生生山体诞生的瞬间,表现在将数学转化为物质存在、将孤独和无奈转化为完满的过程当中?然而这一切全都是无法言传的知识,如果有人试着将其翻译成地球上的任何一种语言,所有那些人们梦寐以求的价值和意义都将荡然无存，它们仍将是遥不可及。实际上，这些"信徒"们希望得到的并不是这种更具有诗意而非科学价值的启示，根本不是，因为尽管他们自己并没有意识到，他们所等待着的实际上是一种能够解释人类本身意义的"启示"！因此，索拉里斯学是早已死亡的神话留下的遗腹子，是人们如今已没有勇气大声宣扬的神秘渴望所绽放出的最后一枝花朵，而埋藏在这座大厦地基深处的奠基石则是对救赎的渴望……

但索拉里斯学家们无法承认事实的确如此，他们小心翼翼地对"接触"不作任何解释，以至于在他们的作品中，这个字眼成了某种终极的东西——尽管在它起初尚为清醒的含义中，它本应是一个起始，一个开端，一条崭新道路的起点，是众多起点之一，然而后来它却被神圣化了，而且在时过数年之后，竟变成了他们的永恒，他们的天堂……

蒙蒂乌斯，这位行星学的"离经叛道者"，以他这番简单而犀利的分析，打破了索拉里斯的神话，或者更准确地说，打破了所谓"人类使命"的神话，这种大胆的否定令人叹服。在索拉里斯学仍处在充满信心和浪漫主义的发展阶段时，他敢于率先公开表示异议，却遭到了完全无人理睬的冷遇。这丝毫不难理解，因为接受蒙蒂乌斯的观点就等于是将现有的索拉里斯学全盘否定。另一种冷静而审慎的索拉里斯学正在徒劳地等待着其创始人的出现。蒙蒂乌斯去世五年后，他的这本书成了一本稀有书籍，一件收藏家的珍品，在任何索拉里斯学丛书或哲学藏书中都找不到。而这时，出现了一个以他名字命名的学派，一个挪威学术圈。在这个圈子里，他的阐述当中那种镇定自若的品质，被分摊在了那几位继承了他衣钵的思想家身上，变成了埃勒·恩内松顽固刻薄的冷嘲热讽，变成了费兰加的"实用索拉里斯学"（作为它较为浅薄的一种形式）。后者主张把注意力集中在可以从研究当中得到的具体益处上，而不要为了文明接触和两个文明之间知识交流的白日梦与不切实际的希望而分心。然而，和蒙蒂乌斯毫不留情的深刻分析相比，所有这些继承了他思想的信徒所写的东西顶多算是文献汇编，或者只是普通的科普读物，只有恩内松——也许还有塔卡塔的研究还略有价值。蒙蒂乌斯本人基本上已经完成了所有工作，他将索拉里斯学的第一个阶段称为"先知时期"，并将吉斯、霍尔登和赛瓦达包括在先知之列；他将第二个阶段称为"教会大分裂"——单一的索拉里斯学教会分裂成了一群彼此争斗不休的教派；他还预言了第三个阶段——当所有可研究的东西都被研究完了的时候，教条主义和学术僵化就会接踵而至。但这种情况并没有发生。我觉得还是吉巴里安的观点有道理，他认为蒙蒂乌斯的全盘否定未免将问题过于简单化，完全忽视了索拉里斯学当中所有与信仰背道而驰的因素，因为实际上在这个领域中占主导地位的是一刻不停、单调平凡的研究工作，而除了围绕着两颗太阳运转的一颗实实在在的物质星球之外，这些研究没有任何其他承诺。

蒙蒂乌斯的书中夹着一张对折的纸，已经泛黄，是一篇从《索拉里斯学补遗》季刊上翻印下来的文章。这是吉巴里安的早期作品，是他当上研究所主任之前写的。文章的标题是《我为什么要从事索拉里斯学研究》，文章的内容几乎像一份概要一般简明扼要，列举了证明确实有可能实现接触的各种具体现象。吉巴里安很可能属于最后一代这样的研究者，他们有勇气回首往日充满乐观主义的美好时光，而且并不否认自己那种超出了科学划定的界限，但仍然极为客观实在的信仰，因为该信仰的信条是，只要坚持不懈，持之以恒，下了足够的功夫，他们的努力就会成功。

吉巴里安所受的教育来自欧亚学派著名的经典生物电子学研究传统，该学派的代表人物包括卓恩民、恩加拉和卡瓦卡泽。他们的研究表明，人类大脑工作时的脑电图与原生质海洋中某些构造物出现之前发生的放电现象有着相似之处，这些构造物包括早期多形体和双生索拉里斯体。他拒绝考虑过于拟人化的解释，所有那些精神分析学、精神病学和神经生理学学派的神秘观点——这些学派试图将特定的人类疾病硬搬到这片胶质海洋身上，例如癫痫病（据称与其相类似的是非对称体痉挛性的爆发）。在"接触"的倡导者当中，他是最谨慎、头脑最清醒的人之一，而他最不能忍受的就是伴随着这项或那项发现而出现的耸人听闻的报道，尽管这种情况并不多见。当初我的博士论文也碰巧掀起了这样一股低俗兴趣的热潮。那篇论文也在这个图书室里，但当然不是以印刷品的形式，而是埋藏在某个缩微胶卷盒里。我的论文是以伯格曼和雷诺兹的开创性研究作为出发点，他们成功地从镶嵌图案般错综复杂的大脑皮层过程中识别并"过滤"出了伴随着最强烈情感的组成部分——绝望、痛苦和欢乐——而我则进一步将这些记录和索拉里斯海洋洋流中所发生的放电现象进行比较，并发现了具有显著相似之处的振荡模式和曲线外形（在对称体顶盖的某些部分里，在未成熟模仿体的底部，以及其他地方）。这便足以让我的名字很快出现在低级趣味的小报上，并冠之以荒唐可笑的标题，如《绝望的胶体》或《性高潮中的行星》之类。然而这件事却给我带来了意想不到的好处（至少直到最近我都是这么想的）——像其他索拉里斯学家一样，吉巴里安不可能把成千上万篇出版的论文全都读上一遍，尤其是新手写的文章，但这件事使我引起了他的注意，于是不久我便收到了他的一封信，而正是这封信改变了我的人生，为它揭开了新的一章。

梦

六天后，由于没有任何反应，我们决定重复试验。到目前为止，观测站一直停留在43度纬线和116度经线的交点处，现在它开始向南移动，保持距离海面400米的高度，因为据雷达传感器和来自卫星体的射线照片显示，南方海域的原生质活动现象有显著的增强。

连续两天，每隔几个小时，肉眼看不见的X射线束，经过我脑电图的调制，向几乎平坦如镜的海面进行着轰击。

到了第二天将近结束的时候，我们距极点已经很近，因此当蓝色太阳的日轮几乎完全消失在地平线之下时，对面的一团团云彩已经染上了少许紫红，预示着红色太阳即将升起。接着，在茫茫的黑色大海和空旷的天空之间，两种刺目的颜色激烈交锋，令人眼花缭乱，好似灼热发光的金属，闪耀着毒物般的绿色与柔和暗淡、火焰般的紫红色，海洋本身反射着两个迎面相对的日轮，就好像被一分两半，而那两个日轮就像两团熊熊燃烧的大火，一团犹如水银，一团猩红耀眼。这时，只要天顶上飘过小小的云朵，光线照在波浪的斜坡上，伴随着沉重的泡沫，就会泛起一种令人难以置信的彩虹般的闪光。蓝色太阳刚刚在西北方的地平线上落下，指示器就发出了信号，紧接着，一个对称体便出现了。它和染着红色的薄雾融为一体，几乎无法分辨，只有个别地方镜子般的反光暴露了它的存在，就像一枝巨大的玻璃花朵，从海天相交处生长出来。然而观测站并没有改变航向，大约十五分钟后，那个红色的庞然大物颤抖着，就像一盏忽明忽暗的红宝石灯，又消失在地平线的后面。几分钟后，一根又高又细的柱状物无声地喷入大气层中，足有几千米高，由于行星表面曲率的缘故，它的底部隐藏在我们的视野之外。这显然标志着我们刚才看到的那个对称体已经寿终正寝。这根柱子一面鲜红似火，另一面像水银柱一般闪亮，接着它分开了无数枝杈，变成了一棵双色大树，树枝末端不断伸展，最后融合在一起，形成了一朵蘑菇云。蘑菇云的上半部分在两个太阳烈火般的照射下随风飘荡，踏上了遥远的旅程，而它的下半部分则分散成一团团沉重的碎片，非常缓慢地下落着，足足占据了地平线的三分之一。一小时后，这场奇观的最后一丝痕迹也完全消失了。

又过了两天，实验又重复了最后一次。到现在为止，X射线已经穿透了原生质海洋相当大的一片区域。在我们的南面，尽管还有300千米的距离，从我们所在的高度上，已经可以很清楚地看到阿雷尼德斯，即六个连成一串的岩石山峰，峰顶看上去白雪皑皑——这些白色物质实际上是沉积的有机物，表明这些地层曾经是海底的一部分。

这时我们将航向转向东南，有一阵子沿着和那道山体屏障平行的方向移动，山间飘浮着红色太阳白天里常见的云彩，直到最后它们也消失在视野中。从第一次实验算起，到现在已经过去了十天。

在整个这段时间里，观测站里似乎没有任何动静。萨特里厄斯为实验编好程序之后，设备就会自动重复实验，我甚至拿不准是否有人在监控实验的进展。而实际上，观测站里正在发生的事情恐怕比你所希望的还要多——并不是在人与人之间。我一直在担心萨特里厄斯会要求重新开始制造湮灭器；同时我也在等着看斯诺特将作何反应，因为他早晚会从萨特里厄斯那里得知我在一定程度上误导了他，夸大了破坏中微子物质可能带来的危险。然而这些事情并没有发生，起初我怎么也想不通究竟是什么原因。当然我心里也在嘀咕，不知这是不是某种诡计，他们是不是正背着我做什么准备工作，因此我每天都要去主实验室地板下面那个没有窗户的房间查看一下，湮灭器就放在那里。我在那儿一直没有碰到任何人，而且从外壳和电缆上的灰尘来看，已经有好几个星期没有人碰过那个装置了。

在这段时间里，斯诺特也像萨特里厄斯一样不见踪影，而且更让人难找，因为就连无线电台室的可视电话也没人接了。一定有人在控制观测站的航向，但我说不上是谁，而且我也并不关心，尽管这听起来可能有点奇怪。由于这片海洋没有任何反应，我也变得无动于衷，以至于两三天后我已不抱任何希望，也不再担心，干脆把它和实验全都忘了个一干二净。我整天不是泡在图书室里就是待在我的舱室里，哈丽总是和我形影不离。我看得出我们之间相处得并不好，而这种浑噩冷淡的拖延状态不可能一直延续下去。我必须想办法打破这种僵局，改变我们之间的关系，可是我对任何改变都心有抵触，就是拿不定主意。我没有任何别的解释，但我觉得观测站里的每一件事情，特别是哈丽和我之间的关系，眼下都处在一种脆弱而危险的平衡状态，任何改变都可能将其毁于一旦。为什么？我也说不上。最为奇怪的是，她至少在一定程度上也有类似的感觉。现在回想起来，我觉得那种飘忽不定、悬而未决、就好像地震即将来临的感觉，是来自某种无法用其他任何方式感觉到的存在，而这种存在充满了整个观测站的每一层舱面，每一个房间。也许还可以通过另一种方式来猜透它：梦。由于在此之前或是之后我都从来没有经历过这样的幻象，我决定把梦的内容记录下来，而正是因为这些记录的存在，我现在才能够多少对它加以描述；但这也只是一些零碎的片段，几乎完全失去了梦境本身那种可怕的丰富内涵。在某种几乎无法形容的情况下，在一个没有天空、没有大地、没有地板、没有天花板或是墙壁的地方，我仿佛被缩在或是被囚禁在一种对我来说极为陌生的物质当中，整个身体成了一团半死不活、一动不动、没有形状的东西的一部分。或者更准确地说，我自己就是那团东西，失去了自己的肉体，被一些悬浮在某种介质里、起初模糊不清的淡粉色斑点包围着；这种介质的光学性质和空气不同，因此只有离得非常近的东西才显得清晰，甚至是过于清晰，超自然的清晰，因为在这些梦里，我身边的环境比我醒着的时候所经历的任何东西都更为客观实在。每当我醒来时，我总是有一种反常的感觉，就好像梦里的情景才是真实的现实世界，而我睁开眼时所看到的只不过是它干瘪的影子。

这是梦中的第一个景象，整个梦境就从这里展开。周围有什么东西正在等候着我的许可，等着我的准许，等着我在内心里点头同意，而我知道，或者更确切地说，我内心中有某个东西知道，我不应该向这种无法解释的诱惑低头，因为我在沉默中承诺得越多，结果就越可怕。不过实际上我并不知道这一点，因为如果我知道的话，我应该会感到害怕，但我从来没有感觉到任何恐惧。我等待着。有什么东西从我四周粉红色的薄雾中伸出来，触摸着我，而我就像一块木头一样无能为力，深陷在把我紧紧困住的东西里面，无法退却，动都不能动。那个东西用触觉查看着我的监牢，既像是能看见，又像是在盲目摸索。它就像是一只手，正在创造着我；在此之前我连视觉都没有，而现在我能够看见了——随着那些手指在我脸上盲目地摸来摸去，我的嘴唇和脸颊依次从虚空中出现，而当这种触摸分解成上千个无限细小的碎片，并开始扩展的时候，我已经有了一张脸和一个能够呼吸的躯干，被这种对称的创造行为召唤到了世上。在我被创造的同时，我自己反过来也在创造，一张我从来没有见过的脸出现在我眼前，既陌生又熟悉，我试着和它对视，但无法做到，因为所有东西的比例都在不断变化，因为这里没有方向，我们只是在出神的沉默中互相发现、互相创造了对方；我又成了活生生的自我，但是仿佛变得力量无穷，而另外那个生物——一个女人？——仍和我一起一动不动。脉搏开始在我们全身跳动，我们融为一体，仿佛除此之外不存在任何东西，也不可能存在任何东西；接着，突然间，某种极度残酷、难以置信、违背自然的东西渗入了这个缓慢的场景。那种创造了我们、像一张无形的金色斗篷紧紧依附在我们身上的触摸，现在开始变成刺痛。我们赤裸的白色身体开始流动，渐渐变黑，变成了一群群扭动着的虫子，像空气一样从我们的身体里涌出，而我是——我们是——一团闪闪发光、像虫子一般疯狂蠕动着的东西，纠缠在一起，又重新解开，永无休止，无穷无尽，而在那片无边无际的空间里——不！——是我自己变得无边无际，无声地哀号着，祈求着自己被消灭，祈求着尽头赶快来临。但就在这时，我开始向四面八方同时扩散，一种比任何清醒状态时都更为生动的痛苦向我袭来，集中在黑色和红色的远处，然后硬化成岩石，在另一个太阳或另一个世界的阳光下达到顶点。

这是这些梦里最简单的一种，其他的我无法描述，因为那些在梦中搏动不止的恐怖之源在我清醒时的意识当中没有相对应的概念。在这些梦里，我根本不知道哈丽的存在，也没有发现任何白天的记忆或经历。

还有一些其他的梦，在里面我觉得自己是一个实验对象，身处在一片凝重死寂的黑暗中，实验者正在慢慢地、十分仔细地研究我的身体，没有使用任何感官工具；我感觉自己被穿透，被撕成碎片，被化为一片虚空，而这种无声的、毁灭性的痛苦折磨的最底层则是一种深深的恐惧，只要我在白天想起它，就会让我顿时心跳加速。

每天都是一模一样，仿佛褪了色一般，充满了对一切的厌烦，带着极度的冷漠，慢吞吞地一天天过去；我只是害怕黑夜，不知道如何才能摆脱梦的袭扰。我和不需要睡觉的哈丽一起醒着，吻着她，抚摸着她，但我知道自己这样做不是为了她，也不是为了我自己，而只是因为我害怕睡觉。尽管我根本没有向她提起过这些可怕的噩梦，她一定也已经猜到了什么，因为从她僵硬的举止当中，我可以感觉到一种深深的羞耻感，而我对此却无能为力。我提到过，在这段时间里，我一直没看见斯诺特和萨特里厄斯。但斯诺特每隔几天就会联系一次，有时是用纸条，更多的时候是通过电话。他会问我有没有注意到什么新的现象，有没有任何变化，有没有什么东西可以被看作是这片海洋对我们多次重复的实验所做出的反应。我会说没有，然后问他同样的问题。斯诺特则只是在屏幕深处摇摇头，表示否定。

在实验停止后的第十五天，我醒得比平时早，被一场噩梦弄得疲惫不堪，觉得自己好像正在从深度麻醉中苏醒过来。透过没有遮掩的窗户，可以看到红色太阳的第一缕曙光，太阳的巨大倒影犹如一条燃烧着深红色火焰的河流，将平坦的海面一分为二，原本死气沉沉的海洋表面不知不觉地起了动静。黑色的海面先是开始变浅，就好像覆盖着一层薄雾，但这层雾本身却有着一种非常实在的质感。有些地方出现了湍流中心，最后这种模糊的运动蔓延到了视野中的整个空间。黑色的海面消失了，隐藏在一层薄膜下面，薄膜凸起的地方呈淡淡的粉红色，凹陷的地方呈珍珠般的棕褐色。刚开始这些颜色交替出现，在海面上这层奇怪的覆盖物上装点出长长的条状图案，在波浪摇摆时好像固定不动。接着，这些颜色混合在了一起，整个海面上覆盖着一层由很大的气泡构成的泡沫，大片大片地在观测站的正下方和四周高高飞起。昆虫膜翅般的泡沫云在四面同时升起，直冲上空荡荡的深红色天空，在水平方向上伸展，和真正的云彩完全不同，并带有气球般鼓胀的边缘。有些泡沫云带有水平条纹，遮住了低低的太阳光盘，在太阳的映衬下显得像煤一样黑；另一些更靠近太阳，取决于旭日光线的不同照射角度，呈樱桃红色或紫红色。这个过程一直在继续，就好像整个海洋正在脱皮，形成了一系列血红色的轮廓线，暴露出隐藏在下面的黑色海面，接着又被一层新的硬化了的泡沫所覆盖。这些泡沫云有些飘得很近，在离窗户只有几米远的地方经过，有一朵甚至用它看上去像丝绸一般柔软的表面从玻璃上擦过，而最先升到空中的那一大群，在高高的天空中就像一群四散的鸟儿，现在几乎已经看不见了，变成了一种透明的凝结物，在天顶消散而去。

观测站停了下来，原地不动，停留了大约三个小时，而这场奇观则一直在持续。到最后，当太阳沉没到地平线以下，我们下方的海洋笼罩在一片黑暗中时，只见数千个金褐色的细长轮廓在天空中越升越高，飘浮着，排成无穷无尽的行列，仿佛挂在看不见的绳子上，一动不动，没有重量。它们看上去就好像参差不齐的翅膀，一直向上升腾，这个壮观的场面就这样延续着，直到被黑暗完全淹没。

这种平静而又宏大无比的景象实在令人震惊，更是把哈丽给吓坏了，但我却无法向她解释。尽管我是一个索拉里斯学家，这种现象于我于她一样新鲜，一样不可思议。不过在索拉里斯星上，每年都可以观察到两三次在任何目录里都没有记录的形体和构造物，运气好的话甚至还会更多。

第二天晚上，在蓝色太阳预计升起之前大约一个小时，我们又目睹了另一种现象——海洋发出磷光。一开始，在黑暗笼罩的海面上，出现了星星点点的光亮，或者更准确地说，是一种发白的光芒，模模糊糊，随着波浪的节奏缓缓移动。接着，这些光点连在了一起，并开始扩散，直到这种幽灵般的微光一直延伸到四面八方的地平线上。光的强度不断增强，持续了大约十五分钟。随后，这种现象以一种令人惊叹的方式结束：整个海洋开始熄灭。一片前沿足有几百英里宽的黑暗区域由西向东向前推进，当它从观测站所在的地方一扫而过时，仍在散发着磷光的那部分海洋看上去就像是一片延伸在阴影中的光芒，向东越走越远。当它到达地平线时，它仿佛变成了一片巨大的极光，很快便消失了。不久后太阳升起，那片空旷死寂的广阔海洋又重新伸向四面八方，带着几乎看不见的波纹，向观测站的窗户反射着水银般的微光。海洋磷光现象已经有人描述过。据观察，在一定比例的实例中，它发生在非对称体出现之前，除此之外，它还是原生质活动局部加剧的一种典型标志。

然而，在接下来的两周内，观测站内外都没有任何动静。只有一次，在半夜里，我听到了一阵遥远的呼喊，像是来自四面八方，但同时又像是凭空而生，音调极高，尖厉刺耳，拖得很长，更像是一种非人的高声哀号。我从噩梦中惊醒，静静地躺了很久，聚精会神地侧耳倾听，不能完全肯定这种尖叫是否也是梦。前一天，从我们舱室上方的实验室里传来了一种沉闷的响声，就好像有人在搬动重物或是仪器设备；我觉得这种尖叫声也来自那里，但究竟是怎么传过来的并不清楚，因为两层之间有隔音天花板。那个垂死的声音持续了将近半小时，弄得我神经紧张，浑身是汗，几乎半疯，差一点就要跑到楼上去看个究竟。但最后那声音突然安静了下来，只剩下移动重物的声音还能听到。

两天后的傍晚，我和哈丽正坐在小厨房里，斯诺特突然走了进来。他身穿一套西装，一套真正的地球上的西装，让他变了样子。他看上去更高了，也更老了一些。他几乎连看都没看我们一眼，就走到桌前，也没坐下，就这样弯着腰，开始直接从罐头里吃冷肉，一边还大口啃着面包。他不小心把袖子伸到了罐头里，上面沾上了油。

"你把衣服弄脏了。"我说道。

"嗯？"他只是咕哝了一声，嘴里塞得满满的。他的吃相就好像是好几天没吃东西了。他给自己倒了半杯葡萄酒，一饮而尽，抹了抹嘴，长舒了一口气，用满是血丝的眼睛环顾了一下四周。他盯着我看了片刻，然后咕哝道：

"你留胡子了？这下可好……"

哈丽哗啦一声把盘子放进了洗碗池里。斯诺特开始轻轻地来回摇摆，他做了个鬼脸，大声地咂着嘴，用舌头舔着牙齿。我觉得他这样做是故意的。

"懒得刮胡子了，是不是？"他问道，两眼盯着我不放。我没有回答。

"小心了！"过了一会儿，他又大声说道，"我给你一句忠告。他也是从不刮胡子开始的。"

"去睡觉吧。"我嘟囔道。

"什么？谁都不是傻子！咱俩为什么就不能好好谈谈？听着，凯尔文，也许它是为我们好呢？也许它是想让我们开心，但只是不知道该怎么去做？它从我们大脑里读出了我们的愿望，但只有2%的神经过程是有意识的。所以它比我们更了解我们自己。所以我们应该听它的，应该默许。难道你不这样觉得吗？你不愿意？为什么——"说到这里，他的声音突然变了调，带着哭腔，"你为什么不刮胡子？"

"行了，"我厉声说道，"你喝醉了。"

"什么？我喝醉了？那又怎么样？一个人拖着这身臭皮囊，从银河系的一端跑到另一端，好看看自己到底有多大价值，难道他就不能喝醉吗？为什么不能？你是不是也相信所谓的人类使命，嗯，凯尔文？吉巴里安跟我谈起过你，在他留胡子之前……你和他描述的完全一样……千万不要去实验室，否则你会失去信仰……萨特里厄斯就在那儿，和浮士德正好相反，他正在寻找对付永生不死的办法，你明白吗？他是'神圣接触'的最后一位骑士，我们能配得上的也就只有他了……他先前的想法也挺不错——永久的垂死挣扎。不错吧，嗯？永久的临终剧痛……草……草帽……你怎么就不喝酒呢，凯尔文？"

他的眼睛几乎完全隐藏在肿起的眼皮底下，这时他的目光停在了哈丽身上。哈丽正站在墙边，一动不动。

"哦，白皙的阿佛洛狄忒啊，生自海洋。肩负着神性的重担，你的手……"他开始朗诵，接着又笑得喘不过气来。

"几乎……一字不差……是不是，凯尔文？"他一边咳嗽，一边从嘴里挤出了这几个字。

我依然保持着平静，但这种平静正在逐渐凝聚成一种冷冰冰的愤怒。

"住嘴！"我咬牙切齿地说道，"住嘴，给我滚出去！"

"你要赶我走？你也要这样做？留胡子的是你，你还要赶我走？难道你不想让我再提醒你，向你提出忠告，就像星际伙伴之间应该做的那样？凯尔文，咱们这就打开底下的舱口，朝它喊上几声，也许它能听见我们？但它的名字是什么？想想看，我们给所有的恒星和行星都起了名字，可也许它们已经有名字了呢？真是越俎代庖！来，咱们到下面去，去冲它喊上几声……告诉它，它把我们弄成了什么样子，直到它惊骇不已……它会给我们造出银色的对称体，用它的数学为我们祈祷，给我们送来血淋淋的天使，它感受到的痛苦将是我们的痛苦，它感受到的恐惧将是我们的恐惧，它将会乞求我们结束它的生命。因为它本身的一切，它所做的一切，都是对死亡的恳求。你为什么不笑啊？我只是在开玩笑。作为一个物种，如果我们有更多的幽默感，事情也许就不会走到这个地步。你知道他想要做什么吗？他想要惩罚它，惩罚这片海洋，他想要让它用自己所有的山峰同时哀号……你该不会以为他有勇气把他的计划递交给理事会那些老朽昏庸的元老们请求批准吧？那些老家伙把我们送到这里，来替别人犯下的罪过赎罪。你猜得对，他会临阵退缩……但只是因为那顶帽子。那顶帽子他对谁都不会讲，我们这位浮士德先生，他可没那么勇敢……"

我没有作声。斯诺特的双腿抖得越来越厉害，泪水从他的脸颊上淌下来，滴在了他的西装上。

"这是谁干的？是谁把我们弄成了这个样子？吉巴里安？吉斯？爱因斯坦？柏拉图？他们全都是罪犯——你知道吗？想想看，在火箭飞船里，一个人可以像肥皂泡一样破裂，或者完全凝固，或者被煮熟，或者来不及喊出声就给炸得鲜血四溅，只剩下他的骨头稀里哗啦地碰在金属舱壁上，在经过爱因斯坦修正的牛顿力学轨道上绕圈子，这就是我们前进道路上的拨浪鼓声！而我们会心甘情愿地上路，因为这是一个美好的旅程，直到我们来到了这里，在这些舱室里，在这些餐具面前，在永生不死的洗碗机中间，还有一排排忠实可靠的储物柜，忠诚的厕所，这就是我们美好理想的实现……你瞧，凯尔文。我要是没喝醉，是不会说这些话的，但是终归应该有人把它说出来。终归应该有人说的，对不对？你坐在那儿，你这个屠宰场里的孩子,你的胡子越长越长……这究竟是谁的错?还是你自己来回答吧……"

他慢慢转过身,离开了厨房。走到门口时,他扶在门上,好不至于跌倒。接下来还能听到他的脚步声,带着回声从走廊里传到我们耳中。我尽量避开哈丽的目光,但我们的眼神还是突然碰到了一起。我想走到她身边,把她搂在怀里,轻轻地抚摸她的头发,但我做不到。我做不到。

成　功

　　接下来的三个星期就像是同一天在不断重复，没有任何变化。窗外的遮阳板升起落下，晚上我一个接一个地做噩梦，早晨我们从床上起来，游戏又重新开始，可是难道这真是一场游戏吗？我假装冷静，哈丽也是一样，这种无声的协议成了我们最终的逃避手段，明知彼此在互相欺骗，却心照不宣。我们谈到了许多关于我们将如何在地球上生活的事情，我们将在某个大城市的郊区安家落户，再也不离开蓝天绿树。我们还一起梦想着将来家里的装潢和花园庭院将是什么样子，甚至还对细节争论不休——树篱、长凳……对于这一切，难道我相信过哪怕是一秒钟吗？没有。我知道这是不可能的，这我很清楚。因为即使她能够离开观测站——并且活下来——那也只有人才能在地球上着陆，而一个人的身份必须由身份证件来证明。第一道检查手续就会把这条路堵死。他们会试图辨明她的身份，首先就会把我们俩分开，这样她马上就会露馅。这个观测站是我们俩唯一能够共同生活的地方。哈丽知道这一点吗？肯定知道。有人告诉她了吗？根据已经发生的一切判断，多半是这样的。

　　一天晚上，我在睡梦中听见哈丽悄悄从床上爬起身。我想把她拉回来。只有在寂静中，在黑暗里，我们才能享受到片刻的自由；只有在注意力分散的时候，我们才会暂时忘却将我们团团围住的绝望，从痛苦的折磨中得到暂时的缓解。她大概没注意到我醒了。我还没来得及伸出手，她已经悄悄下了床。仍然半睡半醒的我听到了她赤脚走路的声音。我的心里突然充满了一种莫名的焦虑。

"哈丽？"我低声道。我想大声呼唤，但又不敢。我在床上坐起。通向走廊的门微敞着，一道窄窄的亮光斜穿过房间。我觉得自己能听见模糊不清的说话声。她在跟什么人说话吗？这个人是谁呢？

我急忙跳下床，但我心中充满了恐惧，两条腿不听使唤。我站在那里，仔细听了片刻。四周寂静无声。我又慢慢把自己拖回到床上，感到自己头上的血管突突直跳。我开始数数。数到1 000时，我停了下来，门无声地打开了，哈丽悄悄进了房间。她停住脚步，好像在聆听我的呼吸。我尽量保持呼吸平稳。"克里斯？"她轻声低语道。我没有回答。她迅速溜到了床上。我可以感觉到她直挺挺地躺在那里，而我躺在她身边，无力动弹，就这样不知过了多久。我想开口问她，但时间过得越长，我心里就越明白不会是我第一个打破沉默。过了一段时间，大概有一个小时，我睡着了。

第二天早晨和往常没有两样。只有在她不注意的时候，我才用怀疑的目光瞥她一眼。午饭后我们并排坐在弧形的窗户前，红色的云彩从窗外低低飘过。观测站就像一艘船，在云中穿行。哈丽在看书，而我则凝视着窗外，最近这已经成了我唯一能够得以喘息的机会。我注意到，如果把头偏到某个角度，我就能在窗玻璃上同时看到我们俩的镜像，几乎是透明的，但很清晰。我将一只手从椅子扶手上拿起。在窗户上，我看到哈丽先瞥了我一眼，看看我是不是在盯着大海，然后俯下身，吻了一下扶手上我刚才碰过的地方。我仍旧坐在那里，姿势僵硬，很不自然，而她又低下头去读她的书。

"哈丽，"我轻声说，"你昨天夜里到哪儿去了？"

"夜里？"

"是的。"

"那……那可能是你梦到的吧，克里斯。我哪儿也没去。"

"你哪儿也没去？"

"没有。一定是你梦到的。"

"也许吧，"我说道，"对，有可能是我梦到的……"

晚上我们准备上床睡觉的时候，我又开始讲我们的旅程，讲我们回地球的计划。

"啊，我不想再听这些了，"她说，"别说了，克里斯。其实你也知道……"

"什么？"

"不。没什么。"

我们在床上躺下后，她说她想喝点东西。

"那边桌上有杯果汁，请帮我递一下。"

她喝了一半，然后把杯子递给我。我不渴。

"为我的健康干杯。"她微笑着说。我把果汁喝完，感觉味道有点咸，但没有多想。

"如果你不想谈地球的事，那你想谈些什么呢？"她关灯之后我问道。

"如果没有我的话，你会结婚吗？"

"不会。"

"永远都不会?"

"永远都不会。"

"为什么呢?"

"我也不知道。我一个人过了十年,也没有结婚。我们还是不谈这个了,亲爱的……"

我的脑袋昏昏沉沉,就好像我至少喝了一整瓶葡萄酒。

"不,就谈这个,我们就要谈这个。如果我要你那样做呢?"

"要我结婚?真是胡扯,哈丽。除了你我谁都不需要。"

她向我俯过身来,我在嘴唇上感觉到了她的呼吸。她紧紧抱住我,非常用力,以至于我脑中难以抗拒的睡意一时烟消云散。

"换一种说法。"

"我爱你。"

她猛地把额头紧紧靠在我的肩上。我可以感觉到她紧绷的眼皮在抖动,还有湿漉漉的泪水。

"哈丽,怎么了?"

"没什么……没什么……没什么……"她重复道,声音越来越轻。我努力想睁开眼睛,可是我的眼皮自动合上了。我不知道自己是什么时候睡着的。

红色的晨曦将我唤醒。我的脑袋像灌了铅,脖颈僵硬,就好像整条脊椎变成了一根骨头。我的舌头感觉很粗糙,令人恶心,在嘴巴里动弹不得。我一定是吃了什么不好的东西,中了毒,我心想,一边费力地抬起头。我伸手去摸哈丽,但只摸到了冰凉的床单。

我一下子挺身坐起。

床上空荡荡的,房间里也没有人。太阳照在窗户上,反射出好几个红色的圆盘。我跳到地板上。我的样子一定很滑稽，像个醉汉一样跌跌撞撞。我扶着家具，来到衣柜前。浴室里没有人。走廊里也空荡荡的。实验室里也空无一人。

"哈丽！"我大喊着，站在走廊中间，拼命地挥舞着双臂。"哈丽……"我又声音嘶哑地喊了一句，但我已经知道出了什么事。

接下来发生的事情我记不清了。我一定是半裸着身子跑遍了整个观测站。我记得自己甚至冲进了冷藏室，然后是最后一个贮藏室，用拳头猛砸紧闭着的门。我甚至可能去了好几次。楼梯在我脚下咚咚作响，我摔倒了，又爬起来，冲向别的地方，直到我来到那堵透明的屏障跟前，它后面就是通向外面的舱口——一扇双层加固门。我用尽全力推着它，一边大喊着，希望这一切都是一场梦。有个人一直跟着我，这时他把我拽住，要把我拖到某个地方。然后我到了一个小实验室里，衬衫被冰冷的水浸得透湿，头发湿漉漉地黏在一起，鼻孔和舌头被医用酒精刺得生疼。我嘴里喘着粗气，半躺在冰冷的金属台上。斯诺特穿着他污迹斑斑的亚麻布裤子，在药柜旁忙作一团，他打翻了什么东西，把各种器具和玻璃器皿弄得叮当乱响。

突然间，我看见他出现在我面前。他弯下腰，目不转睛地注视着我的眼睛。

"她在哪儿？"

"她不在了。"

"可是，可是哈丽……"

"哈丽已经不在了。"他慢慢说道，每个字都很清晰，一边把脸凑到我跟前，就好像他刚刚打了我一巴掌，正在观察其效果。

"她还会回来的……"我低声说,闭上了眼睛。我头一回不再感到害怕。我不再害怕她像幽灵般再次归来。我真不明白为什么我曾经对此怕得要死!

"把这个喝了。"

他递给我一杯温热的液体。我看了一眼,然后突然将杯子里的东西全都泼在了他的脸上。他向后退了一步,擦着自己的眼睛。当他再次睁开眼的时候,我站在他面前,比他高出许多。他看上去可真矮小。

"是你干的?!"

"你在说什么呀?"

"别撒谎,你知道我的意思。那天晚上是你在跟她说话吗?是你让她给我下了安眠药,为的是……你到底把她怎么样了?快说!"

他在胸前的口袋里摸索着,掏出一个皱巴巴的信封。我从他手里一把抓了过来。信封封着口,外面什么都没写。我把它撕开,一张折成四折的纸掉了出来。上面的字很大,字体像是小孩子写的,一行行参差不齐。我认出了这是谁的笔迹。

亲爱的,是我主动提出要他这样做的。他是个好人。我不得不骗你,这非常不好,但没有别的办法。我求你一件事——听他的话,不要伤害你自己。和你在一起的时光真的很美好。

再下面有一个单词被划掉了,但我能勉强辨认出来:她先写下了"哈丽",然后又涂掉了;另外还有一个字母,看上去像是H或是K，涂成了一个黑坨子。我又读了一遍，接着又一遍。然后又是一遍。这时我已经非常清醒，不会再歇斯底里，我甚至几乎说不出话，也无法呻吟。

"是怎么弄的？"我低声道，"怎么弄的？"

"稍后再说，凯尔文。冷静点。"

"我很冷静。告诉我。是怎么弄的？"

"湮灭器。"

"怎么会？真是那台装置？！"我吃惊地问道。

"罗赫机不管用。萨特里厄斯另外造了一台特殊的稳态消除器。很小，只在几米范围内有效。"

"那她……"

"消失了。先是一闪，接着是一股风。一股非常轻的微风。没别的。"

"你是说有效半径很小？"

"是的。我们没有足够的材料做更大的。"

突然间，四面的墙壁好像都在朝着我倒下来。我闭上了眼睛。

"上帝啊……她……可是她还会回来，一定还会回来……"

"不会了。"

"为什么不……"

"不会了，凯尔文。你还记得那些升起的泡沫吗？从那时起它们就再没有回来过。"

"再没有回来过？"

"没有。"

"你杀了她。"我轻声说道。

"是的。难道你就不会这样做吗？如果换成是你的话？"

我猛地站起身,开始踱步,越走越快。从墙边走到墙角,然后再走回来。向前走九步。回转身,再走九步。

我在他面前停下脚步。

"听着,我们要提交一份报告。我们要求和理事会直接联系,这可以做到。他们会同意的。他们必须同意。这颗星球将被排除在四国公约的适用范围之外。任何手段都允许使用。我们要把反物质发生器运来。你觉得有什么东西能挡得住反物质吗?什么东西都挡不住!什么都不行!什么都不行!"我得意扬扬地喊道,泪水模糊了我的眼睛。

"你想摧毁它?"他说,"为什么?"

"走开。别管我。"

"我不走。"

"斯诺特!"我正视着他的双眼。

"不。"他说道,摇了摇头。

"你想怎么样?你到底想要我怎么样?"

他退到了桌旁。

"好吧。那咱们就递交一份报告。"

我转过身,又开始踱步。

"坐下。"

"别烦我。"

"报告里有两件事。第一是事实。第二是我们的要求。"

"我们非得现在就谈这些吗?"

"是的,现在。"

"我不想。明白吗?我根本就不在乎这些。"

"我们发送的最后一份通报是在吉巴里安死亡之前。那是两个多月前的事了。我们必须确定'客人'出现的确切过程——"

"你就不能闭嘴吗?"我抓住他的胳膊。

"你要打我的话就动手,"他说,"可我还是要说。"

我放开了他。"随你的便吧。"

"问题在于,萨特里厄斯会试图隐瞒某些事实。这一点我几乎可以肯定。"

"而你就不会?"

"不会。现在不会了。这不仅仅关系到我们自己。你也知道这里面都牵涉到什么。它表现出了理性的活动。它拥有极高水平的有机合成能力,对此我们完全不了解。它还知道我们身体的整体构造、微观结构、新陈代谢……"

"好吧,"我说道,"你为什么不往下说?它还在我们身上进行了一系列……一系列的……实验,一种精神活体解剖,依靠的是从我们头脑中窃取的知识,全然不顾我们的意愿。"

"这些不是事实,甚至连推论都不是,凯尔文。这些是假设。从某种意义上说,它的确顾及了我们头脑中某个封闭而隐秘的部分所期望的东西。这有可能是一种……礼物……"

"礼物!我的上帝啊!"我放声大笑。

"别这样!"他大喝道,一把抓住我的手。我攥着他的手指,越握越紧,直到他的指关节开始咔咔作响。他眯着眼睛看着我,丝毫没有畏缩。我放开他,走到墙角。我面对墙站在那里,说道:

"我尽量不歇斯底里。"

"别管那些。我们要提些什么要求?"

"由你决定吧。我现在没心情。她在……走之前说什么了吗?"

"没有,什么都没说。就我而言,我认为现在出现了一个机会。"

"机会?什么机会?做什么的机会?噢……"我放低了声音,直视着他的眼睛,因为我忽然明白了。"接触?我们又回到接触上来了?难道我们还没受够吗……你,你自己,还有这整座疯人院……接触?不,不,不,我可不干。"

"为什么?"他非常平静地问道,"凯尔文,你还是本能地把它当作人来看待了,尤其是现在。你恨它。"

"你就不恨?"我厉声说道。

"不。凯尔文,它毕竟是盲目的……"

"盲目的?"我重复道,拿不准自己是不是听错了。

"当然,按照我们对这个词的理解。对它来说,我们的存在和我们彼此之间感觉到的不一样。我们能看到彼此面部和身体的外表,因此我们互相之间把对方视为个体。对它而言,这是一层透明的玻璃。它毕竟能轻而易举地钻进我们的大脑。"

"好吧。但那又怎么样?你究竟想说什么?如果它能创造出一个只存在于我记忆中的人,让她死而复生,而且让她的眼睛、她的动作、她的声音……她的声音……"

"往下说!继续往下说!"

"我在说……我在说……好的。那么说……她的声音……这就意味着它对我们的内心一目了然。你懂我的意思吗?"

"我懂。你的意思是说,如果它愿意的话,它就可以和我们互相沟通。"

"当然。这难道不是显而易见的吗?"

"不,完全不是。也许它只是获取了一个生产处方,而这个处方不是由语言构成的。作为一个牢固的记忆痕迹，它是一种蛋白质结构，就像是精子的头部，或是卵子。归根到底，大脑里并没有任何文字或情感之类的东西，一个人的记忆是用核酸语言写在大分子异步晶体上的图像。因此，它取走的是我们大脑中刻得最清晰、藏得最深的印记，最完整、最深刻的印记，你明白吗？但它根本不需要知道这个东西对我们来说意味着什么，具有着什么样的含义。就好比假设我们能造出一个对称体，把它扔进这片海洋里，我们了解它的构造、技术和结构材料，但是完全不明白它是做什么用的，也不知道它对这片海洋意味着什么……"

"很有可能，"我说道，"是的，是有这种可能。如果真是这样的话，那它就并不是……也许它并不是有意践踏我们的感情，打击我们的精神。也许是这样。它只是在无意中……"我的嘴唇开始颤抖。

"凯尔文！"

"我知道，我知道。好的。没事。你是个好人。它也很好。大家都很好。可是为什么呢？你给我解释一下。为什么？它为什么要这样做？你都告诉了她些什么？"

"真相。"

"真相，真相！什么真相？"

"你知道的。咱们现在就到我房间去。我们来写一份报告。来吧。"

"等等。你到底想要怎么样？你该不会是打算继续留在观测站吧？"

"我想留在这里。是的。"

老模仿体

我坐在那扇大窗户前,凝望着大海。我无事可做。那份花了五天时间写成的报告,现在已变成一束电波,正在飞速穿过猎户星座以外某处的星际真空。当它到达那片黑色的尘埃星云时,它就会遇到一系列中继站中的第一个;这片星云覆盖着八百亿亿立方英里的空间,能够完全吸收任何信号和光线。从那里开始,这束电波将从一个无线电信标跳到下一个无线电信标,中间穿越数十亿千米,沿着一个巨大的弧线疾驰,直至到达最后一个中继站,也就是一个金属盒子,里面堆满了各种精密仪器,并装有长长的定向天线。这个中继站将会把电波再次聚焦,然后将它朝着地球的方向抛向太空。几个月过后,一束同样的能量,身后带着穿过银河系引力场时产生的冲击波变形尾迹,将会从地球上发射出来,到达宇宙星云的边缘,通过那一串缓缓飘浮着的信标的增强,从星云中挤过去,然后马不停蹄,继续快速奔向索拉里斯星的两颗太阳。

在高悬的红色太阳下,大海显得比往常更黑,红色的薄雾使天海相接之处变得一片模糊。这一天格外闷热,就好像预示着将有大风暴来临。这种风暴极为罕见,其激烈程度令人难以想象,每年在这颗星球上只发生几次。有理由推测,是这颗星球上唯一的居民在控制着这里的气候,而且这些风暴也是它自己造成的。

在接下来的几个月里,我将从这些窗户里向外眺望,从高处欣赏日出景色,或如白金般闪亮,或呈疲惫的红色,偶尔反射在某种液体喷发之中,或是在对称体银光闪闪的泡泡上;或是用眼睛跟随着细长的快速体迎风前行的路径,或是遇到分解到一半、正在崩溃瓦解的模仿体。直到某一天,所有可视电话的屏幕都会开始闪烁,休眠已久的整个电子信号系统将会苏醒过来,被一个来自几十万千米之外的电脉冲激活,宣告着一个金属庞然大物的到来。这个庞然大物将从海洋上空降下,伴随着引力发生器持续不断的隆隆轰鸣。它将是"尤利西斯号"或"普罗米修斯号",或是别的某艘巨型远程巡航飞船。当我从观测站的平顶爬上舷梯时,我将在船上看到一排排笨重的白色装甲机器人,它们没有人类的原罪,纯洁无瑕,只要在它们的记忆晶体里输入相应的程序,它们就会忠实地执行每一个命令,甚至包括自毁,或是摧毁阻挡在它们道路上的任何障碍。接着,飞船将无声地离去,比声速还要快,在身后留下一圈雷鸣般的低沉轰鸣,一直延伸到海面。而在这一刻,所有人都会喜上眉梢,因为他们想到自己很快就要回家了。

然而我却无家可归。地球?我也曾想过地球上那些拥挤喧闹的大城市,在那里我将会迷失方向,失去自我,就好像真的做了我来到索拉里斯的第二天或第三天晚上想要做的事——跳进黑暗中波涛汹涌的大海。我将会淹没在人海里。我会成为一位沉默寡言、殷勤体贴的伙伴,并因此而受人尊重。我将会有很多熟人,甚至是朋友,还有女朋友,也许还会找到一位爱人。有一段时间,我将不得不强迫自己微笑、问好、起床,做构成我在地球上生活的千百种琐事，直到我不再意识到它们的存在。我将找到新的兴趣爱好，新的消遣方式，但我不会全身心投入。不管是对任何人还是任何事，我都再也不会全身心投入了。而也许，我将凝望夜空，面朝那片黑色的尘埃星云，它就像一条黑色的面纱，遮住了来自那两颗太阳的光线。也许我将回忆起所有这一切，甚至包括我此时此刻的想法，回想起自己当年的愚蠢和希望，脸上带着宽容的微笑，其中有一丝遗憾，但也有着一种优越感。我认为，这个将来的"我"，和那个曾经准备献身于所谓"接触"事业的凯尔文相比，绝对一点都不差，而且谁都没有资格来评判我。

斯诺特走进房间。他环顾四周，然后注视着我。我站起身走到桌旁。

"你有什么事吗？"

"你好像没什么事好做吧？"他眨着眼问道，"我可以给你点儿活，有些计算工作需要做，倒也不是什么急事……"

"谢谢，"我笑着说，"不过没必要。"

"你肯定吗？"他问道，眼睛望着窗外。

"是的。我一直在想一些事情，而且……"

"我倒是宁愿你不要想得太多。"

"啊，你连我在想些什么都还不知道呢。告诉我，你……相信上帝吗？"

他用锐利的目光看了我一眼。

"你在说什么呀？如今还有谁相信……"

他的眼睛里闪过一丝不安。

"这并不是那么简单，"我故意用轻松的口气说道，"我指的不是地球上人们信奉的那种传统意义上的上帝。我不是什么宗教专家，也许我的这个想法并不是什么新鲜的东西，可是你是否知道有没有过一种信仰，信奉的是一个……有缺陷的上帝？"

"有缺陷？"他重复道，扬起了眉毛，"你什么意思？在某种意义上，每一种宗教里的神都是有缺陷的，因为他们身上都有着人类的特征，而且还被放大了。比如《旧约》里的上帝就是个急性子，渴望人们对他卑躬屈膝，向他献祭，还对其他的神嫉妒不已……古希腊的众神也有很多人类的缺点，他们总是争吵不休，家庭不和……"

"不，"我打断了他，"我说的这个上帝，他之所以有缺陷，并不是由于创造他的人头脑过于简单，而是说他的缺陷是他最重要的内在特征。这样的一个上帝，他的全知全能是有限度的，他在预见自己的所作所为对未来的影响时会犯错误，而且他的行为所造成的后果可能会令他惊恐不已。这是一个……有残疾的上帝，总是渴望得到自己能力范围之外的东西，而且不能很快意识到这一点。他造出了钟表，却没有造出钟表所测量的时间。他造出了用于某种特定用途的系统或机制，但它们却超越并违背了其本来的目的。他创造出了无限，本来是为了衡量他所拥有的威力，到头来衡量的却是他无休止的失败。"

"以前曾经有过摩尼教。"斯诺特犹犹豫豫地开口道，他最近一直对我持有的那种疑心重重的冷淡不见了。

"但这和善恶毫无关系，"我马上打断了他，"这个上帝并不存在于物质之外，他无法从中摆脱，而这是他唯一想要的……"

"这样的宗教我还真没见过，"他沉默了片刻，然后说道，

"这样的宗教从来都……没有必要。如果我没理解错的话,我想恐怕没有,你所说的应该是一个正在演化中的神,随着时间的推移不断发展成熟,获取了越来越高层次的威力,最终却意识到了这种威力的无能?你所说的这个上帝,他成了神,却好像是走进了一条死胡同,而当他明白了这一点的时候,他就会向绝望低头。好吧,可是我的朋友,一个绝望的上帝想必就是一个人吧?你脑子里想的其实就是人……这不仅是蹩脚的哲学,而且还是更为蹩脚的神秘主义。"

"不,"我固执地答道,"我脑子里想的并不是人。也许它在某些特征上和这个临时定义相吻合,但那不过是因为这个定义充满了漏洞。一个人,不管表面看上去如何,他的目标并不是他自己设定的,而是他所出生的时代强加于他的。他可能会顺从它,也可能会奋起反抗,但他顺从或反抗的对象来自于外界。如果要完全自由自在地寻求他自己的目标,他就必须是独自一人,而那是不可能的,因为一个人如果不是在其他人中间长大,他就不会成为一个人。而我所说的这个……他不能有复数形式存在,你明白吗?"

"噢,"他说,"那我本应马上……"

他指向窗外。

"不,"我表示反对,"也不是那个。它顶多只能算是在自己的发展过程中失去了成为神的机会,因为它过早地封闭了自己。它更像是一位隐修士,一位宇宙中的隐士,而不是神……它自我重复,斯诺特,而我心里所想的那个永远都不会那样做。也许这会儿他就正在银河系的某个角落里逐渐形成,而且很快就会像一名青少年一样突然心血来潮,开始将某些星星熄灭,再将另一些星星点亮，而过不了多久，我们就会注意到……"

"我们已经注意到了，"斯诺特没好气地说道，"新星和超新星……照你的说法，难道这些就是他祭坛上的蜡烛？"

"如果你只想从字面上理解我的话……"

"也许索拉里斯正是你所说的这位圣婴的摇篮。"斯诺特补充道。他脸上的笑意越来越明显，眼睛周围布满了细小的笑纹。"也许依照你的看法，这就是那位绝望上帝的原型，他的种子，也许他充满活力的稚气远远超出了他的智慧，而我们图书馆里所有的索拉里斯学文献都只不过是他婴儿时期反射性动作的详尽目录而已……"

"而有那么一阵，我们曾经是他手中的玩物。"我替他把话说完，"是的，是有这种可能。你知道我们刚刚做了什么吗？我们建立了一个有关索拉里斯的全新假说，这可非常不简单啊！而这马上就可以解释为什么我们和它之间无法实现接触，为什么它对我们没有反应，为什么它对待我们的方式有些，这么说吧，有些过火，那是因为它的心理就像是个小孩子……"

"我放弃我的著作权。"他站在窗口，喃喃说道。有好长一阵，我们两人凝视着黑色的海浪。在东边的地平线上，透过薄雾可以看到一条淡淡的细长斑痕。

"你是怎么想到有缺陷的上帝这个想法的？"他突然问道，眼睛仍望着那片波光闪闪的空旷海面。

"我也不知道。我觉得这个想法非常非常真实，你知道吗？这是我唯一有可能愿意相信的上帝，他的痛苦不是救赎，他既不拯救什么，也不服务于什么，而只是存在着。"

"一个模仿体……"斯诺特用另一种语调说道，声音很轻。

"你说什么？哦，没错。我先前就注意到了。它已经很老了。"

我们俩凝望着薄雾笼罩的红色地平线。

"我要去飞一趟，"我出人意料地说道，"来了之后我还一直没离开过观测站呢，这是个好机会。我半小时后回来……"

"你说什么？"斯诺特睁大了眼睛，"你要去飞？到哪儿去？"

"那儿。"我指着薄雾中那个模模糊糊的肉色斑痕。"能有什么坏处？我开小直升机去。要知道，如果哪天回地球，让人知道我作为一个索拉里斯学家，却从来没在这个星球的表面上踏足，那就太荒唐可笑了……"

我走到衣柜前，开始挑选防护服。斯诺特默默地注视着我，最后终于说道：

"这个主意我不喜欢。"

"什么？"我转过身，手里拿着防护服，心里充满了一种好久不曾有过的兴奋感。"你什么意思？有话直说！你担心我会……这太荒唐了！我向你保证，不会的。我甚至连想都没想过。不，真的没有。"

"我和你一起去。"

"谢谢，但我宁愿自己一个人去。这毕竟是件新鲜事，一种全新的体验。"我一边很快地说着，一边穿上了防护服。斯诺特还在继续讲着，但我并没有用心听，而是在寻找我需要的东西。

他陪我来到起落场，帮我把直升机从机库里推到了发射台中央。我正在穿宇航服时，他突然问道：

"对你来说，一个人的保证还算数吗？"

"看在上帝的分上，斯诺特，你还在谈这个吗？当然算数。我已经向你保证过了。备用氧气瓶在哪里？"

他再没有吭声。我关上透明的驾驶舱盖，给他做了个手势。他启动了升降台，我慢慢地升到了观测站的顶部。发动机开始启动，发出长长的隆隆声，三个叶片的螺旋桨开始旋转，飞机异常轻盈地腾空而起，将银盘似的观测站留在下面，变得越来越小。

这是我头一回独自飞翔在这片海洋上空，这种感觉和透过窗户观看时完全不同。这也可能是飞行高度很低的缘故——我就在海浪上方几十米的高度飞过。这时我才真正感觉到，而不仅仅是心里知道，这片广阔海洋上高低相间的波峰浪谷，闪着油乎乎的亮光，它的运动方式与海潮或云彩完全不同，而更像是一只动物。就好像一个肌肉发达的裸体躯干正在一刻不停但又非常缓慢地收缩着——看上去就是这样。每个浪尖在懒洋洋翻转的时候，都会泛起红色的泡沫，就像燃烧的火焰。我将飞机转了个弯，径直飞向在海上缓缓漂流着的模仿体小岛。这时太阳直射我的双眼，弧形挡风玻璃上闪过一道血红色的闪电，大海本身则变成了墨蓝色，带着星星点点的昏暗火光。

我的转弯动作有些不熟练，飞机画出的弧线把我带到了迎风面距离太远的地方；模仿体落在了身后，像一个宽阔明亮、外形不规则的斑块，在大海的背景上格外显眼。它已经失去了薄雾给它染上的那种粉红色调，而是像风干了的骨头一样泛着黄色。有那么一刻，它从我的视野里消失了，而我远远地瞥见了观测站，似乎悬在海洋的上空，就好像一艘巨大的老式齐柏林飞艇。我又重复了一遍转弯动作，集中精力，全神贯注；模仿体庞大的身躯，连同上面陡峭而怪诞的雕塑，在我的视野中越变越大。我觉得飞机可能会碰到它球茎状突起物的顶端，于是我将直升机迅速拉起，以至于飞机突然失速，机身猛烈地摇摆着。我的小心谨慎其实并没有必要，因为那些奇异高塔的圆顶在飞机下面很远的地方安全滑过。我调整飞机的航向，对准这个漂浮着的小岛，然后一米一米缓缓下降，直到那些正在分崩瓦解的高峰升到了驾驶舱的上方。这个模仿体并不大，从一头到另一头大概只有四分之三英里，宽度也只有几百米，而且有些地方已经变得很窄，预示着很快就会从那里断开。它一定是从某个大得不可比拟的构造物上脱落下来的一小块；按照索拉里斯星的标准，这不过是一块碎片，一点残余，天知道自从它形成起已经过了几周还是几个月。

在那些筋脉交错的突出物中间，紧靠着大海，我发现了一块好似海岸的地方，有一定斜度，但很平整，有几十平方米大小，我将直升机开了过去。降落比我预想的要困难，因为一堵墙在我面前突然升起，差点碰到了螺旋桨，但我还是成功了。我马上关闭了发动机，掀开了驾驶舱盖。我站在机身上，确定直升机没有滑入大海的危险；海浪舔舐着小岛锯齿状的边缘，距离我着陆的地方只有十几步远，但是直升机在宽宽的起落橇上停得很稳。我跳到了……"陆地"上。我先前几乎撞到的那个我本以为是墙的东西，实际上是一块巨大的薄膜状骨质薄片，垂直而立，上面布满了孔洞，还到处长着栏杆似的隆起。一条几米宽的缝隙斜穿这座几层楼高的平面，透过这条缝隙和那些凌乱的大孔，可以看到墙后面的景象。我沿着离我最近的那段墙上的斜坡爬上去，发现宇航服靴子的防滑性能不错，而且宇航服本身对我的行动也没有任何阻碍。我爬到了离海面四层楼高的地方，转身面对这片骨架般景观的内部，这时我才有机会把它看个仔细。

我面前就好像是一座几乎化为废墟的古城,就像是几个世纪前某个充满异国情调的摩洛哥人聚居地,被地震或其他自然灾害毁于一旦,其相似程度令人震惊。我可以清清楚楚地看到那迷宫般弯弯曲曲的街道,有的地方已被瓦砾堵住;它们蜿蜒曲折,坡度陡峭,伸向被黏糊糊的泡沫冲刷着的海岸。在更高处,有依然完整的城垛和堡垒,还有它们圆形的根基;在那些鼓出或凹陷的墙壁上,有黑色的开口,就像打破了的窗户或城堡的射箭孔。整座小岛城市像一艘半沉的大船一般重重地倾向一边,毫无知觉、毫无意义地向前漂浮,一边缓缓地旋转着,看上去就好像太阳正在天空中转动,使得阴影在这片残垣断壁之间懒洋洋地爬动。有时一束阳光会碰巧穿过,照到我站着的地方。我继续向上爬,冒着相当大的危险,直到一种纤细的粉末开始从我上方突出的赘生物上剥落下来;这些粉末飘落在那些弯弯曲曲的沟壑和小巷里,掀起大团的尘埃。模仿体当然并不真是岩石,只要你拿一块在手里,它和石灰岩的不同就显而易见——它比浮石还要轻很多,具有非常细小的蜂窝结构,因此极其轻飘。

我现在已经爬得很高,以至于我可以感觉到它的运动:它不仅是在海洋黑色肌肉的驱使下向前漂浮,不知从何而来,也不知向何处去,而且还在极其缓慢地来回倾斜,而每一下这样钟摆似的摆动都伴随着一种持续很久的黏糊糊的声音,那是当海岸浮出海面时黄色和棕灰色的泡沫从岸边滴下来发出的声音。这种摇摆动作它很久以前就有了,可能在它诞生的时候就有,并且因为它巨大的质量而保留了下来。我从这个居高临下的位置将一切尽收眼底，然后便开始小心翼翼地往下爬。奇怪的是，这时我才意识到自己对模仿体丝毫不感兴趣，我来到这里并不是为了和它相会，而是为了拜访这片海洋。

我在海边布满裂纹的粗糙表面上坐下，直升机就在我身后十几步远的地方。一股黑色的波浪笨重地爬上岸边，平展开来，失去了原有的颜色；当它退下去的时候，颤悠悠的细丝状黏液从岸边流下。我又往下挪了挪，伸出手去迎接下一股波浪。它一丝不差地重复了人类在几乎一个世纪前首次目睹的那种现象：它先是犹豫了一下，向后退缩，然后从我手上流过，但并没有碰到我的手，而是在我手套的表面和覆盖在上面的那层液体之间留下了一层薄薄的空气，而且这层液体的黏稠度马上发生了改变，变成了一种几乎像是肉质的东西。接着，我缓缓地举起胳膊，那股波浪，或者更准确地说，波浪中窄窄的一条，也随着胳膊升起，继续包围着我的手，就像是一层越来越透明的暗绿色包囊。我站起身，好把胳膊举得更高一些。那股细细的胶状物质被拉得很长，就好像一根颤动不已的琴弦，但并没有断开；它的根基，那股已经完全平展的波浪，就像一个奇怪的生物，耐心地等待着这场实验的结束，在我的双脚周围紧紧地贴着海岸（同样也没有碰到我的脚）。这看上去就好像是从海中长出了一枝柔嫩的花朵，它的花萼包裹着我的手指，但又没有和它们接触，就好像成了和它们形状完全相同的模子。我后退了一步。花梗颤抖了一下，仿佛不情愿地缩回到地面上，富有弹性，摇摇摆摆，犹犹豫豫。波浪涌起，将它吸了回去，然后从岸边消失了。我重复着这场游戏，直到像一百年前一样，有一股波浪毫不在乎地退去，就好像已经厌烦了这种新体验,而我知道,我得等上几个小时,才能重新唤起它的"好奇心"。我又像先前一样坐了下来,但我整个人都好像被我所引起的这种在理论上十分熟悉的现象所改变;理论根本无法表达实际经历给人的感受。

在这个生命形态萌芽、成长和扩散的过程中,在它每一个单独的行动和所有行动的整体当中,都表现出一种可以称之为谨慎但又丝毫不胆怯的天真。当它意外地遇到一个新的形状时,它会立刻狂热地试图了解它,接纳它。然后,在半途中,当它即将跨越由某种神秘法则规定的界限时,它就会悄悄退缩。这种机敏的好奇心和这个伸至天际的庞大身躯真是格格不入。我从来没有像这样真切地感受到它宏大的存在,它强大而绝对的沉默,在海浪中犹如均匀的呼吸。我目瞪口呆,惊叹不已,逐渐陷入了一种似乎不可能达到的惰性状态,而在这种越来越深的出神状态之中,我和这个没有眼睛的液体巨物融为一体,就好像不需要任何努力,不需要任何语言,不需要任何思想,我就原谅了它所做过的一切。

在过去的一周里,我一直表现得非常理智,以至于斯诺特那种不信任的目光终于不再找我的麻烦。我表面上很平静,但在内心里,我一直在期待着什么,尽管我并没有完全意识到这一点。期待着什么呢?期待着她回来?怎么会呢?我们每个人都知道自己是一个物质生命,受着生理学和物理学法则的支配,而我们所有感情的力量加在一起,不管有多么强烈,也无法与这些法则抗衡,而只会产生对它的怨恨。恋人和诗人对爱的力量怀有永恒的信念,认为它比死亡还要持久,但那句千百年来一直缠着我们不放的"生命虽尽,爱犹未尽",实际上不过是一句谎言。这句谎言只是徒劳无益，并非荒唐可笑。那么，难道我们应该把自己作为一只度量时间流逝的时钟，被反复砸碎又重新组装，只要钟表匠装好了齿轮，时钟开始运转，绝望和爱情也就随之而生？难道我们就应该接受一个人必须一遍遍遭受同样的痛苦，每一次重复都更为滑稽，而所受的痛苦也越来越深？重复人类的生活历程，好吧，可是难道非得像一个酒鬼一样，反复重放一首老掉牙的曲子，往自动点唱机里一枚又一枚地塞硬币？这个液体庞然大物，它在自己体内造成了数百人的死亡，整个人类几十年来一直在试图和它建立哪怕是一丝的沟通，却徒劳无功。它把我像一粒灰尘般高高扬起，却对此浑然不觉，我压根就不相信它会被两个人的悲剧所打动。但是它的行为的确有着某种目的。不错，就连这一点我也无法完全肯定。然而离开，就意味着完全放弃未来所隐藏的机会，尽管这种机会或许很渺茫，或许仅仅存在于我的想象之中。那么，难道我就应该年复一年，生活在我们两人都曾经触摸过的家具和物品当中，生活在她曾经呼吸过的空气中吗？这样做是为了什么呢？希望她会回来？我没有希望。但我心中仍有着一丝期待，这是她留下的最后一样东西。我仍在期待着的究竟是什么样的满足，什么样的嘲笑，什么样的折磨呢？我一点都不知道，但我心中怀着一个坚定不移的信念，那就是，这些残酷的奇迹并没有到此结束。

扎科帕内，*1959年6月—1960年6月*